古典文藝研究輯刊

十九編

曾永義 主編

第 27 冊

杜貴晨文集（第八卷）：
詩文論序評（上）

杜貴晨 著

國家圖書館出版品預行編目資料

杜貴晨文集（第八卷）：詩文論序評（上）／杜貴晨 著 — 初
版 — 新北市：花木蘭文化事業有限公司，2019〔民108〕
序 2+ 目 4+212 面；19×26 公分
（古典文學研究輯刊 十九編；第 27 冊）
ISBN 978-986-485-660-2（精裝）
1. 中國文學 2. 文學評論
820.8   108000803

ISBN-978-986-485-660-2

9 789864 856602

古典文學研究輯刊
十九編　第二七冊   ISBN：978-986-485-660-2

杜貴晨文集（第八卷）：詩文論序評（上）

作　　　者　杜貴晨
主　　　編　曾永義
總 編 輯　杜潔祥
副總編輯　楊嘉樂
編　　　輯　許郁翎、王筑　美術編輯　陳逸婷
出　　　版　花木蘭文化事業有限公司
發 行 人　高小娟
聯絡地址　235 新北市中和區中安街七二號十三樓
　　　　　　電話：02-2923-1455 ／傳真：02-2923-1452
網　　　址　http://www.huamulan.tw 信箱 hml810518@gmail.com
印　　　刷　普羅文化出版廣告事業
初　　　版　2019 年 3 月
全書字數　292419 字
定　　　價　十九編 33 冊（精裝）新台幣 64,000 元

杜貴晨文集（第八卷）：
詩文論序評（上）

杜貴晨　著

作者簡介

　　杜貴晨，字慕之。山東省寧陽縣人。1950 年 3 月 25（農曆庚寅年二月初八）日生於寧陽縣堽城鄉（今鎮）堽城南村。六歲入本村小學，從仲偉林先生受業初小四年；十歲入堽城屯小學讀高小二年；十一歲慈母見背；十二歲入寧陽縣第三中學（初中，駐堽城屯）；十五歲入寧陽縣第一中學（駐縣城）高中部；文革中 1968 年畢業，回鄉務農。歷任村及管理區幹部。1978 年高考以全縣第一名考入中國人民大學中文系；1979 年 10 月作爲學生代表列席全國第四次文代會開幕式；1980 年開始發表文章，1981 年參加《文學遺產》編輯部舉辦的青年作者座談會；1982 年七月大學畢業，畢業論文《〈歧路燈〉簡論》發表於《文學遺產》（1983 年第 1 期）。

　　1982 至 1983 年短暫在全國人大常委會法制工作委員會辦公室工作。1983 年 3 月調入曲阜師範學院中文系（今曲阜師範大學文學院），先後任講師、副教授、教授、碩士生導師，教研室主任；2000 年 10 月調河北大學人文學院，任教授、博士生導師、教研室主任；2002 年 7 月調山東師範大學文學院，任教授，古代文學、文藝學博士生導師、博士後合作導師，學科負責人。2015 年 4 月退休。兼任中國《三國演義》學會副會長，《歧路燈》研究會副會長，羅貫中學會副會長，中國水滸學會、中國《儒林外史》學會（籌）常務理事，中國《金瓶梅》學會理事等；創立山東省水滸研究會並擔任會長；擔任山東省古典文學學會副會長兼秘書長。

　　先後出版各類著作 19 部；在《中國社會科學》《文學評論》《文學遺產》《北京大學學報》《中國人民大學學報》《復旦學報》《清華大學學報》《明清小說研究》《河北學刊》《學術研究》《齊魯學刊》《山東師範大學學報》《南都學壇》等刊，以及《人民日報》（海外版）、《光明日報》等報發表學術論文、隨筆等約 200 篇。多種學術觀點，在學界以至社會有一定影響。

提　　要

　　本卷是作者有關詩文理論、作品研究、名作賞析以及書序、評等文章的彙集。分上、中、下三編。上編有論「《易傳》實爲我國最早作專書批評的文章——文學理論著作」，杜甫《茅屋爲秋風所破歌》「是一篇有嚴重瑕疵的作品，既不足爲杜詩最高成就的代表，也不足稱我國古代詩歌的優秀之作」；明詩人「無論復古或反復古，各都是爲一代詩尋求自己的出路。……是在對古代各式的追摹或反叛中尋求詩歌的創新之路」，一如「唐人詩主情」「宋人詩主理」，「明人詩主眞」；陳廷敬是「有清一代台閣詩人的傑出代表……中國台閣體詩人的殿軍」；袁枚曾婉拒乾隆南巡中入駐隋園，等等。中、下兩編爲若干名篇賞析和書序、評等文，力能實事求是，實話實說，而戒敷衍浮泛，故亦時有精見，值得一讀。

自　序

　　本卷收錄有關詩文、傳統文化研究、書評序、博客文與早年少量詩文創作文字，是我學術生涯中古代小說研究之外又一領域工作的總結。所收文字雖多隨心所欲，但也有不少因各種需要或請求而成。所以全卷體式不一，無系統，亦無中心，甚至東鱗西爪，隻言片語，只好勉強區分爲上、中、下三編，又每編中再略作歸類而已。

　　各編各類內容如題已可見大概，但說這方面寫作給我帶來的益處：一是在有關研究對象的認識上有所收穫，如關於《易傳》的文論價值，樂府詩、杜甫詩、袁枚詩諸研究上點滴的發現，以及文史雜著的各種異想；二是在主要致力於古代小說研究的立場上開闊了視野，使對古典文學的研究能有更加全面的看法和進一步健全了文學的修養，有可能帶來研究觀念與方法上新變。

　　從本卷詩文研究有過深刻的體會，即每當偶而從詩文研究發現或解決某個小說研究中的問題或反之亦如此的時候，那種一旦會通的感覺是非常美好的，而愈知文學雖有古今體式之別，但有些根本的道理則一脈貫通，題材內容上更多千絲萬縷的聯繫。因此，研究者且不可株守一體一書，而應盡可能深入瞭解研究對象本身的同時，努力作古今中外、上下左右聯繫地考量，庶幾而能有更全面的認識或新見。

　　例如本集第一卷《「羅學」與〈三國演義〉研究》中《〈三國志通俗演義〉成書及今本改定年代小考》一文即因明瞿祐《歸田詩話》卷下《弔白門》考得《三國志通俗演義》「元泰定三年（1326）前後」；本卷上編《讀樂府詩札記之二》之三《郭茂倩郡望與羅貫中籍貫》根據《樂府詩集》編者郭茂倩爲祖籍太原之東原（今山東東平）人，而悟《三國志通俗演義》作者「東原羅

貫中」也有可能如此，從而堅定了本人以《三國志通俗演義》作者「東原羅貫中」與「太原羅貫中」可能是同姓名的兩個人，也有可能爲祖籍太原而隸籍東原之同一人的看法。反之，我主要是從古代小說研究發現「文學數理批評」的可能，然後嘗試推廣至詩文戲曲研究，進而建立了「文學數理批評」的理論。試想如果不是有上述各體文學的互證，也就根本不可能獲上述學術的進步。

本卷中、下兩編統謂之雜著部分，包括詩文賞析、書序、書評等，有的曾在《人民日報》（海外版）、《光明日報》《大眾日報》報副刊發表，有的刊於網絡；還有大學讀書期間的幾篇習作，其中兩篇難得存有先師批語，都收錄以志感念。

本卷曾經中國計量大學副教授蔚然博士一次文字讀正，特此致謝！

二〇一八年四月十四日

目
次

上編　詩文研究

「令德唱高言，聽曲識其眞」
——中國古代文學與 21 世紀隨想

　　寫下這個關於 21 世紀的題目，不由想到《古詩》「生年不滿百，常懷千歲憂」的句子。但是，人之不同於禽獸者，在於人有思想，有感情，有對未來的憧憬與設想。因此，作爲長期熱愛和從事中國古代文學研究與教學的人來說，我們不能不想到這門學科在 21 世紀的發展，想到我們事業的未來。

　　寫下這個題目，同時是因爲我有幸被邀請參加的這次「全國高校古代文學研究與教學研討會」召開，和作爲「教育部人文社會科學重點研究基地」的復旦大學中國古代文學研究中心成立的本年度，是 20 世紀的最後一年，又是以「二」打頭的千年的開始——明年才眞正是 21 世紀和新千年的元年。在後一個意義上，我們今天實際處於兩個世紀和兩個千年之交。這是每一個有歷史感的人不能不爲之格外動情和深長思之的。《古詩》曰：「今日良宴會，歡樂難具陳。弱箏奮逸響，新聲妙入神。令德唱高言，識曲聽其眞。」這次空前規模的盛會無疑應該對中國古代文學與 21 世紀中國發展的交響曲，唱爲高言、發其眞義。

　　這裡，首要的是對中國古代文學本質的認識，即它是什麼？

　　提出這樣的問題可能被認爲是一個冒犯。但是，正如在自然科學的領域裏，人對自身的瞭解可能最爲缺乏；我們從事中國古代文學研究和教學的人，也有可能對這門學科的根本有所忽略，即所謂「不識廬山眞面目，只緣身在此山中」。例如，在商品經濟大潮衝擊之下，同行中時或傳染的古代文學被「冷落」的感覺，進而有「何不策高足，先據要路津。無爲守窮賤，轗軻常苦辛」

之想，相繼有中道仳離棄買臣而去者，就很能說明問題。還有，我們的研究在大多數人難免聯繫到「評職稱」「得獎」之類，而有意無意把這些當作目的的情況也很不少見。另外，學術價值的認定除「得獎」「X級刊物」「反響」之外別無憑據，而「得獎」之類的公正性在許多情況下又值得懷疑……。總之，時代在飛速前進，而古代文學研究還沒有很好適應時代的發展，甚至這不完全是研究者本身的問題，也不止存在於古代文學研究領域（說不定相比之下還是「風景這邊獨好」），卻終究是令人憂慮和遺憾的現象。

因此，在世紀和千年之際，我們需要反思古代文學學科的本質，找回它至少是部分失落的真義亦即它存在的理由，加強甚或重建我們這門學科的信心和價值標準。

在二十多年前最近的歷史上，包括古代文學在內的文學曾經被當作「階級鬥爭的工具」；上溯到二千五百年前，孔子把「邇之事父，遠之事君，多識於鳥獸草木之名」作為《詩》之要義。二者看起來風馬牛不相及，而實際上批孔的人正是與孔子一樣並且實際是奉了孔子的詩教，把文學視為可以「急用先學，立竿見影」的魔杖。最近兩三代文學之士大都難免的乍寒乍暖之感，固然與是否溫飽有一定關係，而程度不同地主要是為這根魔杖所惑。此所以錢鍾書先生感慨學問之道，乃荒村野寺一二素心人切磋談論之事云云，不啻是對當年「熱」古代文學者的一副清涼劑或當頭棒喝，今天也還是發人深省的。

那麼，中國古代文學是什麼？套用一句幾十年流行批評界的老話──是「人學」。但是，我之所謂中國古代文學是「人學」，不僅一般地指它描寫人、為了人，而且特指它以那時僅有的最完美的形式，保存了中國古人的歷史──從音容笑貌、言行舉止到思想感情、意識和潛意識。雖然一切的學問都可以稱作歷史，但是，文學無疑是相對最為完美的歷史，是最細膩而又最宏大，最概括而又最真實，最深刻而又最動人的中國古代人生的歷史。只有在古代文學中，我們才可能真切地看到中國古代人生活的生動圖景，感覺到中國古代人心最微妙的跳動，從而有可能在根本上接續古代的傳統。古人云：「蓋文章，經國之大業，不朽之盛事……，是以古之作者，寄身與翰墨，見意於篇籍，不假良史之才，不託飛騰之勢，而聲名自傳於後。」當然是有些自負和自私的話。但是，「寄身」「見意」之說，不正道出中國古代文學作為「人學」一個基本的特點和她的價值所在麼？

　　所以，中國古代文學研究本質上是研究者與中國古人不朽心靈的對話，是同無數個不朽心靈構成的中國古代最完美深刻的歷史傳統的對話。

　　這種對話是還原，也是創新；是「我注六經」，也是「六經注我」。雖然無論追問還是發揮，都不可能也不應該是無限制的，但是，在發現和創造的意義上，在與文本不無實質性聯繫的基礎上，這種對話應該有充分的自由。而它的目標和途徑則應該是：經由作品，從感動過古人的美和古人所受的感動中獲得新的感動，從啓迪過古人的思想和古人所受的啓迪中獲得新的思想。以此著書，即今所說「研究成果」，「則猶昔書，非昔書也」（錢鍾書《談藝錄・引言》）。

　　從而高校中國古代文學研究的目標也應該是教學的目標，就是使學生於反覆閱讀的實踐中，不斷增強自主地獲得這種感動和思想的能力，以有助於淨化和鑄造一代人的靈魂。

　　在這個意義上，中國古代文學研究與教學本身，不僅是極精微和高尚的事業，而且是極現實和具當代社會價值的事業。這不因爲我國大陸教授的工資只相當於香港中文大學教授工資的百分之一而有所貶值。相反地，能於「轗軻常苦辛」中堅守此道，才最有可能獲得自身眞正的價值。司馬遷曰：「雖萬被戮，豈有悔哉！然此可爲智者道，不可爲俗人言也。」於今而論，也許言之過甚；但其爲「究天人之際，通古今之變，成一家之言」而孤往獨行、義無反顧的精神，仍是今天成爲一名優秀學者必備的基本品格。

　　當然，我們不能不期待政府和社會對本學科有更多的關心和投入，這方面也已經有了明顯的進步和改善，復旦大學中國古代文學研究中心的成立，和本學科此次綜合性研討會議的召開，可以看作最新的證明。但是，中國古代文學研究在 21 世紀的發展，主要還決定於研究者本身的素質和努力的程度。而這一切又幾乎完全決定於未來的教育，特別是高校古代文學的教學能夠造就什麼樣的研究人材。也就是說，古代文學發展美好的未來在於形成本學科研究與教學的良性循環。

　　當 21 世紀即將開始的時候，更好地啓動這一良性循環，固然是整個社會科學和教育界的問題，而首先是對我們全體古代文學學者專家的嚴峻挑戰！

　　我想，應該做的事情很多。而當務之急又有可能做到的，從研究方面說是拒絕誘惑，堅守陣地。

　　我們不反對每個古代文學研究者個人有另外選擇的自由；但是，在市場

經濟衝擊影響下，爲 21 世紀古代文學研究發展計，我們確實需要大聲疾呼，年輕學人能夠長時期耐得往清苦和寂寞，紮實努力，勇攀高峰，成爲未來陳寅恪、錢鍾書等那樣的大家——有其人格，有其學問。當然，現在也有很好的榜樣。

從教學方面說是注重傳授知識，更注重宏揚精神，陶鑄靈魂。中國古代文學的精神，根本說來就是人性和個體人格不斷完美和張揚的精神，放大而形成社會的發展。古代優秀的文學作品，總是以這樣那樣的形式指引讀者向人性完美的方向前進，這同時是作品的眞正價值所在。因此，高校古代文學教學的任務，乃是通過知識的傳授把學生引入古代文學關於人性和個體人格優美的崇高的殿堂。這裡，僅以傳授知識爲滿足是很不夠的。古代文學教學的精義在於以文學中人性的優美和人格的偉大去感染學生，從而提高他（她），豐富他（她），成就他（她）。《四書》云：「大學之道在明明德，在親（新）民，在止於至善。」在把「道」「德」「善」等作現代闡釋的前提下，應可以用來說明本學科「教書育人」的終極目標及其形而上的意義。

這些空話，讀者或笑我迂腐，我則妄想「有之以爲利，無之以爲用」。

（原載教育部人文社科重點研究基地復旦大學中國古代文學研究中心編
《第一屆全國高校古代中國古代文學科研與教學研討會論文集》，
上海三聯出版社 2003 年版，第 1～5 頁）

關於《易傳》美學──文學思想的若干問題──兼論《易傳》是我國最早作專書批評的文章──文學理論著作

　　《公羊傳‧定公元年》：「主人習其讀而問其傳。」何休《解詁》：「讀謂經，傳謂訓詁。」由此可知，我國文獻發生和習學應用的早期，「傳」是因解「經」而生的一種文體。但是，訓詁為章句之學。何休是東漢末人，其稱「傳謂訓詁」，大概是囿於「漢學」的風習。其實在漢初以前，「傳」並不僅僅是對「經」的訓詁，還往往有對經義的追詢與發揮，如《左傳》之於《春秋》，《毛詩傳》之於《詩經》等，就都是如此。所以，早在《孟子‧萬章上》就已經指出：「說《詩》者，不以文害辭，不以辭害志，以意逆志，是為得之。」反對斷章取義，強調對《詩》之大意的正確把握。而王充雖已晚為東漢人，但是，《論衡‧書解篇》說：「聖人作其經，賢者造其傳，述作者之意，探聖人之志，故經須傳也。」也還知道「傳」的主要功能是「述作者之意，探聖人之志」。所以，至晚漢初以前，「傳」與「經」的闡釋與被闡釋，在許多情況下是研究著作與被研究對象的關係。換言之，「傳」是對「經」的一種批評。這種批評既關乎「經」之「意」與「志」，也關乎其「文」與「辭」，往往是有關「經」之文本內容與形式的一種全面的說明。這就不免會程度不同地表現出「傳」作者有關「經」作為語言文本形式的美學──文學思想。

　　《周易》經、傳的關係正是如此。而且比較漢初以前別種經傳，《易傳》作者更為有意地表明了對《易經》的研究與評價的立場。如其言「《易》與天地準，故能彌綸天地之道」，「夫《易》，何為者也？夫《易》開物成務，冒天

下之道，如斯而已者也」（《繫辭上傳》）；又「《易》之爲書也不可遠」，「《易》之爲書也，原始要終以爲質也」，「《易》之爲書也，廣大悉備」（《繫辭下傳》）等等，無不說明《易傳》作者是在自覺對《易經》全書包括其作爲文獻——文章著作體式的研究評論。因此，《易傳》包含有關於美學與文章或文學理論的內容，或有與後者相近相通的美學——文學思想，是很自然的事。

《易傳》的這一特點已爲近世學者所注意並有了某些研究〔註1〕。但是，比較對於先秦其他經典中美學——文學思想的探討，又相對於這部書的地位與影響，已有的研究顯然還很不夠。這突出表現在：一是《易傳》中一些明顯有關美學——文學思想的重要內容尚未揭示出來，或者雖有所論及而未見深入；二是《易傳》在古代文論史上的價值與地位還沒有得到恰當的說明和評價。其影響所及，就是作爲全面系統地反映近世有關古代文學批評研究成果的近幾十年來最爲流行的幾種古代文學批評史，很少有提及《易傳》的，甚至未能進入作爲大學中文系教材的某一影響很大的《中國歷代文論選》，其在近世古代文學研究上未曾受到應有的重視，由此可見一斑。正因爲如此，本文願拾遺補闕，對《易傳》之美學——文學思想的價值及其在古代文論史上應有的地位，談一點個人的看法。

一・關於「美利」之美及其特徵

《易傳》豐富而深刻的美學思想有多種不同的表現，最直接當然是其中用到「美」字的文句，大約有 5 處，而以《乾文言》論「美利」最富美學的意蘊。其文曰：

乾元者，始而亨者也。「利貞」者，性情也。乾始能以美利利天
下，不言所利，大矣哉！

這段話總論「乾元」之功用，談的是「唯天爲大」（《論語・泰伯》）的古代哲學問題。其中涉及到「美」的是「乾始」以下三句。但據前文，「乾始」即「乾元者，始而亨者也」的略語；又，《說卦傳》云：「乾爲天。」《易・乾》：「《彖》曰：大哉乾元，萬物資始，乃統天。」因此，「乾始」之義是說天有「萬物資

〔註1〕二十世紀二三十年代至八十年代初的研究情況，可見張善文《〈周易〉與文學》收錄《〈周易〉與文學關係研究的綜述》一文的介紹，今則有李澤厚、劉綱紀《中國美學史》以及張善文《〈周易〉與文學》中有關部分作過較爲深入的討論。

始」之德，這種德就是它的「美利」；其用與「坤元」即地之「萬物資生」的德相交合，即所謂「天地交而萬物通」（《易・泰・象傳》），世界就生生不已了。這也就是「天地之大德曰生」（《繫辭傳下》。但在這過程中，「乾」即「天」占主動的地位，所以上引《乾文言》曰「乾始能以美利利天下」云云。這裡，《易傳》作者把「美」之本源與「利」之功用都歸於乾即天，更進一步論「乾始」這樣做了，卻「不言所利」，即並不標榜它的「美利」之功。此《老子》所謂「功成、名遂、身退，天之道」。這在《易傳》作者看來是一種至德，所以他的「美利」也就「大矣哉」。對此，近人馬振彪《周易學說》闡發較為透徹：

> 彪謹案：《老子》云無名天地之始，又云有物渾成，先天地生，此即乾始之義。又云有名萬物之母。此即美利利天下之義。又云視之不見名曰希，聽之不聞名若夷，搏之不得名曰微。即不言所利之義。《中庸》言上天之載，無聲無臭，至矣。亦此意也。乾純陽而能動，動則變，變則化。能利者變化之始也，所利者變化之成也。利天下而不知其所利，且並不自知其能利，其為物也不二，則其生物不測，則亦無所之非能矣，尚何言哉。

馬氏用《老子》《中庸》釋義與《易傳》本義誠然有合。但是，《論語・陽貨》「子曰：天何言哉？四時行焉，百物生焉，天何言哉」數語，以及《莊子・知北遊》「天地有大美而不言」之論，應當更能說明「乾始」之「美利」的特徵。當然，《易傳》言「乾始」之「美利」，還並不就是美學意義上的「美」。但是，其既稱「美利」，意義之中就不免包含對「美」之特點的理解與把握，也就是說其必然具有一定美學思想的內涵。這既是合乎邏輯的，又是具體可指的。具體而言，包括以下幾個方面：

（一）「天」即自然為最高的美

《易傳・說卦》曰「乾為天。」所以，上引《易傳》「乾始」之「美利」，即「天」之「美利」。《易傳》中「天」字屢見，雖然在「天垂象，見吉凶」（《序卦傳》）等個別語句中，「天」的觀念略有「意志之天」或「主宰之天」的唯心主義色彩，但在多數情況下，如「天尊地卑」「在天成象」「天地設位」「乃統天」「乃順承天」「承天而時行」「天地感而生萬物」等語中的「天」字，都是指「自然之天」，體現了《易傳》基本的唯物主義傾向。因此，「乾始」之「美利」即「自然之天」為「萬物資始」的「美利」。換言之，在《易傳》作者看來，「天」即「自然」是「美」，而且是能「利天下」的「大美」。這也就

是說，美在自然，自然之美是最高的美。這雖然是世界各民族早期往往而有的一種樸素的審美意識，但是，在我國先秦典籍中，《易傳》對這一意識的表達較早並最爲具體。

《易傳》美在自然的思想實際是說自然爲美，而美源於自然。這後一個意思就包括了一切「人文」之美都是「天」即自然的摹本〔註2〕的思想。這就合乎邏輯地包含了自然之美高於藝術之美的認識，從而通於後世藝文師法自然之說，如董其昌論畫云：「畫家以古人爲師，已自上乘，進此當以天地爲師。」〔註3〕但是，《易傳》以來長時期中，以自然美高於藝術美的觀念似沒有得到發揚，如董其昌雖主藝術創作的最高境界是師法自然，但在自然與藝術的優劣上卻持調和的觀點。他說：「大都詩以山川爲境，山川亦以詩爲境。」〔註4〕，又說：「以蹊徑之怪奇論，則畫不如山水；以筆墨之精妙論，則山水決不如畫。」〔註5〕據筆者所見，秦漢以降，在關於藝術與現實優劣問題上能與《易傳》相溝通的，只有《三國演義》的評改者毛宗崗一人。筆者有《毛宗崗對中國古代小說理論的貢獻》一文中曾經論及：

> 他（按指毛宗崗）在《讀三國志法》中指出「《三國》一書，有巧收幻結之妙」後，認爲這是「造物者之巧也。幻既出人意外，巧復在人意中，造物者可謂善於作文矣。今人下筆必不能如此之幻，如此之巧，然則讀造物自然之文，而又何必讀今人臆造之文乎哉」。這裡除了表示他重歷史小說，輕非歷史題材小說的傾向外，還蘊含了「造物自然」高於「今人臆造」的美學觀念。這使我們聯想到俄國十九世紀著名美學家車爾尼雪夫斯基關於現實美永遠高於藝術美的論斷。朱光潛先生在《西方美學史》中認爲：「關於藝術和現實優劣的問題，車爾尼雪夫斯基可以說是唯一重要的美學家，毫無保留地肯定現實高於藝術。」毛宗崗顯然不是美學史裏重要的美學家，但他早在十七世紀就已孕育了這種美學觀念的萌芽。〔註6〕

〔註2〕 如《繫辭傳下》說八卦的創制就是一個代表：「古者包犧氏之王天下也，仰則觀象於天，俯則觀法於地，觀鳥獸之文與地之宜，近取諸身，遠取諸物，於是始作八卦，以通神明之德，以類萬物之情。」

〔註3〕 《畫禪室隨筆》卷二《畫訣》。

〔註4〕 《畫禪室隨筆》卷三《答詩》。

〔註5〕 《畫禪室隨筆》卷四《雜言》。

〔註6〕 杜貴晨《毛宗崗對中國古代小說理論的貢獻》，《傳統文化與古典小說》，河北大學出版社 2001 年 7 月版，第 231 頁。收入本文集第二卷。

現在看來，毛宗崗這種以「造物自然之文」高於「今人臆造之文」的美學觀念，溯源就是《易傳》「乾始能以美利利天下」的思想。

（二）美是有功利性的

如上論自然為美同樣的道理，「乾始」句之「美利」，無論是說「美」之「利」，還是說「利」之「美」，其實又都表明「美」是離不開「利」的。換言之，「美」不只是一種形式，而且有功利性的內容。這與《論語·八佾》中孔子「盡美矣，又盡善矣」的美善統一的理想大體一致。而我們知道，古近代西方對美是否具功利性有不同的看法。例如康德認為：「只有對於美的欣賞的愉快是唯一無利害關係的和自由的愉快。」〔註 7〕但是，《易傳》的這個思想卻與古希臘蘇格拉底美善統一的論述遙相呼應。蘇氏說：「任何一件東西如果它能很好的實現它在功用方面的目的，它就同時是善的，又是美的，否則它就同時是惡的又是醜的。」〔註 8〕而近代英國哲學家休謨也說過：「看到便利就起快感，因為便利就是一種美。」〔註 9〕所以，儘管《易傳》論美的語境與蘇格拉底、休謨肯定是大不同的，但是其以美具功利性一點，卻與西方這兩位分別是古近代的大家有相近、相似或相通之處。

（三）美乃自然而然，無所為而為

雖然如上所論及，《易傳》「乾始能以美利利天下」為無可比擬，但是，能成其「大」還因為「乾為天」這樣做了，卻「不言所利」。這後一點仍有獨立的美學意義，即「以美利利天下」並非「天」有意為之，乃其性理如此，自然而然，所以能成其「大」。這一「美利」的特質已有上引馬振彪氏所揭示，通於《老子》《中庸》的道理，筆者用《論語》孔子的話作了補充，但是，都是就現象而言，並未深入到「天」即自然何以「不言」便為「大美」的理由。這一點，《莊子·山木》借逆旅小子之口所說的話可能是有啟示的。他說：「其美者自美，吾不知其美也。」換言之即自美不美，而不自美為美。這正是《老子》「道常無為而無不為」「無為之益，天下希及之」思想的體現，卻與「乾始能以美利利天下，不言所利」之「美」神理相通。因此，《易傳》「天」即

〔註 7〕 宗白華譯，康德《判斷力批判》上卷第 5 節，商務印書館 1964 年版。
〔註 8〕 克賽諾封《回憶錄》卷三第八章，朱光潛譯稿。轉引自《西方美學家論美和美感》，北京大學哲學系美學教研室編，商務印書館 1980 年版，第 19 頁。
〔註 9〕 《論人性》，卷二第一章第八節，朱光潛譯稿。轉引自《西方美學家論美和美感》，北京大學哲學系美學教研室編，商務印書館 1980 年版，第 110 頁。

自然之美集中體現《老子》「道常無爲而無不爲」的特點。

《易傳》所表明美的這一特點在後世得到充分的發揚。古代文論中一切崇尚自然清眞，反對雕琢僞飾的創作與批評傾向，都與此遙相關聯。如《文心雕龍·明詩》曰：「感物吟志，莫非自然。」李白《經亂離後天恩流夜郎憶舊遊書懷贈江夏太守良宰》詩曰：「清水出芙蓉，天然去雕飾。」歐陽修《唐元結陽岩銘》曰：「君子欲著於不朽者有諸其內而見於外者，必得於自然。顏子蕭然臥於陋巷，人莫見其所爲而名高萬世，所謂得之自然也。」等等，都與《易傳》美在自然無爲的觀念脈理相通。同時，我們還發現，雖然上所論及《易傳》有以美具功利性之一面的傾向，若與康德相反對，但在「不言所利」而得有美一點上，卻與康德的主張至少有形式上的相合。康德《判斷力批判》云：

> 美是一對象的合目的性的形式，在它不具有一個目的的表象而在對象身上被知覺時。〔註10〕

又說：

> 美的藝術是一種意境，它只對自然具有合目的性，並且，雖然沒有目的，它仍然具有促進心靈諸力的陶冶以達到社會性的傳達作用。〔註11〕

同樣地，康德的這些論述與《易傳》的語境用心肯定不同，但是，其以美的理想爲一種在對象身上可被感知的「合目的性的形式」，以藝術之美爲「沒有目的」而對「自然具有合目的性」，並「仍然具有促進心靈諸力的陶冶以達到社會性的傳達作用」的「意境」的觀點，在哲學上卻通於《老子》「道常無爲而無不爲」的認識，與《易傳》「乾始能以美利利天下，不言所利」所包含關於自然美的美學特徵的表述，有相通乃至暗合之處。

二、關於「陰柔」之爲美

《坤·文言傳》：

> 陰雖有美，「含」之以從王事，弗敢成也。地道也，妻道也，臣道也，地道無成而代有終也。

俞琰《俞氏易輯說》：「以，用也。代，繼也。」馬振彪《周易學說》引宋衷曰：「地終天功，臣終君事，婦終夫業，故曰『而代有終』。」按此句解《坤》

〔註10〕 宗白華譯，康德《判斷力批判》上卷第 17 節，商務印書館 1964 年版。
〔註11〕 康德《判斷力批判》下卷第 44 節。

「六三：含章可貞。或從王事，無成有終」爻辭文意，據《小象傳》「『含章可貞』，以時發也。『或從王事』，知光大也」進行發揮，是說坤陰雖有才德之美，但是必須含藏不顯露，以隨從乾陽幹事，待時待命而後動，即「順」。如果從事王事，就要堅守坤陰這種柔順從陽不自專之道，小心謹慎地完成天降之大任，成功了也不敢居其功，而應歸功於乾陽。這並非其才德不足，乃是居下者的道理應該如此。觀坤陰奉承於乾陽的這種態度，則知地道、妻道、臣道之理所當然。再就地道具體而言，天降雨露只能始物而不能成物，地雖不自居其成物之功，卻是繼天之未終而生養萬物的，此即代天之「有終」，所以仍然「有美」。

我以爲這段話有關美的內容有以下幾點與我國後世美學有相似、相近或相通之處：

（一）肯定「陰柔」之爲美

《周易》之乾坤即陰陽，《易·雜卦傳》曰：「乾剛坤柔。」故乾與坤有陽剛、陰柔之分。又據上引《乾文言》「乾始能以美利利天下」，可知「乾始」之「大」美實即陽剛之美；而《坤文言》則云：「坤至柔而動也剛，至靜而德方。後得主而有常，含萬物而化光。」「後得主」即坤陰後於乾陽得乾陽爲主而能「含萬物而化光」。李澤厚、劉綱紀主編《中國美學史》認爲：「在古代原始素樸的觀念中，美同光，同色彩的鮮明奪目是密切聯繫在一起的。在先秦典籍中，光美並稱，文明並稱，屢見不鮮。」〔註12〕這是很正確的見解。《周易》也是如此。其不僅光美、文明並稱，而且光明並稱，都以光彩明亮爲美。所以，上引《坤文言》謂坤陰「含萬物而化光」即是「陰雖有美」之「美」的表現。與乾之陽剛之「大」美相對，這種美雖屬坤陰性柔，但也是一種美，即陰柔之美。這樣，《易傳》在肯定「陽剛」之爲「大」美的同時，也就肯定了「陰柔」之爲美。

（二）「陰柔」之美的本質在陽剛，並從屬於「陽剛」之美

如上所論及，《易傳》雖然肯定了陰柔之爲美，但是，據「後得主」云云可知，坤陰至柔之美實由於乾陽之爲其「主」。這就是說，坤陰之至柔而能有美，不僅決定於它自身「順承天」的性質，更由於得乾陽能爲之主使其內蘊

〔註12〕 李澤厚、劉綱紀主編《中國美學史》（第一卷），中國社會科學出版社 1984年版，第 300 頁。

了乾陽之質，即陰中含陽，造就了「含萬物而化光」的陰柔之美。對此，《易傳・說卦傳》有形象的說明。《說卦傳》云：「乾……爲瘠馬。」又釋《坎》卦云：「其於馬也，爲美脊。」徐志銳《周易大傳新注》曰：「宋衷：『陽在中央，馬脊之象。』此就卦畫形象言，一陽剛在中爲美脊，陰柔上下爲兩肋。」〔註13〕「一陽剛在中」云云，正是陰柔「後得主」之象。所以，陰柔之爲美，雖形式上美在陰柔，內在地卻是由於其被賦予了陽剛的本質而柔中有剛。這就爲陰柔之爲美作了限定，即外爲陰柔之象，而內有陽剛之氣。近人陳匪石《聲執》卷上《行文兩要素》論詞有云：

> 故勁氣直達，大開大闔，氣之舒也。潛氣內轉，千回百折，氣之斂也。舒斂皆氣之用，絕無與於本體。如以本體論，則孟子固云至大至剛矣。然而婉約之與豪放，溫厚之與蒼涼，貌乃相反，從而別之曰陽剛，曰陰柔。周濟且准諸風雅，分爲正變，則就表著於外者言之，而仍只舒斂之別爾。

其說陽剛、陰柔皆以「至大至剛」之「氣」爲「本體」之理甚是。從來論詞以婉約、豪放別爲兩端，殊不知婉約之陰柔正與陽剛相同而以「剛」爲本，而婉約只是豪放之氣內斂而「含之」之象而已。

正因爲陰柔須以陽剛爲本，所以，陰柔只能從屬陽剛之美，而向來不爲世重。這本是《周易》以乾健坤順、天尊地卑、柔必從剛原則的體現，但是，《易傳》仍有進一步的說明。《繫辭下傳》曰：「柔之爲道不利遠。」惠棟注：「陰利承陽，遠則不利。」這就是說，陰柔雖有「美利」之效，卻是「承陽」而來，故行之不遠。換言之，與「天」即自然陽剛之「大」美相比，天下萬物包括人文藝術之陰柔之美都等而下之，是有限度的。應該是由於這個原因，不僅向來論《易傳》美學思想的，往往只注意到美有「剛柔」之分，並且一般也會看到「剛」即「陽剛」，卻在論及「柔」時，明知其爲陰柔，而極少有人直以「陰柔」稱之，更不用說對「陰柔」之爲美有正面的肯定。而文學史上「陰柔」之作，如秦觀「有情芍藥含春淚，無力薔薇臥曉枝」之類，便不可免地被評爲「終傷婉弱」〔註14〕，和視爲「女郎詩」了〔註15〕。

〔註13〕 徐志銳《周易大傳新注》，齊魯書社1986年版，第500頁。

〔註14〕 〔南宋〕魏慶之《詩人玉屑》卷二《臞翁詩評》。

〔註15〕 〔金〕元好問《論詩絕句三十首》，轉引自郭紹虞主編《中國歷代文論選》第二冊，上海古籍出版社1979年版，第450頁。

（三）「陰柔」之美的特徵在含蓄

這一點，從「陰雖有美，含之⋯⋯」的表述已可體會得來。它的本意雖然是說坤陰固然有「萬物資生」的「美利」之功，聯類而及臣下雖才德足以濟世，但是，須待有「王事」之用才能發揮，即如坤陰之順承乾陽，「後得主而有常，含萬物而化光」。換言之，其美因「承陽」或如「王事」之需而顯現，否則便應當處於內斂含蓄的狀態，而不發露，即程頤所謂「溫潤含蓄氣象，無許多光耀也」〔註16〕。總之，此語說的是為臣下須守坤陰之道，但其以「陰雖有美，含之」為喻，故能通於後世藝文以「含蓄」為美之風格要求，歷代談藝家頻稱用之。如劉勰《文心雕龍・麗辭》云：「炳爍聯華，鏡靜含態。」司空圖《詩品》以「含蓄」為二十四品之一，其名言曰：「不著一字，盡得風流。」又所謂「韻外之致」「味外之旨」〔註17〕，「象外之象，景外之景」〔註18〕云云，雖然並非直接就「陰柔」之美立論，卻與「陰雖有美，含之」之脈理相通，因而可視為對「陰柔」之美特徵的一種說明。

三、關於「修辭立其誠」

《易傳》極為重視「辭」的作用。《繫辭上傳》曰：「極天下之賾者存乎卦，鼓天下之動者存乎辭。」雖然這裡所說「辭」指筮占之卦爻辭即繇辭，但是，總在語言文字之列。而且《繫辭下傳》又說：「爻也者，效此者也。象也者，象此者也。爻象動乎內，吉凶見乎外，功業見乎變，聖人之情見乎辭。」又以這存有大力能「鼓天下之動」的「辭」為「聖人之情」的體現。這些論述除卻肯定筮占之「辭」作用的巨大與內容的崇高之外，也含蓄有「辭」能以道「情」的客觀意義。然而，「辭」如何以道「情」，或曰如何以「辭」道「情」，即「修辭」的標準是什麼？這是直接有關於後世文章──文學理論批評的大問題。對此，《易傳》同樣地並無自覺的思考，卻又同樣地有所涉及，並實際上作了明確的回答。《易傳・乾文言》曰：

> 子曰：「君子進德修業。忠信所以進德也。修辭立其誠，所以居業也。」

這裡的「修辭」即修飾語言，承上文君子「修業」而來。《易傳》以此為「君

〔註16〕 《二程遺書》卷十八《伊川語四》。
〔註17〕 《司空表聖文集》卷二《與李生論詩書》。
〔註18〕 《司空表聖文集》卷三《與極浦書》。

子……修業」之不二門徑。而「立其誠」即以「誠」爲本，謂言語合乎事實，通乎道理，而出乎眞心，沒有僞飾，大約即後世所謂實事求是、實話實說。總之，「修辭」二句的意思是說，要修飾語言，凡所言語皆本諸事實，心口如一，功業就可以日益藏積。若分而論之，「修辭立其誠」可包括三個方面的內容：一是指事實，二是說理至。這兩點即《繫辭上傳》所說：「辭也者，各指其所之。」但是還有第三就是立意正。這一點《易傳》中也曾多次說明與強調，如《繫辭下傳》：「理財正辭。」又云：「辨物正言斷辭。」等等，都明確主張修辭立意之正。這個立意正的要求也從其反對「偏辭」得到進一步的佐證，如《益卦》上九：「《象》曰：『莫益之』，偏辭也。」總之，「修辭立其誠」是關於言與意的全面標準。其所有三個方面的意義，雖然並不直接涉及文章——文學的道理，但是，文章——文學的實質是以筆代口，用文字寫話，所以《易傳》「修辭立其誠」的要求處處都能夠與文章——文學的理論相溝通。

因此，「修辭立其誠」實質是《易傳》關於文章——文學理論的重要發明。雖然《易傳》之外，先秦諸子有關修辭的相近的理論還有許多，但是，都不如《易傳》此語講得明確和全面。如《論語·衛靈公》：「子曰：『辭，達而已矣。』」孔安國注曰：「凡事莫過於實，辭達則足矣，不煩文豔之辭。」孔注的這個說明，正就是《論語正義》所指出：「此章明言之法也。」乃側重言語技法立論。因此，其所謂「達」有「誠」之指事實之義，或者還可以包括其說理至的一面，但是還不能說有了立意正的內容；又如《論語·子路》載：「子曰：『善人爲邦百年，亦可以勝殘去殺矣。』誠哉是言也！」所說「是言」之「誠」，應指其指事實與說理之至，也還是不包括立意正的一面。唯《禮記·表記》所引「子曰：『情慾信，辭欲巧。』」一語，庶幾有立意正一方面的含義，卻又只講「情」之「信」，而沒有兼顧其他兩面，並且「欲巧」的主張似與「辭達而已」有所不合。至於《禮記·大學》論修身必先「誠其意」，有所謂「誠於中，形於外」的話，卻又不是專講修辭的。因此，就字面而言，雖然「修辭立其誠」也是「明言語之法」的，但是，用一個「誠」字作修辭準則，兼顧言語之指事、說理與說者之立意，是當時有關「修辭」理論的最高明而全面的概括。

修辭是文章——文學的基礎。隨著書面文化的產生與發展，《周易》以其「六經之首」的巨大影響力，使「修辭立其誠」成爲後世文章——文學的重要標準，從而獲得眞正文章——文學理論的價值。王充《論衡·超奇篇》云：

「精誠由中，故其文語感動人深。」而《文心雕龍》論祭祝之文雜用《易傳》語說：「修辭立誠，在於無愧。」又論盟誓之文必「指九天以爲正，感激以立誠」，又同篇「贊」曰：「立誠在肅，修辭必甘。」唐宋以降，「四書」漸以成爲學士文人求取功名以安身立命的教科書，其中《大學》所謂「格致誠正，修齊治平」的教養之道與人生目標的要求，以及《中庸》「誠者，天之道也；誠之者，人之道也」的高度推崇，空前加強了「誠」在這些主流文化引導者心目中的地位，從而「修辭立其誠」更容易與論文相溝通，進而成爲文章——文學理論的內容，爲文學批評所用。對此，張善文《試論〈周易〉對〈文心雕龍〉的影響》一文認爲：「這裡劉勰所論的雖是特定的文體，事實上對於其他文體的創作也具有普漏的意義」，並舉王應麟、章學誠、嚴復以「誠」論文諸例〔註19〕，足證《易傳》「修辭立其誠」於中國傳統文論影響深遠。但是，還可補證的是，更直截了當標舉一個「誠」字說詩者，當推金元之際領袖文壇的著名文學家、詩論家元好問。《遺山先生文集》卷三十六《楊叔能小亨集序》說：

> 唐詩所以絕出於《三百篇》之後者，知本焉爾矣。何謂本？誠是也。……由心而誠，由誠而言，由言而詩也。三者相爲一。……故曰「不誠無物」。夫惟不誠，故言無所主，心口別爲二物。……其欲動天地、感神鬼，難矣。其是之謂本。

這段以誠爲詩之本的論述，其所執之理雖直接本於《中庸》，但是，既用於說詩，卻應當看作是《易傳》「修辭立其誠」理論的繼承與發展。

如上已論及，「修辭立其誠」包含有《易傳》作者對言與意關係的認識。這一認識也有其自己的特點。首先，上舉《易傳》有關「修辭立其誠」中立意正諸例已可表明，《易傳》作者實已認爲修辭意正則辭誠，否則辭偏。其所體現是言、意之性狀一致的認識；其次，更進一步，《易傳》作者對各類「偏辭」的個性心理特徵作了深入具體的研究。《繫辭下傳》：

> 將叛者其辭慚，中心疑者其辭枝，吉人之辭寡，躁人之辭多，
> 誣善之人其辭游，失其守者其辭屈。

這段治《易》者熟知的論述，卻並未受到語言學家的重視。筆者以爲，這其實是我國有關修辭與心理關係的重要發明。它表明在《易傳》作者看來，不

〔註19〕 張善文《試論〈周易〉對〈文心雕龍〉的影響》，《〈周易〉與文學》，福建教育出版社 1997 年 5 月版，第 102 頁。

同人言語的「慚」「枝」「寡」「多」「游」「屈」等狀，即所謂「偏辭」的語言特徵，各是其內心動機與個性特點的眞實反映，「聽其言」而可以知其人。這番論述同樣體現《易傳》作者言、意至少是在其性狀即形式上有一致性的看法，而與《孟子・公孫丑上》「知言」之論所謂「詖辭知其所蔽，淫辭知其所陷，邪辭知其所離，遁辭知其所窮」云云有相通之處，並且進一步可以看作是後世《揚子法言》「言，心聲也」理論的濫觴。因此，《易傳》雖然從內容的對應上同意孔子所說「書不盡言，言不盡意」（《繫辭上傳》），爲不統一論者；但在一個人的言與意之性狀即其形式的對應上卻是持統一論的。而孔子曰：「有言者不必有德。」（《論語・憲問》）又曰：「聽其言而觀其行。」（《論語・公冶長》），同時《禮記・表記》也說：「君子不以辭盡人。」都認爲一個人的言與其德、行、人品等可以不一致。可知在這一問題的認識上，《易傳》與孔子有異，而與孟子相合。這大概也是《易傳》非孔子本人所作，並且其成書在孔子之後的一個跡象，茲拈出以俟高明。

四、關於「衰世之意」與「憂患」著書

　　司馬遷「發憤著書」說是我國古代文論的一個重要命題，於後世影響深遠。但是，「發憤著書」說的第一個根據，也就是在司馬遷看來，第一個「發憤著書」的典型是「（周）文王拘而演《周易》」。這個根據或典型的說法卻肇自《易傳》。馬振彪遺著、張善文整理《周易學說・繫辭下傳》引「鄭康成曰：『據此言，以《易》是文王所作，斷可知矣。』」又，同書《易綱要》引陳希古曰：

　　　　孔子言易之興當文王與紂之事，又言其衰世之意邪。六十四卦
　　之辭，獨爻辭有文王與紂之事，是知爻辭亦文王作。若周公之時，
　　不得爲衰世。

這一說法的可靠性後世多持懷疑態度，筆者也不敢苟同。即司馬遷《史記・周本紀》雖然也說「西伯蓋即位五十年。其囚羑里，蓋益易之八卦爲六十四卦」，但先後兩以「蓋」字發言，是於文王演卦並非信之不疑，卻在《太史公自序》中以其事打頭，以《詩三百》收梢，論古之經典，「大抵皆聖人發憤之所爲作也」，實不過牽合以成其說，並且其最後結以「大抵」云云，也並未把話說死，或者是故留餘地。但是，後世王朝興衰，文學蓬轉，士人多厄，遂多以「發憤」爲創作特別是優秀之作的動因。如鍾嶸《詩品》云：「使（李）

陵不遭辛苦，其文亦何能至此！」韓愈《荊潭唱和詩序》云：「歡愉之辭難工，而愁苦之言易好也。」歐陽修《梅聖愈詩集序》云：「詩人少達而多窮，夫豈然哉？蓋世所傳詩者，多出於古窮人之辭也。……蓋愈窮，則愈工。然則非詩能窮人，殆窮者而後工也。」等等，大都以抒發憤懣爲文學創作的因由和動力；明代李贄《忠義水滸傳序》甚至斷言「古之聖賢，不憤則不作矣」，把司馬遷也並不十分肯定的「發憤著書」之說推向了極端。這一世代相承愈演愈甚的現象表明，太史公「發憤著書」說在中國文學史上是一種影響很大的創作與批評理論。因此，其作爲第一證據的「文王拘而演《周易》」之說肇自《易傳》一事，也就值得研究者注意。

筆者認爲，「文王拘而演《周易》」所以能成爲「發憤著書」說的第一證據，固然因其事在司馬遷所舉以爲「發憤著書」諸例中發生最早，周文王在諸例所列作者中地位又最高，但是，除此之外，還有另外的理由，那就是《易傳》特別標舉了《易》有「衰世之意」，而《易》之作者有「衰世」「憂患」之志。《易傳·繫辭下》說：

　　　其稱名也，雜而不越。於稽其類，其衰世之意邪？

又：

　　　《易》之興也，其於中古乎？作《易》者，其有憂患乎？

又：

　　　《易》之興也，其當殷之末世，周之盛德耶？當文王與紂之事
　　耶？是故其辭危。

雖然我們知道，《孟子》有著名的「生於憂患而死於安樂」之說，必爲司馬遷所熟知。但是，那是講「天將降大任於斯人」的，與著書尚未沾邊；而上引《易傳》大概是第一個把「衰世」「憂患」與著書聯繫在一起考察著書之事的。因此，由《史記》特別是《太史公自序》數稱《周易》，我們可以認爲，司馬遷乃留意於上引《易傳》再三說「易」爲「衰世」「憂患」之作，而有所感觸，乃至浮想聯翩，因類而及，概括出「發憤著書」之說。這應當是「文王拘而演《周易》」能爲此說打頭的最重要原因。換言之，《易傳》有關《周易》作者、時代、成書過程等等的推測，遙啓司馬遷「發憤著書」之說，進而流衍百代，影響深遠。這自然又是《易傳》與古代文論相關的又一大方面。

其實，這裡還應當注意到《孟子》之外，《易傳》說「《易》之興也」，一稱「其於中古乎」，再稱「其當殷之末世乎」；一稱「其有憂患乎」，再稱「其

辭危」，還稱「作《易》者，其知盜乎」，等等，是一部以「知人論世」以研究《易經》之文章——文學的著作。當然，這是否由於受到《孟子》「知人論世」說的影響，還很難說，筆者以爲是根本不可能的。所以，向來人們但知「知人論世」由孟子所提倡，而《孟子》一書中對此一研究方法的應用卻往往並不很成功；現在看到《易傳》在《易經》研究上「知人論世」的努力與成就，就不能不承認它可能早在《孟子》之前，就已經實踐了「知人論世」的文章——文學批評的原則與方法，豈不是一個很值得注意的文學理論現象！

當然，《易傳》在《易經》研究上的「知人論世」大都語焉未詳，而且多以疑問的口氣出之。但是，其所造實已較爲深入。如其「予稽其類」云云，今人徐志銳《周易大傳新注》釋曰：「考察《易》書卦中所言的各類事物多是憂患危懼之辭，有衰世的意味。」〔註 20〕玩其語意，實是就《易經》卦爻辭舉事、繫辭而尚論其世，又是在「論其世」的基礎上考論《易經》文本的「衰世之意」。「《易》之興，其當殷之末世」云云，則是在「論其世」的基礎上考察《易經》文本「其辭危」的原因。至於「《易》之興也，其於中古乎？作《易》者，其有憂患乎」數語，又是「論其世」以「知其人」。總之，上舉《易傳》數例，雖文字易簡，卻幾乎包含了《孟子》「知人論世」說方方面面的實踐，同樣值得研究中國古代文論學者重視。

以上就《易傳》美學——文學思想各舉兩例所作的探討，看似各不相謀，其實有內在的關聯，即有關論述中已經表明的，《易傳》的美學思想總能引導後世文藝美學發展出新的理論，而其有關文章——文學的見解，對後世文論的發展更有直接的關係，影響深遠。儘管本文在古今中外美學——文學理論的廣大範圍裏的討論，也許會有某種程度的牽強，但是，客觀事物間的普遍聯繫與人類思維具有同一性的事實，以及以上從美學與文章——文學的不同角度共同觀察到的《易傳》之文論價值，使本文作爲對前人研究的拾遺補闕，可以在加強《易傳》爲一部包羅萬象之書的共識基礎上，單就其成書而言，認定其是一部有關《易經》文章——文學批評的專著，是我國古代第一部就專書作全面系統的文章——文學批評研究的理論著作，其中包含的深刻美學思想與豐富複雜的文章——文學理論，特別是某些具有原典性質的文論內容，值得學者進一步深入研究與探討。總之，我們的結論是：在《文心雕龍》

〔註20〕 徐志銳《周易大傳新注》，齊魯書社 1988 年 6 月版，第 465 頁。

之前，我國已經有了一部系統的有關文章──文學專書批評的理論著作，那就是《易傳》。

這個結論可能有聳人聽聞之嫌，卻正是劉勰《文心雕龍》有關論述之已有之義。按《文心雕龍‧原道》說：「人文之元，肇自太極，幽贊神明，《易象》惟先。」此《易象》即《左傳‧昭公二年》太史氏之《易象》，杜預注謂「上下經之象辭」者，即《易經》〔註21〕。又《宗經》說：「論說辭序，《易》為之首。」這裡所說《易》指《易傳》〔註22〕；而又於《序志》篇特別聲明《文心雕龍》一書之「位理定名，彰乎大易之數」。此外，如「龍學」研究者所共知，「其中，引自經典之文，隨處可見，尤以《易經》為最」〔註23〕。由此種種情況可知，劉勰《文心雕龍》實以《易經》為中國人文之文章──文學初創之體，而以《易傳》是「論說辭序」的第一部書。據此，在「傳」以解「經」的意義上，可以認為上述劉勰對《周易》經、傳的性質的理解，應該導致其對《易傳》作為關於《易經》的「論說辭序」之書，實際就是今所謂有關《易經》文本的理論批評專著之朦朧的認識。大約因此，劉勰《文心雕龍》刻意遵循《易》教論文，不僅全書之「位理定名」標榜《易傳》「大衍之數」，而且書中大量具體的引用化用之論，幾乎就是《易傳》有關美學──文學思想的演繹。

這個事實表明，在文章──文學批評的意義上，《易傳》實為《文心雕龍》之先導；而相對於後世《文心雕龍》這部系統論文的傑作，《易傳》應當被看作是我國最早作專書批評的文章──文學理論著作，有引起研究者充分注意的特殊重要的價值。

（原載《孔子研究》2004 年第 6 期）

〔註21〕 指今本《周易》「經」的部分。按此「易象」，近人有標點為「《易》象」或「《易》《象》」，誤。

〔註22〕 參見游志誠《運用〈文心雕龍〉理論分析〈周易〉文學》，載中國文心雕龍學會編《論劉勰及其〈文心雕龍〉》，學苑出版社 2000 年版。

〔註23〕 張文勳《文心雕龍研究史》，雲南大學出版社 2001 年 6 月版，第 13 頁。按《文心雕龍》全書近百次引用或化用《周易》特別是《易傳》事象、思想、文句：張善文《〈周易〉與文學的關係研究綜述》介紹鄧仕梁《〈易〉與〈文心雕龍〉》一文采例達 47 則，而張善文《試論〈周易〉對〈文心雕龍〉的影響》一文，單就「《文心雕龍》融化《周易》詞語，以自鑄美意偉辭」舉例，即達 31 種。張文見《〈周易〉與文學》，福建教育出版社 1997 年 5 月版。

說「詩可以興」

　　興、觀、群、怨，是孔子詩論的重要內容，對後世文學批評和創作產生過極大的影響。考之《論語》，這四者原是孔子教導學生學詩的話：「小子何莫學夫詩？詩可以興，可以觀，可以群，可以怨。邇之事父，遠之事君，多識於鳥獸草木之名。」（《論語・陽貨》）興，孔安國注謂「引譬連類」，朱熹注謂「感發志意」；觀，鄭玄注謂「觀風俗之盛衰」；群，孔安國注謂「群居相切磋」；怨，孔安國注謂「怨刺上政」。除對「興」的解釋孔安國和朱熹略有異同外，其餘三者的理解，古今無甚異議。

　　由這些解釋推原孔子所謂學詩的這四個方面，我們發現「觀、群、怨」三者側重於詩的認識和教化作用，與「邇之事父，遠之事君」有更直接和密切的關係；「興」則接觸到了詩歌欣賞的審美特徵。孔子以「興」打頭，以「怨」收梢，論定學詩的四種功用，除表明他詩論的全面外，還顯示了他對詩歌藝術特徵的理解和重視。在他看來，「興」是學詩的關鍵，只有通過「興」，才能進入學詩的境界。因此，「詩可以興」是孔子詩教的基礎，對它的理解，關係到孔子詩論的基本評價。

　　或曰孔子把「詩可以興」作爲詩歌的第一個作用，未必是有意的安排。其實不然。孔子是一個嚴謹的人。《子路》篇載：「子曰：『……名不正，則言不順；言不順，則事不成。……故君子名之必可言也，言之必可行也。君子於其言，無所苟而已矣。』」所以，興、觀、群、怨的排列絕非是隨意的布置，而是孔子對詩歌作用和學詩過程的名正言順的表述。單就特別重視「詩可以興」而言，我們還可舉出《泰伯》篇的記載作爲佐證：「子曰：興於詩，立於禮，成於樂。』」於詩單講「興」，不及「觀、群、怨」。其他地方也未見孔子

有論述詩「可以觀，可以群，可以怨」的話，可見孔子對「詩可以興」格外重視。

為什麼說「詩可以興」顯示了孔子對詩歌藝術本質特徵的理解呢？這首先要弄清楚什麼是「興」。關於「興」，孔安國「引譬連類」的解釋實際指出了「興」具有想像和聯想的特質；朱熹「感發志意」的解釋則側重詩歌對人的藝術感染力和認識的啓發作用。這兩種解釋都包含了詩是訴諸人的感性的合理認識。「引譬連類」本質上是詩歌欣賞中讀者對詩歌形象再創造的過程，「感發志意」則是詩歌欣賞作為審美活動的起點和終端。合而觀之，則是關於詩歌欣賞的完整的審美經驗的表述，而這就是「興」的全部含義，它應該屬於我國古代美學中接受美學的範疇。

那麼，孔子對「興」的理解是否也如此呢？史籍中未見孔子有關的正面論述。但是，孔子是一位對文藝有很高鑒賞能力的哲人，對音樂有深切的審美體驗：「子在齊聞《韶》，三月不知肉味，曰：『不圖為樂之至於斯也。』」（《論語·述而》）所以，「顏淵問為邦，子曰：『……樂則《韶》《舞》。』」（《論語·衛靈公》）他親身感受到了《韶》的「盡美矣，又盡善也」（《論語·八佾》），才設想用以「為邦」。對於「詩可以興」，《論語》沒有相應的類似記載。但孔子說過：「不學詩，無以言。」（《論語·季氏》）還說過：「人而不為《周南》《召南》，其猶正牆面而立也與！」（《論語·陽貨》）。這就是說，「學詩」方能「言」；為《周南》《召南》，方能猶反「牆面而立」——能看得遠，往前行。言為心聲，「學詩」而能「言」，就包含詩有「感發志意」的作用，「為《周南》《召南》」而能看得遠，往前行，則包含了學詩能由此及彼，由近及遠，亦即「引譬連類」。所以，孔子雖沒有對「興」作過正面的解釋，孔安國、朱熹也都主要是從訓詁的角度加以解釋，但二人的解釋合起來，倒也合乎實際地說明了孔子對「興」的把握。《詩》云：「他人有心，予忖度之。」孔安國、朱熹之謂也。

孔子用詩的實踐也體現了他所謂「興」就是「引譬連類」和「感發志意」。首先，他認為不能「興」就不是真正的懂詩。《子路》篇載：「子曰：『誦詩三百，授之以政，不達；使於四方，不能專對；雖多，亦奚以為？』」其次，他表明只有「興」才是對詩的真正把握。《學而》篇載：「子貢曰：『貧而無諂，富而無驕，何如？』子曰：『可也，未若貧而樂，富而好禮也』。子貢曰：『詩云：如切如磋，如琢如磨，其斯之謂與？』子曰：『賜也，始可與言詩也已矣，

告諸往而知來者。』」這裡，子貢所以受到孔子的稱讚，就因爲他能用《詩》句作譬，表示學問道德都要提高一步看的道理，也就是能「引譬連類」，從一個方面實現了「詩可以興」。又《八佾》篇載:「子夏問曰:『繪事後素。』曰:『禮後乎？』子曰:『起予者，商也，始可與言《詩》已矣！』」起，啓發。子夏從孔子對詩的解釋引譬連類，言及禮後於仁義，孔子因子夏的話受到啓發。這個啓發是由談論詩而得到的，所以孔子說「始可與言《詩》已矣」。這就肯定了「詩可以興」的另一方面，即「感發志意」。總之，在孔子看來，學詩之道，單是「誦」還不行，要做到「告諸往而知來」，要從中得到啓發（起），一言以蔽之曰「興於詩」。它接觸到了詩歌欣賞所必不可少的聯想、想像、感發等接受美學中的重要問題，表明孔子對詩歌藝術特徵有一定的認識。

然而，孔子對詩歌藝術特徵的認識並不充分。從上引他談詩的情況看，他雖首標「詩可以興」，卻只是把「興」作爲溝通詩歌與人的道德修養、社會認識、政治活動的橋梁，而忽略了「興」是詩歌作爲藝術訴諸人的感情的本質特徵。因而，「詩可以興」的合理命題在他手中主要只是形式上的意義，而沒有更多的發揮。比較對於音樂，他對詩的審美性質的體驗和認識要淺得多。這一方面因爲孔子主要是一位思想家、教育家，另一方面或者就是孔子所說:「仁言不如仁聲之入人深也。」（《孟子·盡心上》）而根本上則是時代的局限。孔子的時代，我國詩歌的第一個黃金時代已爲散文的勃興所代替，「孟子曰:『王者之迹息而《詩》亡，《詩》亡，然後《春秋》作。」（《孟子·離婁下》）詩歌的藝術欣賞也隨著「《詩》亡」而不能得到正常和全面的發展。《左傳·襄公二十八年》記載一個人說:「賦詩斷章，余取所求焉。」孔子「詩可以興」的局限正是「賦詩斷章」影響於文學欣賞的結果。但是，孔子把「詩可以興」作爲學詩的關鍵，詩教的基礎，仍不失爲對我國古代文論的一個傑出的貢獻，只是我們一直沒有很好地重視這一點。

（原載《語文函授》1987 年第 4 期）

「三日」與「三月」

　　《老殘遊記》「明湖居聽書」一節，寫王小玉歌唱之妙，可謂極筆墨之能事。特別它著力鋪陳渲染，描繪得如聞其聲，在舊小說中實不多見。而篇末一番議論更耐人尋味：「古人形容歌聲的好處，有那『餘音繞梁，三日不絕』的話，……聽了小玉先生說書，……反覺『三日不絕』，這『三日』二字下得太少，還是孔子『三月不知肉味』，『三月』二字形容得透徹些！」本篇描繪王小玉的歌唱，處處用鋪墊、烘托和對照，已是「愈翻愈險，愈險愈奇」了，而議論亦鋪墊、烘托，由「三日不絕」翻進一層，真正用筆跌宕，縱橫自如了。

　　「餘音繞梁，三日不絕」「三月不知肉味」，都是說音樂之美，令人難忘的。「三日」「三月」都非指實，不過說時間久罷了。說「『三日』二字下得太少」，「『三月』二字形容得透徹些」，也只是小說家一點手段——唯其如此去寫，讀來意義才最顯豁。但就實際的情況，倒不在「三日」下得太少，「三月」較多，而在美感的方式與程度不同。

　　「餘音繞梁，三日不絕」，是直接就音樂本身形容，化無形之音，為有形能環繞之物，以聽覺形象訴諸視覺，即孔穎達《禮記正義》所說：「聲音感動於人，令人心想其形狀如此。」中國古代以聽覺通感於視覺的描寫很多。《禮記‧樂記》說：「故歌者，上如抗，下如隊，曲如折，止如槁木，倨中矩，句中鉤，累累乎端如貫珠。」韓愈《聽穎師彈琴》云：「浮雲柳絮無根蒂，天地闊遠隨風揚，……躋攀分寸不可上，失勢一落千丈強。」本篇寫王小玉唱腔之千回百折，「如一條飛蛇在黃山三十六峰半山腰裏盤旋穿插，頃刻之間，周匝數遍」等，也是把聽覺形象溝通視覺以形容音樂的絕妙例子。但是，若論

簡潔易曉，這類形容中還推「餘音繞梁，三日不絕」最妙，不僅狀其形，畫出空間上的動態，而且寫出了「餘音」在時間上的延續，眞正以少總多，窮形盡相了。

「三月不知肉味」，是從人對音樂的感受作形容。它不說音樂本身如何，而說人聽了音樂如何；不正面言音樂之美，而以聞聲「不知肉味」襯托出之。意謂音樂之美使人迷醉，連肉的美味都忘卻了，這是一種忘我的審美狀態。孔子是「食不厭精，膾不厭細」的美食家，但他聽了《韶》之後，竟「不知肉味」達「三月」之久，以至驚歎：「不圖爲樂之至斯也。」（《論語·述而》）所以「三月不知肉味」一語，不言音樂之美，而言聽樂後使人忘記最好的美味，則音樂之美入人之深，自在其中，這就比直接寫音樂如何如何事半功倍。漢樂府詩《陌上桑》寫羅敷女：「少年見羅敷，脫帽著帩頭。耕者忘其犁，鋤者忘其鋤。」所以爲人稱道，就在於這種間接描寫形容的方法。金聖歎說：「文章最妙，是目注此處，卻不便寫，卻從遠遠處發來。」「三月不知肉味」的形容音樂，正得此妙。加之舉「肉味」襯托，內中便把音樂的聽覺形象化爲味覺形象，亦是獨闢蹊徑。而且以「肉味」襯托音樂之「味」美，比想像才現的「繞梁」來得親近深切，這就難怪書中此論一出，「旁邊人都說道：『夢湘先生論得透闢極了！於我心有戚戚焉！』」

我國古代論書畫講究氣韻，論詩有「滋味說」。但是，除這句「三月不知肉味」包含以味論樂的傾向外，在樂論上似未見有溝通聽覺與味覺的說明。錢鍾書先生有篇名曰《通感》的著名論文，舉了中國詩文描寫中許多運用通感的例子，寫聲方面，溝通聽覺與視覺、觸覺、嗅覺的都很不少，如「風來花低鳥聲香」「避人幽鳥聲如剪」「月涼夢破雞聲白」「乾風隨馬竹聲焦」之類，但與味覺溝通的卻一例也沒有，大概這是最難溝通和表達的罷。但是古今語言中這樣溝通的情狀還是有的，如「甜言蜜語」「語言無味」等等。只是以聽覺和味覺的通感形容音樂，似乎僅有這著名的「三月不知肉味」。所以，不獨形容音樂的名句「餘音繞梁，三日不絕」不能與之相比，單是它在論樂上的獨創性，也就足夠引起文論家的重視了。

（原載《語文函授》1986 年第 3 期）

漫議「發憤著書」

　　西漢初期，著名史學、文學家司馬遷繼承父志，修撰《史記》，動筆不久，遭李陵之禍，受宮刑。這不僅是肉體上的痛苦，對於士大夫更是人格上的屈辱。正如他所說：「詬莫大於宮刑。」（《報任安書》）但這個巨大不幸不僅沒有動搖他著書立說「成一家之言」的決心，反而激勵他化悲憤為力量，以喪殘之軀完成了《史記》這部千古不朽之作。這在今天看來，是我國史學、文學史上一件偉大的壯舉，然而當時司馬遷「隱忍苟活」地撰寫《史記》，卻不為世俗之人所贊許。為了剖明心志，司馬遷在著名的《報任安書》中寫下了這樣一段千古傳誦的名言：

> 古者富貴而名摩滅，不可勝記，唯倜儻非常之人稱焉。蓋西伯拘而演《周易》；仲尼厄而作《春秋》；屈原放逐，乃賦《離騷》；左丘失明，厥有《國語》；孫子臏腳，《兵法》修列；不韋遷蜀，世傳《呂覽》；韓非囚秦，《說難》《孤憤》；《詩》三百篇，大底聖賢發憤之所為作也。此人皆意有所鬱結，不得通其道，故述往事，思來者。乃如左丘無目，孫子斷足，終不可用，退而論書策以舒其憤，思垂空文以自見。

在《史記‧太史公自序》中，司馬遷也說過類似的話。這些話的含義十分豐富：其一是講富貴安樂容易使人玩物喪志，而惡劣的環境可以砥礪意志，鍛鍊才幹。古來成大事者無不經受種種磨難，即所謂「艱難困苦，玉汝於成」。但這個認識並非司馬遷的新發明，早在戰國末期的孟子就說過「困於心，衡於慮，而後作，……然後知生於憂患而死於安樂也」（《孟子‧告子下》）。只是司馬遷以之專論文辭之士，主要是那些仕途困窮、肉體受刑致殘的文人。

在他看來，人不應因一時的屈辱困厄而自暴自棄，甚至激於私念而「引決自裁」（《報任安書》）。能臨危不懼，忍辱負重以完成時代賦予的歷史使命的人，才是真正的「勇者」。他說：「勇者不必死節，怯夫慕義，何處不勉焉？」（《報任安書》）至於文人身處逆境，則應「著書」以「遂其志」（《史記‧太史公自序》）。這樣，司馬遷就從為自己辯護出發，提出了文人「發憤著書」的立身處世之道。他倡導和親身實踐的這種不甘沒世、積極進取的人生精神無疑是十分寶貴的。它激勵了世代有志之士，寫下了光輝燦爛的篇章。當我們讀著岳飛的《滿江紅》，文天祥的《正氣歌》，關漢卿的《竇娥冤》，曹雪芹的《紅樓夢》等血淚之作時，就不由地想起司馬遷這段名言。毛澤東曾在一九六二年七千人大會上引用這段話，勉勵當時受過錯誤處理的同志捐棄私怨、振作精神。我想，這對於經受了「十年浩劫」遭到過某些挫折的人們，仍然有現實教育意義。

其二，是講創作的動機「皆意有鬱結，不得通其道也」。這實際上是「詩言志」的繼承，但已不只是講「詩」，而是指所有的文學創作了。這樣，司馬遷就在廣泛的意義上強調了作家生活、思想感情和創作的聯繫，強調了創作必須有真情實感，客觀上反對了無病呻吟、為文造情的腐朽文風。

當然，司馬遷不是一般地談論創作必須有感而發。他側重強調的是「鬱結」之意，就是「憤」。在他看來，大凡成功的作品都是「舒其憤」之作，這基本符合古代文學的實際。我國文學從《詩經》中的許多怨詩，到《離騷》《竇娥冤》《紅樓夢》；西方從古希臘悲劇到近代批判現實主義作品，都是字字血、聲聲淚，形象地再現了個人和整個人類前行的悲壯的歷史。所以西方最早的文學作品荷馬《史詩》就標明「阿喀琉斯的憤怒是我的主題」，比司馬遷在世稍晚的古羅馬詩人尤維納利斯的名言就是「憤怒出詩人」。東西方早期文學理論中這些強調怨憤是創作動機的不約而同的論述，決非偶然的巧合，它是以文學所處的那個黑暗時代，和它自身所受的種種壓抑摧殘作為背景的。在極權專制的黑暗時代，或者「朱門酒肉臭，路有凍死骨」（杜甫《自京赴奉先詠懷五百字》），或者「白骨露於野，千里無雞鳴」（曹操《蒿里行》）。面對現實，進步的、同情人民的作家怎麼能不「窮年憂黎元，歎息腸內熱」（杜甫《自京赴奉先詠懷五百字》）呢？他們憤世嫉俗，必然為昏君貪吏所不容，所以在封建統治下「文人多數奇，詩人尤命薄」，文學和進步的文學家的命運總是坎坷的，創作多是「發憤著書」，作品多是「窮苦之言」；另一方面，封建極權專

制下，世上多是受苦人，於世情險惡，官海浮沉之際，易與「窮苦之言」相溝通，而於「歡愉之辭」則少親切感。這就是使得社會上也常以「窮苦之言」為貴，而有意無意地貶低了「歡愉之辭」。此種社會心理恐怕也就影響和阻礙了「歡愉之辭」的創作和流傳。這反映在理論上，必然側重強調「怨憤」是創作的動機，司馬遷正是第一個這樣做的。其積極意義在於肯定了「窮苦之言」的歷史地位，突出了文學批判現實的作用，這對於後儒貶低文學「怨」「刺」功能的保守思想是一個大的突破。

其三，司馬遷把創作的目的歸結為「述往事，思來者」，強調創作必須反映現實。為現實生活服務。他所謂「述往事」就是「究天人之際，通古今之變。」所謂「思來者，」就是「傳之其人，涌邑大都」(《報任安書》)。雖然這不免主要是指《史記》的寫作，但它所體現的作家寬廣的胸懷，遼闊的視野，以及那種正視現實，努力把握歷史發展動向的創作態度，卻有著普遍的意義。司馬遷身受奇恥大辱，卻不把創作作為發個人怨憤、一己牢騷的工具。他關心的是社會發展、歷史的進步。雖然由於時代和個人的局限，他不可能真正認識和解決當時的社會問題，但他那種以天下為己任的創作態度，卻使《史記》成為「其文直，其事賅，不虛美，不隱惡，故謂之實錄」(班固《漢書・司馬遷傳贊》)的不朽之作。聯繫到我們今天的創作，某些作者連篇累牘，津津樂道於個人雞蟲得失的小悲歡，豈不是有愧於時代，甚至連古人都不如了麼？

這三個方面構成了司馬遷「發憤著書」說的基本內容。兩千多年來，它對文學的創作和批評產生了巨大而深遠的影響。特別是強調怨憤作為文學創作的動機，更為後世一些文學大家所稱道。東漢桓譚說：「賈誼不左遷失志，則文采不發……」(《新論・求輔》)劉勰認為「心非鬱陶，則為文造情」(《文心雕龍・情采》)，李白說：「哀怨起騷人。」(《古風二首》)歐陽修說詩「殆窮而後工」(《梅聖俞詩集序》)。越是到近世，大概隨著封建社會的日趨衰亡，文論家們就漸漸把怨憤作為創作的唯一動機了。明代李贄就斷言「古之聖賢，不憤則不作矣」(《忠義水滸傳序》)。而任何正確的理論，一旦把它絕對化，就難免不出現片面性。「發憤著書」也正是這樣，當把它理解為非有怨憤不可以著書時，其偏頗之處是顯而易見的。

作家的生活和思想是複雜多樣的，因而創作的動機也必然是複雜多樣的，至少是「哀樂之心感，而歌詠之聲發」(班固《漢書・藝文志》)，既講哀，

又講樂，是兩點論。然而正如錢鍾書先生曾正確指出的那樣，司馬遷是最早不兩面兼顧的人〔註1〕。他單講怨憤，是片面性。但讀者卻應當理解司馬遷之苦心，並不是一定把怨憤作為創作的唯一動機。他例舉諸家發憤著書，不過是為自己「隱忍苟活」以完成《史記》的創作辯護，是有所為而發。而且，據考證，《呂覽》本不是呂不韋遷蜀之前成書的，當時呂不韋正為秦國丞相，官運享通，有何「憤」須著書以發之不可？何況《呂覽》本不是呂不韋個人撰述，是其門客集體編撰的；同樣，《說難》《孤憤》也不是韓非囚秦後的作品。司馬遷把這三書也作為「發憤之所為作」是不確的。至於《詩》三百篇中有許多怨詩，但也不乏歡愉之篇：《關雎》（周南）熱情洋溢；《桃夭》（周南）輕盈活潑；《靜女》（北風）甜美雋永；《木瓜》（衛風）深情厚愛，……都不是「窮苦之言」。所以，連司馬遷也只好說：「《詩》三百篇，大底聖賢發憤之所為作也。」只講大概，並不把話說死。可見他並不是一定把「發憤著書」作為創作的規律，至少是有所保留的。儘管我們可以從他的這一論述中得到許多有益的啟示，但司馬遷的本意卻不過是剖明心志而已。並且，他自己的「發憤之所為作」，準確地說應是受刑以後的事，其開始創作《史記》，乃是為了繼承父親司馬談的遺志；受刑之後繼續堅持《史記》的創作，才有了「發憤」的動機和目的，那麼司馬遷之「發憤著書」，也僅是發憤繼續著書而已。「憤」亦作，不「憤」亦作，在司馬遷本人說來，「發憤著書」也不是創作規律了。

有人把「發憤著書」與韓愈的「不平則鳴」看作同一個意思，以此印證「發憤著書」是創作規律，這也是不對的。韓愈在《送孟東野序》中提出「大凡物不得其平則鳴」，後人多以「不平」為憤憤不平，這不符合朝愈原意。韓愈所謂「不平」是指人的心理作用。先秦心理學講人性本是平靜的，「人生而靜，感於物而動」（《樂記》），性動而生情。無論什麼情都是性不得其平的表現。所以韓愈的「不平則鳴」，實際上是講情感一旦觸發就要表現，是「情動於中而形於言」（《毛詩序》）的意思。這種情當然就不反包括歡樂或怨憤，而是兩者皆有。韓愈也正是兼顧了這兩個方面。他說「有不得已而後言，其歌也有思，其哭也有懷」，既講哭，又講歌，是把悲憤與歡樂都看作「不平」。他還列舉歷代鳴者，如鳴國家之盛的周公，鳴國家敗亡的屈原，又論及當世的孟郊等。他感歎地說：「三子者之鳴信善矣，抑不知天將和其聲，而使鳴國

家之盛也耶，抑將窮餓其身，思愁其心腸，而使自鳴不幸邪？」「鳴國家之盛」也是「不平」而鳴，但顯然不是憤憤不平而鳴，而是遭逢盛世，歡欣鼓舞而鳴。當然，韓愈往往較多地強調「自鳴不幸」的「不平」，包括《送孟東野序》也是側重講這一點，這與他自身遭際及所論的具體人事有關。作為以嚴謹著稱的古文大師，韓愈並沒有把創作動機僅僅歸結為抒發怨憤。他的「不平則鳴」，包括了創作動機的多樣性，並無「不憤則不作」之意。

所以，把「發憤著書」視為創作規律，在理論上是沒有充分根據的。而從中國古代文學史的實際看，「發憤著書」思垂空文以自見的固然不少，但也並非凡「發憤」之作皆好書，或凡好書皆「發憤」之作。上舉《詩經》中的例子是如此。唐代大詩人杜甫一生坎坷困窮，也偶有「漫捲詩書喜欲狂」的時候，《聞官軍收河南河北》就是他生平第一首快詩；蘇軾政治上一生不得意，也仍有《喜雨亭記》傳世。雖是因「喜」而記，質量上也並不見得比「窮苦之言」為差。至於在民間文學中，人民表達的情感更是豐富多彩。中國人民的偉大，不僅在於承受幾千年的封建壓迫生存下來，更在於為生存和發展殊死鬥爭的艱難困苦中，始終保持和發揚了戰鬥的樂觀主義精神，這精神在文學中也不時頑強地表現了出來。我們不能用一種情感貧化中華民族的性格，不能用一種格調限制和評判中國文學。無論什麼樣的情感，只要是真摯的，健康的，都可以和應該以文學的形式表現出來。作家可以暴露，諷刺，乃至吶喊，但不應無病呻吟，亦不必「不憤則不作」，「隨時憂樂以詩鳴」可矣。生活需要於文學的，不僅是對黑暗的無情揭露，而且是對光明的由衷的讚美和歌頌。這二者在不同的歷史時期，不同的作家作品中可能有不同側重；但無論在何種情況下，都不應只看到一面而無視另一面，甚至否定另一面存在的合理性，從而把作家生活、思想與創作的多方面複雜聯繫簡單化，那是不利於文學發展的。

即使在黑暗暴政下以抒發怨憤和揭露批判現實為主的作品，也應力求顯示人民的理想乃至某種希望，給人以爭取光明的信心和力量。誠如魯迅先生所說，一個民族單有叫苦和鳴不平的文學還是沒有希望的。所以他一面用犀利的筆戳穿舊社會的黑暗「鐵屋子」，一面時時把光明指引給處在黑暗中的人們。在小說《藥》裏，他寫夏瑜的墳上放了一個「花環」。這燦爛的一筆，不僅傾注了對屠殺者的恨，而且使小說於暴露黑暗之餘，暗示了革命力量的存在。黑暗必將過去，光明的新世界一定會到來，這就是革命文學家的「述往

事，思來者」。

從創作的過程說，即使抒發怨憤之情，也不宜在「發憤」時著書。魯迅說：「長歌當哭，是必須在痛定之後的。」〔註2〕又說：「我認為感情正烈的時候，不宜作詩，否則鋒鋩太露，能將『詩美』殺掉。」〔註3〕法國的狄德羅也說過類似的話：「你是否趁你朋友或愛人剛死的時候做詩哀悼呢？不，誰趁這種時候去發揮詩才，誰就會倒楣。只有等到激烈的哀痛已過去，……當事人才想到幸福遭到折損，才能估計損失，記憶才和想像結合起來，去回味和放大已經感到的悲痛。」〔註4〕這就是說，在創作中激烈的感情容易限制想像和思考，不易做到「意隱微而言約」，把生活轉化為藝術，所以審美要保持一定距離，需運用理智。不曾有真情實感，無病呻吟固然寫不出好作品，單有了真情實感，也不能憑著「心血來潮」把情感直瀉到紙上。還要把記憶和想像、情感和理智結合起來，才能真正進入文學創作。所以，「憤怒」並不能馬上就出「詩人」，正當「發憤」的時候反倒不適合著書。

總之，對「發憤著書」，我們應當有一個全面正確的理解，既看到它合理的因素，又要看到它的局限性；既要看到它在古代文學史、文化史上所起的積極作用，又不能照搬以指導當前的創作。一句話，應當批判地繼承和借鑒司馬遷留給我們的這一思想文化遺產。

（原載《語文函授》1984 年第 5～6 期合刊）

〔註2〕 魯迅《紀念劉和珍君》，《魯迅全集》（3），人民文學出版社 1981 年版，第 273 頁。

〔註3〕 魯迅《兩地書·三二》，《魯迅全集》（11），人民文學出版社 1981 年版，第 97 頁。

〔註4〕 轉引自朱光潛《西方美學史》上卷，人民文學出版社 1963 年版，1980 年印本，第 280 頁。

錢鍾書「以史證詩」簡說

　　陳寅恪先生以詩證史，對於古典文學研究的主要意義，在於確證詩中有史和分清詩中的事實與虛構，以便確解詩意。但陳先生是史學家，以詩證史著眼在史，主要是爲史學研究別闢蹊徑。對於古典文學研究，以詩證史指向證實，學者因此而對詩的本事、素材等有確切瞭解，進而對作品的意義有可能的發揮，是人文學科文史不分家而分工之下的史爲文用，並不說明以詩證史眞正屬於文學研究的範疇。這是不難明白的道理。但是，陳先生以詩證史對古典文學研究的貢獻使古典文學研究界也不能不格外重視這一史學的門徑，並有大量這方面的借鑒。所以，雖然詩中有史本是古典文學研究家常談，但在不少人那裡，卻好像只有到了陳先生以詩證史才眞正打開了眼界。而在另一方面，文史學界卻很少人注意到史中有詩和可以以史證詩，更少見學者以之爲治學門徑，自覺以史證詩深入古典文學的研究。有之，近世自錢鍾書始。

　　錢著《管錐編》有大量從經史中尋繹詩心文境、小說戲曲題材故事手法來源，以及以詩文印證小說戲曲描寫的考論，如第一冊《周易正義二七則》之一五論《漸》有「征夫不復與蕩子不歸」之義；《毛詩正義六〇則》之二五論《氓》「層次分明，工於敘事……皆具無往不復，無垂不縮之致。然文字之妙有波瀾，讀之只覺是人事之應有曲折。後來如唐人傳奇中元稹《會眞記》崔鶯鶯大數張生一節、沈既濟《任氏傳》中任氏長歎息一節，差堪共語」；《左傳正義六七則》之一稱明、清小說評點家「頗悟正史稗史之意匠經營，同貫共規，泯町畦而通騎驛」，論「史家追敘眞人實事，每須遙體人情，懸想事勢，設身局中，潛心腔內，忖之度之，以揣以摩，庶幾入情合理。蓋與小說、院

本之臆造人物、虛構境地，不盡同而可相通」。之三一明「借乙口敘甲事」之法。《史記會注考證五八則》之六論《穀梁傳・僖公元年》《史記・高祖本紀》、杜甫《寄張山人彪》「蕭索論兵地，蒼茫鬥將時」等「記鬥將事」，即「章回小說中之兩馬相交，廝殺若干『回合』是也」；第三冊《全後漢文卷二八》論「漢賦似小說」，等等。這些論例表明錢先生治古典文學的基本方法，除中西比較外，是以經史證文學，以詩文證小說戲曲，客觀上又是經史詩文小說戲曲的互證。

古人云「六經皆史」。與陳寅恪先生以詩證史不同，上述錢先生治學方法的本質是以史證詩。這種方法從史中分析出詩——史家「忖之度之，以揣以摩」的成份，使讀史的人知史中有詩，史家「筆補造化」處並非當時事實。對史學而言，以史證詩指向證虛，固然不無裨益。但錢先生畢竟是文學研究家，他以史證詩，從史中發掘與詩「不盡同而可相通」的方面，注意不在史而在詩，是為了在古代詩歌創作本來廣闊的文化背景上還原、加深或昇華對詩的理解。更有一點不同，錢先生所用不限歷代正史，而是擴大到以儒、道、墨、法、陰陽、兵、農、釋等等各家的經典，而所關照更不只是詩而擴大到全部的文學，還在文學內部以詩、詞、文、賦、散曲、民謠等各體的文學證小說戲曲，乃至各體文學間的互證。從而他的以史證詩有海涵地負的氣象，五光十色的內涵，風情萬種的韻致，即使在「六經皆史」的意義上，其實又不是以史證詩所可概括。但是，相對於古典文學界一向推崇的陳先生的以詩證史，我們把錢先生這種治學的路徑歸結為以史證詩，又是抓住了根本，揭示了本質。在這個意義上，正不妨說陳先生出詩入史，而錢先生出史入詩，兩位史學與文學的大師在史與詩之間相向開闢了學術的通途。他們在各自領域及其雙向的輻射成功表明，人文學科文史不分家而分工的情況下，但有成就的學者總力求文史兼通和相互為用，並且只有如此，輔以其他必要的條件，才可能有真正的成功。

應當說，在錢鍾書先生之前，援經史以說文學，藉詩文以言小說戲曲的學者與書例並不少見。《文心雕龍》首列「原道」「徵聖」「宗經」諸篇，既是為創作立則，也是批評的標準，後世詩說文評大都奉為圭臬，然而多為注家工夫。至如清人毛宗崗評點《三國演義》引《漢書》王陵母事說徐庶之母死節（第 36 回），引《西廂記》曲文說劉備送別徐庶（第 36 回），引漢樂府「還將舊時意，憐取眼前人」詩句說劉備勸徐庶善事新主（第 36 回），引《春秋》

《左傳》事說劉備勸關、張同往三請諸葛（第38回），引李華《弔古戰場文》說劉玄德攜民渡江光景（第 41 回），等等，更是援經史詩文乃至戲曲以評點小說的典型。但是總體而言，毛宗崗的做法未脫乾嘉考據的舊套。而錢先生以經史證文學、以詩文證小說戲曲，卻不僅考據出處關聯，更深入到對文學意義及形式特點的說明。換言之，其所做「證」的工作，不僅有事實上眞與僞的辨別，義理上是與非的判斷，而且有文學上美與醜的考量。其從考據入手，獲取的不僅是背景資料的信息，更是文學觀照嶄新而廣大的視野，因此他僅是按斷性的論述，卻往往具歷史的深沉，又富審美的靈感，並隱約可見體貼入微的人性關懷。其會心得意處，如以《詩經・邶風・擊鼓》「死生契闊，與子成說」等句，比較《水滸傳》第八回林沖刺配滄州臨行云「生死存亡未保，娘子在家，小人身去不穩」語，斷爲「情境略近」，眞所謂妙悟。又如說「馬（司馬遷）能曲傳口角，而記事破綻，爲董氏（份）所糾，正如小說戲曲有對話栩栩欲活而情節布局未始盛水不漏。李漁《笠翁偶集》卷一《密針線》條嘗評元人院本作曲甚工而關目殊疏，皆此類也」，又眞所謂精鑒。近世古典文學研究名家輩出，各擅勝場，但對比之下，在經史與文學、詩文與小說戲曲之間「泯町畦而通騎驛」者，還很少有誰做過這樣大量的工作和達到如此高明的境界。

以史證詩即以經史證文學、以詩文證小說戲曲的必要性與可行性，在於中國上古經史與文學不分，中古以後經史與文學分途而文學家往往很早就受經史學問的薰陶，後來又常常是一身而兼二任——治經史兼爲文學，習詩文並弄小說戲曲，總不免把經史學問帶進文學，把詩文用於小說戲曲；而自司馬遷著書「究天人之際」，我國古代作家把文學與哲學、歷史的融和視爲創作追求的至高境界，所以「文學是人學」，在中國古代常常就是「天人之學」。這使得中國古典文學不僅是全部傳統文化的產兒，而且從來沒有也不可能離開經史等孤往獨行，而文學各門類之間的後先相承及橫向滲透借鑒等等，隨時都在發生。因此，古典文學的研究應該而且可以追溯到經史，小說戲曲的研究應該而且可以追溯到詩文。這是爲無數事實證明的學術眞理，而實踐之路殊多困難，不僅需要學者的智慧才情，而且要有「坐冷板凳」的工夫以厚積薄發。這不是每個人都願意做和能夠堅持得住的，特別是當他種人生的機遇或某種誘惑到來的時候，許多人就腳踩兩隻船或乾脆琵琶別抱了。當然，人各有志，這並沒有什麼不正常。但是，大家都應該知道，這與錢先生之所

以能成爲錢先生的選擇是不同的。

作爲古典文學研究的大師，錢鍾書先生是一位下定決心在崎嶇學術之路上不懈攀登達到時代光輝頂點的人。這得力於他的家學淵源和天賦才華，更得力於他作爲學者能堅持獨立人格與自由精神，和有獻身學術，苦心孤詣，艱苦奮鬥的優秀品格。他在古典文學研究方面的貢獻，實爲繼往開來，在王國維之後溝通古今學術之路領導風氣之先的又一位大師。作爲重要方面之一，就是上述他的可概括爲以史證詩的治學途徑，是他個人集王國維以來合乾嘉考據與西學批評爲一體的文學研究方法之大成的創造，又是上個世紀幾代學者留給中國古典文學研究的共同的寶貴遺產。然而，錢先生是但做學問而不事招搖的人，從而他長期實踐的以史證詩，雖然本來就有理論創新的意義，卻從不曾得到認眞的概括。賴有當今時代的感召，我們有機會嘗試指出錢先生的這一重要創獲，實在是爲了認眞總結並繼承發揚他所代表的老一代學者留給我們的這一份寶貴學術遺產，進一步提倡和開拓這一條古典文學研究的路徑。爲此，我們要學習錢先生鍾愛中國傳統文化和潛心學術的精神，以淡泊寧靜的心境，做紮紮實實的工作，力戒浮躁，拒絕腐敗，以良好的學術道德和學術規範，推進古典文學研究的健康發展。

（原載《光明日報》2002 年 8 月 21 日）

詩人重太平

　　古人論詩有兩句很流行：「國家不幸詩人幸，賦到滄桑句便工。」大致推衍「詩窮而後工」之義，反映舊時詩人命運多舛，發憤著書，尤在遭逢時艱，能以詩鳴國家之不幸，為一民族一時代寫心，遂成千古名家，如屈原，如杜甫，如陸游，如元好問等等，都是如此。因此，這個話揭示好詩產生的原因，未必不有一定的道理。但是，這至多只是說，國家危難之際，容易感召作家寫出好詩，即西人所謂「憤怒出詩人」；卻不可以說太平盛世就一定不能有好詩和大詩人，更不能以為詩人骨子裏都是或都應該是唯恐天下不亂的分子。

　　實際上，詩是人性優美的花朵。古來真正的詩人或歌或怨，無不是從各自角度以詩呼喚讚美人類天性美好的方面。唯是古代社會戰亂頻仍，苦難連綿，常有所謂「國家不幸」，妨害人類美好天性的自由發展，詩人生當此時，只能在對禍亂的憤懟或對苦難的哀憫中，表現對國家有幸的渴望。如「安史之亂」中杜甫有詩曰：「安得壯士挽天河，淨洗甲兵長不用。」又曰：「安得廣廈千萬間，大庇天下寒士俱歡顏。」陸游當中原淪陷國家分裂時有詩曰：「死去原知萬事空，但悲不見五州同。王師北定中原日，家祭無忘告乃翁。」都是千古名篇名句。這裡也正如「時勢造英雄」，「國家不幸」成為造就偉大詩人詩作的時代背景。但是，詩人的偉大乃在以他的詩聚焦「國家不幸」，喚起民眾救贖這不幸的良知和行動。這裡，詩人與他不幸的國家同在；詩，只是他為「國家不幸」而痛苦的心聲。在這樣的情況下，他作詩，卻不是有意做一個詩人，而是當下只能以詩人的所能，為祛除國家的不幸盡一份綿薄。這正如陸游的詩說：「此身合是詩人未？細雨騎驢入劍門。」又說：「僵臥孤村不自哀，尚思為國戍輪臺。夜闌臥聽風吹雨，鐵馬冰河入夢來。」他不甘心

做一個詩人，睡夢中也但願是一為國戍邊的戰士，鐵馬冰河，馳騁疆場。卻正因為這一顆欲為袪除國家不幸盡力而不得的戰士之心，發而為詩，成就了他是一位偉大的詩人。

真正的詩人往往並不甚看重詩，而更關切現實，珍愛他的國家、人民和自己的親人，從而無不愛好和平，企盼國富民安，天下太平。我檢《全唐詩》，「太平」一詞出現達 190 餘次之多。李白《春日行》詩曰：「搗鼓考鐘宮殿傾，萬姓聚舞歌太平。」崔日用《餞唐永昌》詩曰：「洛陽桴鼓今不鳴，朝野咸推重太平。」獨孤及《季冬自嵩山赴洛陽道中作》詩曰：「得為太平人，窮達不足數。」司空圖《攜仙籙》詩曰：「此生得作太平人，只向塵中便出塵。攜取碧桃花千樹，年年自樂故鄉春。」這裡，詩人以天下蒼生為念，以國家之幸為幸，個人出處窮達且置之度外，只要能做一個太平之民，也就抵得上成仙了。這是何等坦蕩而又高貴的平常之心！以此為詩，則自成高格，自有雅韻；而國家有幸，百姓之幸，實亦詩人之大幸！

所以，中國古代慷慨悲歌誠多名篇。但是，鼓吹太平，歌頌統一也不乏佳作。例如明初的詩人幾乎無不為朱元璋明朝的光復一統高唱讚歌。高啟的《登金陵雨花臺望大江》就是代表性的名作。這首詩的最後說：「前三國，後六朝，草生宮闕何蕭蕭。英雄乘時務割據，幾度戰血流寒潮。我生幸逢聖人起南國，禍亂初平事休息。從今四海永為家，不用長江限南北。」在另外一首題為《送沈左司從汪參政分省陝西汪由御史中丞出》的詩中，他還欣喜地頌美明朝建立使「四塞河山歸版籍，百年父老見衣冠」的歷史貢獻。其歌功頌德，稱得上標準的「臺閣體」。但是，即使後來高啟被他稱頌為「聖人」的明太祖朱元璋腰斬，煞費苦心得極為冤枉，後世論者也無不肯定其歌頌明朝光復一統中華的初衷，為情感真摯和光明正大。而這兩首詩，正就是高啟一生詩歌創作的傑出代表。由此可以看出，有人生便有詩歌，優秀的詩人並不擇時擇地而生；國家或有幸或有不幸，詩人只要心繫社會人生，摯著嚮往天下太平，就可能有幸贏得燦爛輝煌的桂冠。

（1998 年 6 月）

「文學是人學」思想的來源、發展及其意義

　　「文學是人學」就是強調現實生活中的活生生的人具有最高的審美價值，文學應以人為對象，（直接或間接地）描寫人，滿足人在從自然和社會中爭取解放和全面發展的過程中的審美需要。因此，「文學是人學」是關於文學本質的一個深刻的說明，它幾乎涉及到創作和批評中全部重大問題，與文學上的一切概念化、公式化和形形色色的形式主義又都是針鋒相對的。高爾基正是在這個意義上最早把文學叫做「人學」的。

　　這樣一個深刻的思想初來我國時似乎並未受到應有的重視，除了個別學者在談到文學塑造形象時援引一下之外，很少有人注意它對於文學有更高的意義。一九五七年，錢谷融同志發表《論「文學是人學」》，聯繫當時的文學實際，對這一文學思想作了大膽的闡釋，在我國第一次把「文學是人學」作為「理解一切文學問題的一把總鑰匙」提了出來，從而在當時的文學界興起了一場軒然大波，對錢文批判的結果就是「文學是人學」被扣上了「人性論」「修正主義文藝綱領」等帽子，成為理論上一大禁區。

　　粉碎「四人幫」以後，隨著文學上撥亂反正的深入發展，「文學是人學」的提法重新受到文藝界的重視、承認和研究，但是，也還有一些同志對這個命題不以為然，有的同志甚至不承認這一命題的合理存在，企圖通過證明高爾基不曾把文學叫做「人學」以推翻這一命題，由此看來，探討「文學是人學」這一思想的歷史根據是很有必要的。

　　高爾基是這樣說的：

　　「敬愛的同志們，首先我感謝你們給予我這個榮譽，把我選爲你們地方志學大家庭的一員。感謝你們。我還是想，我的主要工作，我畢生的工作不是地方志學，而是人學。這完全不意味著我以此貶低地方志學的意義，我只是想說，我是在那些人中間開始生活的，他們很快就使我意識到，這些人寫不出我讀過的那些書，而在我讀過的那些書裏也沒有這些人。由此產生了一個完全自然的邏輯，在某個地方，有另外那麼一些人，他們寫書，寫關於他們的書。」〔註1〕

這裡，高爾基第一次使用「人學」這一詞彙。很明顯，他是相對於地方志學在各門具體學科之間的關係上談「人學」的。因此，它所指的既不是各門學科之外的社會活動，也不是泛指包括地方志學在內的一切有關人的學科。這裡的「人學」是狹義的，具體指某一學科的概念，而這個學科，這個「主要的工作」「畢生的工作」都是從他意識自己的階級不能寫書，也不曾在書裏被寫開始的，這就使我們也由此產生了完全自然的邏輯。高爾基所講的「工作」即「人學」也就是爲自己的階級寫書，寫「關於他們的書」，這就是他所畢生獻身的文學事業。所以高爾基的「人學」正是指文學。以後，高爾基堅持並發展了這一思想。他在把「人學」作爲廣義概念使用時，就說文學是人學的「最好的文獻」〔註2〕，把文學與一般關於人的科學區別開來，只在眞實的描寫活生生的人的意義上把文學叫做人學。因此。我們說高爾基把文學叫做人學是有充分根據的，由此概括出「文學是人學」的命題也是順理成章的。

　　當然，問題不在於高爾基曾把文學叫做人學，而在於這一提法是否反映了文學的實際，這一思想的產生和發展是否具有歷史的必然性。

　　文學是人類活動的一個組成部分，是伴隨人類產生而產生，發展而發展的。當猿人第一次拿起工具進行勞動，就開始自由地面對世界（包括自身）而成爲人，與這一過程同步並在其中完成的是人拿起語言工具而成爲思維的人。最古老的思維是形象思維，形象思維的第一批產品是神話。馬克思說：「希臘神話不只是希臘藝術的寶庫，而且是它的土壤。」〔註3〕希臘如此，埃及、中國也是如此。神話是一切藝術當然也是文學的始祖。無論西方的混沌造人，

〔註 1〕轉引自劉寶瑞《高爾基如是說——「文學即人學」考》，《新文學論叢》1980年第 1 頁。

〔註 2〕《高爾基如是說——「文學即人學」考》。

〔註 3〕《馬克思恩格斯全集》第 46 卷（上），第 49 頁。

還是中國女媧黃土造人，都表現了人對自身的欣賞、認識和關切；無論是盜天火的普羅米修斯還是治服洪水的大禹，都不過是遠古發明家和勞動英雄的化身。神話同情人、關心人、讚美人的偉大和尊嚴。它無論敘述著什麼，它敘述的中心是人，無論反映著什麼，反映的焦點是人，遠古的「藝術家」在神話中形象復現人自身。這樣的神話就決定了由它而發展來的文學天然地是以人為中心，以人為對象。

西方最早的文學作品《伊利亞特》一開始就點出「阿喀琉斯的憤怒是我的主題」。這不僅點出了荷馬史詩的主題，而且點出了全部文學的主題，這個主題就是人，人的感情。荷馬這句名言完全可以看作世界文學史的卷首題辭而和中國的「詩言志」一起在文藝理論上據有同等重要的地位。但是，由於經濟、政治和哲學思想的不同發展，東西方文學一開始就表現出差異性，並在長期的發展中形成了各自的文學傳統。

古希臘在工商業較發達的基礎上形成了奴隸主共和制，較早出現了某種程度的市民社會。自由民有較多的人身權利，知識分子較受尊重。那時還沒有後來封建統治階級構織的「思想罪」，作家可以自由地思想和創作；在思想上，他們雖然也信神，但那種多神教的神其實就是他們自己理想的化身，多是善良而美好的，他們讚美神也就是讚美自己。在他們看來，「人是萬物的尺度」〔註4〕，「在人看來，人是最美的」〔註5〕。因此，他們的理想和追求是人的全面發展，是現世的幸福和靈與肉的平衡，這就是古希臘羅馬的人本主義思想。與這種經濟、政治和人本主義哲學思想相適應的必然是文學寫人在理論和實踐上的新發展。這個新發展在理論上是以亞里士多德著名的摹仿說為標誌的。他說：「摹仿者所摹仿的對象既然是在行動中的人」〔註6〕，不僅看到了文學的對象是人，而且看到了人在行動中，要求文學在行動中描寫人。比之荷馬，這是對「文學是人學」思想的一個新貢獻。

圍繞著「在行動中的人」，古希臘在荷馬開創的史詩之外出現了抒情詩和寓言，但蔚為大觀的卻是戲劇。多種文學形式的產生和發展，豐富並加強了文學對人的表現，從而創造了許多不朽的藝術形象。雖然人物性格還較簡單、

〔註4〕 轉引自邢賁思《歐洲哲學史上的人道主義》，上海人民出版社1979年版，第2頁。

〔註5〕 轉引自《歐洲哲學史上的人道主義》，第25頁。

〔註6〕 轉引自北京師範大學中文系文藝理論教研室編《文學理論學習參考資料（上冊）》，春風文藝出版社1981版，第153頁

缺乏變化和發展，但在當時人們的藝術描寫所能達到的水平上，文學還是自由地而且比較充分地表現了人，它的成就甚至鼓舞了千年以後文藝復興的一代巨人。

歐洲中世紀的統治者們以屠刀和《聖經》治天下，哲學上世俗統治者化身的神的統治者代替了多神教下人的統治。這種神學宣揚人生來就有「原罪」，必須禁欲修行以「歸到神的懷抱」。神學的統治帶來了教會的文學。這種教會文學的詩歌是爲了撰寫聖歌和禱詞，散文是爲了寫懺悔錄和聖父聖徒傳，戲劇是爲了搬演聖經故事和聖徒行跡。文學成了神學的婢女，神代替了人而成爲文學的中心，一度光輝燦爛的希臘羅馬文學衰落了。歐洲中世紀沒有留下多少偉大的作品，只是在一些傑出的聖母像裏隱約可見世俗的女性美，在一些被教會斥爲「不要臉的愛情歌」裏流露出人的眞摯感情，而在大多數作品裏，人的眞實面目卻被隱晦的寓言和神秘的象徵淹沒了。在中世紀的神學暗夜中，文學只有通過人的解放才能走向黎明。

歷史發展到十三、四世紀，資本主義的浪潮和著地中海的波濤衝擊著意大利的封建城堡，繼而哥白尼的學說宣告天國的虛妄，巨大的航船背負著人類走向新大陸，精神的邊疆隨著物質的邊疆急劇擴展，神學的統治動搖了、崩潰了，人們對世界的發現中發現了自己。當那些由宗教信仰、無端的妄想和先入爲主的成見織成的紗幕一旦揭開，展現在人們面前的就是無限親切而豐富多彩的現實世界，而人是這個世界的中心，人有最大的尊嚴和無限發展的潛能。對人的這個發現是與古代的人本主義思想一脈相承的，因而，復興古希臘羅馬文化成爲哲學上由中世紀以神爲中心向近代以人爲中心過度的橋梁。所謂文藝復興實質上是復興古代文化中以人爲中心的思想，是人的重新發現和人性的一次偉大解放。這個解放是以嶄新的姿態出現的。在中世紀的黑暗和新時代的黎明之交，意大利文藝復興的偉大先驅但丁說：「人的高貴，就其許許多多的成果而言，超過天使的高貴。」〔註7〕面對教會的迫害，他直言不諱地宣佈《神曲》「如果從寓言意義看，則主題是人」，〔註8〕意大利第二詩人彼特拉克則進一步提出「人學」與「神學」的對立；大畫家達‧芬奇說：

〔註7〕轉引自《歐洲哲學史上的人道主義》，第27頁。
〔註8〕段寶林編《西方古典作家談文藝創作》，春風文藝出版社 1980 年版，第66頁。

「優秀的畫家應該描寫兩件主要的東西：人和他的心靈」〔註9〕；十六世紀的莎士比亞則站在文藝復興的高峰借哈姆萊特之口頌揚人是「宇宙的精華，萬物的靈長」〔註10〕，……在這些卓越的文學藝術大師筆下，國王和僧侶頭上失去了靈光圈，工商業者、貧民甚至乞丐也在作品中出現。但丁最早觸到那痛苦震顫的靈魂，彼特拉克開近代愛情詩之先河，塞萬提斯畫出了不朽的堂·吉訶德，弗朗索瓦·拉伯雷用卡都亞象徵文藝復興時代的巨人，而在人的現實關係多方面的描繪上，莎士比亞是無與倫比的，這就是恩格斯倍加讚賞的「情節生動性和豐富性的完美融合」〔註11〕。無論從對人的重視還是對人的表現上，無論是對人的外部特徵的直觀欣賞還是對人的內心世界的認識上，文藝復興本質上是復古名義下的創造。在文學上，人的復興本質上是人的發展，從理論到實踐，「文學是人學」的思想都更加自覺了。

隨著資本主義的發展，分工「把人的尊嚴變成了交換價值」〔註12〕，金錢成了人的上帝。資本主義把人撕成可憐的碎片，文學則力圖通過對人的真實描繪維護人的完整性。在十八、九世紀資本主義條件下，文學與社會發生了劇烈的衝突。雖然關於文學寫人甚至出現了「性格是理想藝術表現的真正中心」〔註13〕的卓越論述，但是，在資本主義的敵視下「理想藝術」卻很難出現了。新古典主義、消極浪漫主義、自然主義以及形形色色的資產階級沒落藝術流派都以自己特有的方式對人進行歪曲的、片面的描寫，而席勒化的作品則把人當作單純概念的傳聲筒。在這些作品裏或者見物不見人，或者只是一些抽象的人的符號。

在金錢和分工使文學異化的頹風中，只有批判現實主義文學給現實中越來越喪失獨立性的人帶來一些清新的氣息。批判現實主義文學大師固然像他們優秀的前人一樣捍衛人在文學中的中心地位，但他們卻比任何偉大的前人都更注意人的現實關係和內心世界的真實描繪，並在其中灌注了感人至深的人道主義激情。這是他們對「文學是人學」的新貢獻。這裡僅以巴爾扎克和

〔註9〕 《歐美古典作家論現實主義和浪漫主義》（一），第107頁。
〔註10〕 〔英〕莎士比亞著，李蕊譯《哈姆雷特》，中國畫報出版社2007年版，第75頁。
〔註11〕 北京大學文藝理論教研室編《馬克思恩格斯列寧斯大林論文藝》，人民文學出版社1980年版，第96頁。
〔註12〕 馬克思恩格斯《共產黨宣言》。
〔註13〕 〔德〕黑格爾《美學》第一卷，朱光潛譯，商務印書館1981年版，第300頁

托爾斯泰為例作些說明。

《人間喜劇》的作者巴爾扎克把藝術家的使命規定為「創造偉大的典型」〔註14〕，並指出創造典型就「要從人的生活的各種場合來描寫他；從各個角度來刻畫他；在各種連貫的或不連貫的情況中抓住他」〔註15〕，他還把文學叫做「人心史」。他的創作實踐也正是體現了這些深刻的認識。為了描寫人，他廣泛細緻地描寫了「他們的思想的物質表現」即生活，他說：「因為生活是我們的衣服」〔註16〕；為了寫人，在「中心圖畫的四周，他彙集了法國社會的全部歷史」〔註17〕。正是他對人和人的命運的同情和關注，促使他無情地揭露了現實的黑暗，而正是從對現實的解剖中，他看到了「他心愛的貴族們滅亡的必然性，從而把他們描繪成不配有更好命運的人；他在當時唯一能找到未來的真正的人的地方看到了這樣的人」〔註18〕。巴爾扎克的偉大就在於他努力透過現實「社會關係的總和」，把握並真實地再現了屬於過去的「不配有更好命運的人」和屬於「未來真正的人」。

托爾斯泰描寫了舊俄「戰爭與和平」的宏偉圖畫，更描寫了人心中的「戰爭與和平」，他無微不至的心理描寫，被車爾尼雪夫斯基稱讚為「心靈的辨證法」，他的前人只描寫了心靈運動的起點和結果，而他描寫了「心靈過程本身」〔註19〕。因此，「作為俄國千百萬農民在俄國資產階級革命快到來的時候的思想和情緒的表現者，托爾斯泰是偉大的」〔註20〕。

批判現實主義對人的精湛描繪是以資本主義條件下人與人之間非人關係的赤裸裸存在為基礎的。但是，像一切剝削階級一樣，資產階級是只准這種關係存在而不准說破的。所以，歐洲十八、九世紀的統治者們差不多流放或監禁過它們所有的最偉大的作家。在金錢統治之下，人、文學家和文學的命運一樣坎坷，但是在坎坷中得到了高度發展的「文學是人學」的思想卻成了新時代文學最富貴的財富。偉大的高爾基正是從那裡直接汲取營養才做出那

〔註14〕 《西方古典作家談文藝創作》，第 320 頁。
〔註15〕 《西方古典作家談文藝創作》，第 321 頁。
〔註16〕 《人間喜劇·前言》
〔註17〕 《馬克思恩格斯列寧斯大林論文藝》，第 176 頁。
〔註18〕 《馬克思恩格斯列寧斯大林論文藝》，第 136 頁。
〔註19〕 伍蠡甫、蔣孔陽、秘燕生編《西方文論選》（下卷），上海譯文出版社 1979 年版，第 426 頁。
〔註20〕 《馬克思恩格斯列寧斯大林論文藝》，第 177 頁。

著名的概括。

當然，「文學是人學」作為一個根本規律在中國文學中也是貫穿古今的。但是，與西方不同，中國最早的國家是奴隸主專制，這種專制不僅使勞動者毫無人身自由，而且把文學牢牢地限制在宮廷裏。因而，中國沒有出現荷馬那樣的行吟詩人，也沒有出現史詩，戲劇和小說形成較晚，發展較慢。在古典文學中，唯有詩歌發揚光大，在很長時期內是文學的主要形式。這就在對人的表現上與西方有了不同側重，在這個意義上，中國古典文學可以說是主情的文學，「文學是人學」思想的傳統表現是「情本說」。中國最早涉及文藝理論的《尚書‧堯典》提出了「詩言志，歌永言」，開宗明義，規定了詩歌表現人的思想感情的原則，這可以看作中國文論的開山綱領。其後，數千年而下，此伏彼起都是專制統治的更叠，它們的根本原則是蔑視人，不把人當人。因而，文學不僅在對人的全面描寫上發展緩慢，而且「詩言志」也被統治者作了種種歪曲的解釋，並力圖用「文以載道」抵消其影響，燒書、禁書和文字獄等暴行更摧殘了文學的發展。但是優秀的文學家還是堅持並發展了「詩言志」的傳統。李白說：「正聲何微茫，哀怨起騷人」〔註21〕，蘇軾論韓愈說：「退之論草書，萬事未嘗屏。憂愁不平氣，一寓筆所騁。」〔註22〕都是講文學表現人的真實感情。此後李贄「童心說」、袁枚「性靈說」等都以自己特有的方式堅持並發展了「文學是人學」的原則。但是，由於長期的剝削階級專制統治，「中國人向來就沒有爭取到『人』的價格」〔註23〕，中國人在古典文學中也就長期沒有被表現為完整的人。

中國文學比較自覺地以人為中心，全面表現人的時代是隨著明清資本主義因素的產生和發展來的。繼元雜劇之後《三國演義》《水滸傳》等相繼成書，中國文學開始注重對人的全面描寫，並在理論上肯定人的美學價值和在文學中的中心地位。清代學者金聖歎對《水滸傳》的評論標誌了這一時期「文學是人學」思想達到的新高度。

金聖歎把《史記》與《水滸》作比較，指出史書從事件出發，而小說「《水滸》只是貪他三十六個人便有三十六樣出身，三十六樣面孔，三十六樣性格，

〔註21〕 《中國歷代文論選》第二卷，第 58 頁。
〔註22〕 《中國歷代文論選》第二卷，第 303 頁。
〔註23〕 魯迅《燈下漫筆》，《魯迅全集》（1），人民文學出版社 1981 年版，第 212 頁。

中間便結撰得來」〔註 24〕是從個人出發，以個性化的人物性格爲中心的。這就指出了小說作爲文學作品不同於社會科學著作的根本特點。正是這個特點決定了文學的審美價值。他說：「獨有《水滸傳》只是百看不厭，無非爲它把一百個人性格，都寫出來。」〔註 25〕這就肯定了人在作品中具有最高的審美價值，文學的生命在於寫好人。他關於「《水滸》寫一百八人性格，真是一百八個樣」，「任憑提起一個，都是舊時熟識」〔註 26〕的論述，在人物典型化理論上暗合別林斯基「熟識的陌生人」的名言，卻比別林斯基早近二百年，是一個了不起的創造。金聖歎關於文學寫人和如何寫好人的論述大大豐富和發展了我國「文學是人學」的思想，而把這個得到了極大發展的思想付諸實踐並運用了的，是曹雪芹的《紅樓夢》，它「和從前小說敘好人完全是好，壞人完全是壞大不相同，所以其中所敘的人物都是真的人物。總之，自有《紅樓夢》出來以後，傳統的思想和寫法都打破了。」〔註 27〕

但是，我國關於「文學是人學」的思想的真正成熟還有待於社會上人的解放，這個解放是在辛亥革命的基礎上，「五四」運動中開始的。爲我國新文學做出了標誌性貢獻的郁達夫正確指出：「五四運動的最大成功，第一要算『個人』的發見。」〔註 28〕這個發見帶來了我國文學自覺地描寫人的新時代。魯迅、郭沫若、茅盾等理所當然地成爲這一時期「文學是人學」思想繼往開來的大師。魯迅說他的小說要畫出國民性的「靈魂」，茅盾則明確地肯定：「人——是我寫小說的第一個目標」，並且進一步認爲「單有了『人』還不夠，必得有『人』和『人』的關係」，而「人」在作品中是中心，「『人』有了，『人』與『人』的關係也有了」，〔註 29〕這些差不多與高爾基同時發表的見解，標誌了我國「文學是人學」思想的成熟。

縱觀東西方文學史，我們可以得出這樣的結論：「文學是人學」的思想是隨著文學的產生而產生，隨著文學的發展而發展起來的，是古今優秀的哲人和文學大師的共同建樹；這一思想的發展經歷了由不自覺到比較自覺的過

〔註24〕 《中國歷代文論選》第三卷，第 244 頁。
〔註25〕 《中國歷代文論選》第三卷，第 248 頁。
〔註26〕 《中國歷代文論選》第三卷，第 245 頁。
〔註27〕 魯迅《中國小說的歷史變遷》，《中國小說史略》附錄，人民文學出版社 1973 年版，第 306〜307 頁
〔註28〕 郁達夫《中國新文學大系散文（下）導言》，劉運峰編《1917〜1927 中國新文學大系導言集》，天津人民出版社 2009 年版，第 132 頁。
〔註29〕 《談我的研究》，《茅盾論創作》，上海文藝出版社 1980 年版，第 25 頁。

程；圍繞著寫人，產生和發展了各種不同的文學形式，而各種文學形式的發展又使人的描寫日益深刻而全面，這一思想的發展從根本上說來是人類社會發展的必然產物。東西方經濟、政治和哲學思想發展的不同，影響和決定了東西方文學形成寫人的不同傳統，但是，經過長期的發展，隨著近代國際社會的形成，東西方「文學是人學」的思想得以融合並在無產階級文學大師那裡得到了高度概括的說明。總之，「文學是人學」是文學的一個客觀規律和根本特點。

但是，如果從全面來看，馬克思以前的哲學家、文學家還只是發現但沒有明確提出「文學是人學」這一思想；高爾基提出了這一思想，但沒有對這一思想作出深入全面的闡釋。「文學是人學」只有在馬克思主義美學裏才能找到它真正的哲學基礎。

馬克思主義哲學的中心是人，它從人出發，關心人，是一切為著人的解放的科學。在這個意義上，它是最高的人道主義；另一方面，馬克思主義所講的人又不同於黑格爾所謂絕對精神的外化，馬克思說：「人的第一個對象——人——就是自然界、感性」〔註30〕。也不同於費爾巴哈純粹自然屬性的人，馬克思說：「人就是人的世界，就是國家，社會。」〔註31〕總之，人是自然屬性和社會屬性的統一，在這個意義上，馬克思主義又是最高的自然主義。人是人道的，自然的人，在肉體和精神上都有具體歷史豐富性的人，因而，人是一個完整的個體，一切科學包括文學藝術，本質上都是從這樣的人出發並為著人的。

另一方面，馬克思主義認為人的藝術地掌握世界的方式不同於理論的掌握方式，二者都從具體事物出發，但前者所把握的是事物的整體，後者所把握的是事物的本質。所以文學作為藝術地掌握世界的方式之一是以人為對象並反映整體的人。而這種整體的人除了其自然屬性，就其社會屬性來說，就是「社會關係的總和」〔註32〕。因此，馬克思主義美學強調人的現實關係的

〔註30〕 《1984年經濟學哲學手稿》，《馬克思恩格斯全集》第42卷，第12頁。
〔註31〕 馬克思著，中共中央馬克思、恩格斯、列寧、斯大林著作編譯局譯《黑格爾法哲學批判》，人民出版社1963年版，第1頁。
〔註32〕 〔德〕馬克思《關於費爾巴哈的提綱》，《馬克思恩格斯選集》第一卷，第18頁。原文是：「費爾巴哈把宗教的本質歸結於人的本質。但是，人的本質並不是單個人所固有的抽象物。在其現實性上，它是一切社會關係的總和。」

描寫，要求「介紹那時五光十色的平民社會」〔註33〕，「眞實地再現典型環境中的典型人物」〔註34〕，這個要求的重心在人，而人是環境的產物。馬克思、恩格斯在他們的文學批評中實踐了這些根本的美學原則，既反對抽象化地寫人，又反對「惡劣地個性化」〔註35〕，既主張「眞實地評述人類關係」〔註36〕，又讚賞《巴黎的秘密》的作者寫出了麗果萊特「親切的、富於人情的性格」〔註37〕。總之，馬克思、恩格斯不僅科學地闡明和發展了「文學是人學」的思想，而且提供了從歷史的美學的觀點出發運用「文學是人學」的原則進行文學批評的典範。

馬克思主義美學還根據無產階級革命的時代要求，提出了文學必須描寫各種各樣的人。馬克思援引當時德國《總彙報》的話肯定了文學由「窮人和受輕視的階級」充當主人公，由「這些人的生活和命運，歡樂和痛苦」構成小說內容是「一個徹底的革命」。〔註38〕在《致瑪·哈克那斯》裏，恩格斯認爲工人階級的鬥爭既然已經屬於歷史，「因而也應當在現實主義的領域內佔有自己的地位」。這就大大開拓了文學寫人的視野，爲「文學是人學」的思想提供了嶄新的內容。四十多年後，高爾基也從這個意義上強調了「文學是人學」。

但是，馬克思主義美學對「文學是人學」的最大發展，是關於「人化自然」的思想。這個思想的產生最早可以追溯到黑格爾，但由於他那個「美是理念的感性顯現」的唯心主義美學體系，把一切都看顚倒了，所以他在美學中不能正確地解釋人，更不能正確地解釋「人化自然」。馬克思把這個思想從黑格爾那裡解放了出來，用勞動實踐的觀點對之作了唯物主義的說明。在馬克思看來，人通過勞動與自然聯爲一體，勞動是人與自然之間的交換。人通過勞動對象化自己的本質，並在這個過程中不斷展開自己本質的豐富性；自然由於成爲勞動對象打上了人的烙印而變爲「人化自然」即第二自然。人在自己創造的第二自然中觀照自身而獲得美感；自然因爲能「對著我們光輝燦

〔註33〕《馬克思恩格斯列寧斯大林論文藝》，第100頁。
〔註34〕《馬克思恩格斯列寧斯大林論文藝》，第135頁。
〔註35〕《馬克思恩格斯列寧斯大林論文藝》，第98頁。
〔註36〕馬克思恩格斯《神聖家族，或對批判的批判所作的批判》，中共中央馬克思、恩格斯、列寧、斯大林著作編譯局譯，人民出版社1963年版，第246頁。
〔註37〕《神聖家族，或對批判的批判所作的批判》，第97頁。
〔註38〕《馬克思恩格斯列寧斯大林論文藝》，第1頁。

爛地放射出我們的本質」〔註 39〕，而成為審美的對象。所以文學作為一種審美的創造活動，一方面是作家作為社會人的復現，這就是「風格即人」，「文如其人」，另一方面，文學描寫自然實際上也就是描寫人，換句話說，自然事物（山水林路、花鳥蟲魚、生產過程等等）所以能進入文學作品，僅僅因為它們是人的，是「人化的自然」。這樣，馬克思就在一個十分廣闊的文學領域——抒情詩、山水詩和一切文學作品對自然的描寫——裏確立了人的中心地位，解決了先前多少美學家、文學家久久為之困擾的問題，為全面確立「文學是人學」的思想奠定了理論基礎。

當然，馬克思、恩格斯沒有直接使用「文學是人學」這一命題。但是，構成他們美學、文學論著的許多重要論述，不僅從實踐和認識的規律說明了文學的出發點和對象必須是活生生的人，而且說明了文學必須從社會和自然自身內部及二者之間的複雜聯繫中藝術地再現人；同時，把文學寫人與無產階級即全人類的解放聯繫起來，把「真實地再現典型環境中的典型人物」作為現實主義文學的最高要求。這就不僅全面闡明了這一命題應有的科學內容，而且幾乎在所有方面包括最根本之點上創造性發揮了這一命題的思想。因此，我們有充分理由認為「文學是人學」已經被包含在馬克思主義美學這個博大精深的體系裏，並且只有在那裡，這個古老的文學思想才摒棄了一切唯心的和機械的成分而成為一個完全科學的美學原則。今天，當我們信服地肯定高爾基和文學史上那些卓越的文學大師為建立這一思想所作出的傑出貢獻時，不僅應當看到這個原則是屬於歷史的，而且應當看到這個原則是屬於現實充滿生命力並活躍地發展著的馬克思主義美學的。

一九八一年六月初稿

一九八二年六月改定

（本文是我在中國人民大學中文系讀書時的本科三年級學年論文，導師為著名文學理論家蔣培坤教授。蔣先生已於 2015 年 9 月仙逝，今收拾此文，再一次憶及吾師當年口講指授、諄諄教導之情，感激不盡，故存以為紀念。）

〔註39〕馬克思語，轉引自《朱光潛美學文學論文集》，湖南人民出版社 1980 年版，第 378 頁。

「保守」，還是「創新」？
——關於文化保守主義的爭論

讀袁濟喜先生《保守主義：華人文化的當務之急》一文（以下簡稱袁文），深爲作者對「華人文化面臨消解的危險」的憂心、以「保守」促發展的用心所感動。但是，大約因爲作者要解決的是他所謂「當務之急」，所以急不擇言，用了「文化保守主義」這一不合「時宜」的提法，引出了署名「晨光」的《也談文化保守主義》一文（以下簡稱晨文）的商榷。袁文要「保守」，晨文要「創新」，果然是針鋒相對的麼？

其實袁文說得明白，它所謂「文化保守主義」，是「首先保護好華人文化的原生狀態，然後再進行研究發掘，與世界文化進行交流」，是「以退爲進的有效策略與方法」。照我的理解，譬如醫生治病，病是要治的，但是儘量不動刀子，而用保守療法，靠肌體內部健康力量的生長和外用藥物的幫助祛病強身。這樣摸著石頭過河，原不失爲精神文明建設的實事求是的態度，從今日文化領域的實際例如洋名泛濫一類情況看，更是切中時弊。但是幾十年來，漢語詞彙中「保守」總與「落後」「復舊」「復古」甚至「反動」爲伍，而「創新」總是正確的，所以一般建言者諱言「保守」而喜標「創新」，談到「主義」時尤其如此。在這樣一種語言環境裏論「當務之急」，袁文提出「文化保守主義」，可見其奮不顧身；而晨文拿「繼續創新」批駁，真是輕鬆得很。

然而「繼續創新」本身並不輕鬆。袁文所歎惋的以拾人餘唾爲「創新」導致「文化後殖民化」的一面且不說，即就眞正意義上的文化「創新」而言，正如晨文所說，目前「雖然做了許多工作，卻還沒有取得具有里程碑意義的

成果」，固然不能「據此而否定探索本身」，但是也可以見出「創新」之不易和目前「繼續創新」有很多根本性的問題需要認真加以解決。

筆者以爲這些根本問題之一，就是切實解決好繼承與創新的關係。誰都知道，傳統的發展，有繼承才有創新。繼承當然是「批判地繼承」，但是科學意義上的「批判」是正確的評價。因此，「批判地繼承」的前提，乃是認可對象的存在並於對象有全面深刻的瞭解。如果筆者未至於誤讀的話，此即袁文所說的「保守」。在這個意義上，「保守」正是「創新」的前提，有「保守」才有「創新」。「五四」時期新文化運動的先驅魯迅先生曾尖銳地批判「國粹主義」，但是他本人卻做了大量整理古籍的工作，如《古小說鉤沉》《唐宋傳奇集》等書至今沾漑學林。他當年也就在這個基礎上創新，寫出《中國小說史略》這樣一部中國小說史的開山之作。可見眞要創新者，才眞能繼承；而眞能繼承者，才眞能創新。而今天的情況是，「文革」早就使一代（甚至不止一代）人於傳統文化很是陌生，許多外界的刺激又使人難得潛心瞭解和研究傳統。淺薄的基礎，浮躁的心理，急功近利的動機，使某些人如同以爲用了幾個歐美的新名詞就算做「創新」了一樣，也以爲只要擺弄一下「國學」「傳統文化」「儒學」乃至「新儒學」之類的概念，就算是「批判地繼承」了，豈不是太可笑而且可憐了嗎？其不能「取得具有里程碑意義的成果」，還有什麼可奇怪的呢？

筆者不敢自以爲對中國的傳統文化有許多瞭解和認識。但是，當晨文把袁文的談「華人文化」變成論「傳統文化」，從論「傳統文化」轉入對「儒家思想」的批判時，我眞的有些懷疑作者對他的批判對象是否正眼去看了。例如，晨文說：「『殺身成仁』、『舍生取義』、『天下興亡，匹夫有責』等等，這些在不同歷史條件下和不同文化背景中凸現出來的民族精神，就是傳統文化的價值所在。但是，這種民族精神已經不是傳統的儒家思想所能涵蓋，她是中華各民族優秀文化遺產的結晶。」這話的後半好像是在強調民族精神形成的多元綜合過程，但是，作者的潛臺詞是要否定儒家思想有正面的價值和對形成中華民族精神起過積極作用。這個大膽的批判使我愕然，便來研究晨文所舉「結晶」，結果它們的思想源頭竟都是儒家學說。改革開放近二十年了，儒家的命運還何其不幸耶！凡是「民族精神」，即使由儒家最先提出來，也不能記在它的賬上；而歷史上的一切僞善和殘暴都要由儒家負責。這是公平的嗎？孔子以來的儒家思想，有糟粕是事實，曾長期被封建統治者利用也是事

實，但是它有精華、在古代起過好的作用、今天也還有用場也是事實。爲什麼「殺身成仁」「舍生取義」的意思，只能如此而不能那般地表達，爲什麼中國人以「禮義之邦」的國度而自豪？首先是由於儒家的先賢是這樣說的，他們說得好，後人才認可，才去發揚光大。難道儒學給中國人的只是「假仁假義和封建主義殘暴」的傳統嗎？儒學之不善，不如是之甚也。近百年來孔、孟的名聲被弄得不太好，然而顧炎武算不算儒家？不正是他提出了「天下興亡，匹夫有責」的思想嗎？

然而就「保守主義」萬歲嗎？又不然。老實說，筆者面對傳統文化好像被衝得七零八落的景象，並不覺得憂心如焚，當然也不以爲是「得其所哉」。君不見華爾茲餐廳裏的食客幾乎還都是用筷子吃飯？挾有半生不熟新名詞的「裁割華人文化」之作還是用方塊字寫成的？在大陸「大眾文化港臺化」的同時，港臺也出現了普通話「新潮一族」？華人文化或曰傳統文化並不曾中斷，儒家思想傳統也沒有中斷。儒家哲學並不「存在一個會不會有人學，會不會有人接受的問題」。它還活著，活在中國，活在世界。如果它果然要死了，「保守」也救不得命；如果它果然中斷了，就不必擔心有人能「復古」。「神女應無恙」，幾千年未曾中斷的傳統文化，現在也不會輕易中斷，只是生生不已，變動不居，「簾外落花繚亂飛」而已。

在這種情況下，我們必須在兩條戰線上作戰，一面不怕和能夠「保守」，一面敢於和善於「創新」。在每一條戰線上，我們自然要防備各種干擾和或過或不及的危險，但更重要的是集中精力於文化建設的具體而紮實的工作，做出實績。爲此，我們應當充滿信心：一切都不容易，但是經過努力，一切都會好起來。「亂是亂不了，只是有點麻煩」。

（原載《中國貿易報》1995 年 11 月 22 日《雅周末》）

談「選家」

文章有作家、批評家，也有選家。而且進一步說來，批評家也是「作家」——就作家的作品加以批評的是文章家。因此，文壇上實際只有兩種人，一種是搖筆爲文的作家，一種是衡文薦於讀者的選家，都是靠文章討生活的。

作家與選家，當然是先有作家而後有選家，作家無疑更重要些，但並非總是如此。例如南朝梁的昭明太子蕭統也寫詩文，是位頗有成就的作家，但他創作《文集》二十卷、《英華集》二十卷等等早已失傳，如果不是編了一部《文選》風行天下，恐怕早就很少人知道他了。反倒《文選》並非他的作品，卻被稱作《昭明文選》。即從對歷史的貢獻而言，宋朝人已是講「《文選》爛，秀才半」，與「半部《論語》治天下」的話頭一樣流行；後來《文選》成爲學者研究的對象稱「選學」，以一本書成爲一門學問的，只有《紅樓夢》能和它相比，而「選學」的形成更歷史悠久；「五四」時期，「選學」成爲新文化運動抨擊的對象，但至今也還不廢流行，近年甚至又有「熱」的跡象。再如《唐詩三百首》《古文觀止》《千家詩》之類，世代流行不輟，家喻戶曉，讀書人無不受其惠，其編選者無量功德，遠不止歷史上某個二三流的作家可以相比。

所以，文學與文化的傳播，選家的作用不可忽視。他是作者、批評家與讀者，過去、現在與未來的中介。作爲選家，他並不創作，但他的工作卻可能是創造。一個好的選本，作爲按一定合理的目標、原則精選編纂的優秀作品的集合體，各個部分既有獨立的價值又相得益彰，以前所未有的形式問世流傳，當然是一種創造。它的價值，不僅在於整體大於部分，而是在於「整體大於部分之和」。這個道理我是在文藝理論家余飄先生《中外著名人士談毛澤東》（余飄主編《中外著名人士談毛澤東》，大眾文藝出版社 1999 年版。）

一書的編選《前言》中讀到的，又恰好中央電視臺《讀書時間》推薦這個選本，因而想到認真而有見識的「選家」，同樣可以做出重要的文化貢獻，所以寫了上面的話，記下我新增加的這一點知識。

（原載《學問》2000 年第 4 期）

略談電影中的「打鬥」

「打鬥」進入電影是有生活根據的。近年來國產電影故事片中也常有「打鬥」的場面，但是，能夠處理得好，有力地表現主題，給人以美感的並不多。個別影片中的「打鬥」令人啼笑皆非，你不知道它爲什麼打，也不像眞打，只當是導演拍片時一時興起、想熱鬧一下而已。看得多了便產生一個印象，似乎「打鬥」不過是些可有可無的小「插曲」，目的是用驚險和流血博得讀者一時的目瞪口呆，倘影片以「打鬥」爲主，就算不得藝術。觀眾與其看那些「花架式」，倒不如徑直去看拳擊或武術。

儘管我對美國西部片的思想性持有保留意見，但是最近看了美國電影周放映的《原野奇俠》，卻感到這部影片處理「打鬥」是成功的，不僅藝術地處理了「打鬥」，而且以「打鬥」爲中心情節創造了獨特的藝術美。

影片著重寫了三場「打鬥」。由於演員演技的高超，「打鬥」的細節（動作、神情等）非常逼眞。一舉拳，一投足，進退攻守，毫不做作，激烈兇險而不恐怖，驚心動魄，引人入勝。同時，也是更重要的，三場打鬥都不爲打而打，而是緊扣主題，突出了人物性格，展現了人物命運，因而是故事發展的重要契機，是影片不可或缺的重要組成部分。

影片爲「打鬥」提供了有說服力的社會背景。以史喬爲代表的農人一方靠辛勤勞動開墾了土地，建立了家園；但是，代表舊的殖民者利益的賴克黨羽卻要驅逐他們，剝奪他們在這塊土地上自由勞動和生活的權利。這兩方的矛盾是尖銳的，不可調和的，必須經過一場激烈的鬥爭來解決。同時，毫無疑問，史喬反對賴克的鬥爭是正義的、進步的；另一方面，那又是一個法律不易達到的地方，制服蠻不講理、兇殘成性的賴克就只能靠「打鬥」，以勇力

決勝負；賴克殺害農人，燒毀農舍等暴行更使史喬、施恩等師出有名，打鬥蒙上了悲壯的色彩；影片還細膩地描寫了農人們關於搬遷還是堅持鬥爭的爭論及人們種種複雜的心理變化，使後來的「打鬥」閃射著理性的光彩。這一切集中到一點，正如影片中農人們慶祝美國獨立紀念日時所暗示的，就是史喬、施恩等農人為了保衛生活的權利，與賴克進行打鬥是不可避免的。這樣，影片就在大的輪廓上為了「打鬥」提供了社會政治舞臺，烘托、渲染了氣氛，使觀眾不僅理解即將出現的「打鬥」，而且以極大的同情期望史喬、施恩等人贏得「打鬥」的勝利。可以說，這種背景下出現「打鬥」，就不止是合情合理的，而且能夠體現主題，因而是影片的藝術精華。

每一場打鬥都各具特色，既在意料之外，又在情理之中，使「打鬥」不僅凸現了人物個性，而且與人物命運的發展緊密地聯繫在一起。主人公施恩本是想洗手不幹的「槍手」，豪俠氣使他路見不平常要拔刀相助。但影片並沒有簡單化地使他進入「打鬥」，而是以大量的鏡頭讓他在觀眾面前亮相，處處表現這位「槍手」職業性的機警和幹練，特別是教祖義放槍所表現的卓越見識和高強武藝，更為他最後戰勝韋森，全殲賴克黨羽埋下了伏筆。而施恩第一次進城購貨，在酒吧間強忍賴克等人侮辱的情節既表現了他為人忠厚（遵從史喬的囑託），也為他第一場痛打賴克黨羽進一步打下了思想基礎；逼人太甚，不得不打。第二場打鬥是在史喬與施恩之間進行的。施恩與史喬一家在相互間關係的處理上都表現了高尚的品質。但當時的情勢和史喬的性格使施恩不得不用打鬥阻止史喬去送死。為了史喬的友誼，也為了戰勝賴克替農人們除害，用槍柄打昏了史喬。這場打鬥的發生和結局也是合理的。以這場打鬥為契機，施恩離開了史喬一家，重新走上原野奇俠的道路。每一場打鬥都是情節的必然發展，使人物性格得到深化，影響和決定了人物的命運。

當然，這部影片的成功，還有其他方面的原因，但是，「打鬥」的妙用也顯然是成功的重要因素，可資我們拍攝打鬥場面或打鬥片的借鑒。

（原載《電影藝術》1981 年第 9 期）

觀《江湖雙豔》隨筆

　　某日晚，擲筆小憩，看電視西班牙故事片《江湖雙豔》，演一對雙胞胎姐妹，先後被各自的情人打了屁股。觀其被情人挾於腰間「打屁股」四體撲朔如蝴蝶狀，心下殊爲藝術之化醜爲美叫好。然而想到這「打屁股」之事，吾國古已有之，卻很不藝術，便覺不快，乃隨筆記之。

　　中國之「打屁股」約有五類：

　　長者打幼者屁股。小兒頑劣，非禮而視、聽、言、動，教言難入，爲父母師長者，大打其屁股。古往悠悠，不難見焉。《尚書・堯典》：「撲作教刑。」注曰：「撲者，杖也，不勤道業則撻之。」「撻之」部位包括屁股，「五帝」之一的舜就曾被父親用拐棍「撻之」。此其一也。

　　丈夫打老婆屁股。婦道失謹，德或不修，言或不遜，容或不整，工或不勤……，爲丈夫者，大打其屁股。古往悠悠，「家醜不可外揚」，故見於記載者少。臺灣柏楊先生曾著文舉一例曰：「古有杜大中先生，武夫也，目不識丁，他的太太有錯時，或雖沒有錯，而被他認爲有錯時，立刻就叫衛士拉到公堂之上打其屁股」〔註1〕。此其二也，不讓西人焉。

　　老婆打丈夫屁股。陰盛陽衰，言語衝撞，馬腳暴露，賭損家產，紗帽落地，無可挽回，不可救藥……，爲妻者，大打其屁股。古往悠悠，「家醜不可

〔註 1〕 此係柏楊先生誤記，明詹詹外史評輯《情史》卷十三《情憾類・非煙》評有云：「有杜大中者，自行伍爲相，與物無情，西人呼爲『杜大蟲』。雖妻有過，以公杖杖之。有愛妾才色俱絕，大中箋表，皆出其手。嘗作《臨江仙》詞，有『彩鳳隨鴉』之句。一日，大中見之，怒曰：『鴉且打鳳。』掌其面，折項而斃。」

外揚」，又為夫者諱，見於記載者更少。僅從小說覓得一例，即《醒世姻緣傳》中薛素姐施之於狄希陳者，六百四十棒槌，肯定有不少落在小官老爺狄希陳尊臀之上。此其三也，大過西人焉。

官長打百姓屁股。草萊小民，窮困所迫，拖欠租賦，失敬官長，陷入官司，莫名其妙，為民「父母」者，大打其子民之屁股。古往悠悠，見於記載者不計其數，謂之「笞杖」。舉其有關婦女者，王永寬《中國古代酷刑》曰：「一些朝代規定笞杖之刑是杖臀，即打屁股。若是婦女犯罪需用笞杖，也是杖臀。宋元兩代都有『去衣受杖』的規定，明代沿襲舊制，規定婦女犯了姦罪需要笞杖者，必須脫了褲子裸體受杖……有時縣官還未升堂，衙役先把被告婦女脫掉褲子示眾，名曰「晾臀」；有時行刑完畢，仍不讓婦女穿褲，隨即拉到衙門前大街上，名曰『賣肉』。」〔註2〕此其四也，誠足以使西人驚詫莫名焉。

皇帝打官員屁股。君權神聖，拍馬術拙，直諫犯顏，官守失誤，為人構陷，莫名其妙，為君者，大打其屁股。古往悠悠，見於記載者亦不計其數，而明朝最稱一大盛事，謂之「廷杖"。明代「廷杖」，朱元璋首創，其後作為「祖宗成法」三百年不改。其殘酷，至於打死者眾多。未至於死者，舉一例以概其餘。王永寬先生大作曰，萬曆五年（1577）「江陵奪情」案，最先受杖的是吳中行和趙用賢，吳被打後，「請醫生把他身上腐爛的肉割掉幾十塊，大的一塊就有一滿把，大腿上往裏挖了約一寸深，肉幾乎被掏空了。趙用賢是個大胖子，擡到家後，爛肉一塊塊脫落，有的就像巴掌那麼大，他的妻子把這些爛肉用鹽醃上，收藏起來」。其泛濫，舉兩數以見一斑：明武宗時諫阻南巡案，打一百六十八人（死十五人）；明嘉靖時「議大禮」獄，打一百三十四人（死十七人）。此其五也，東學未曾西漸者焉。

總之，中國古代「打屁股」絕無藝術，卻普遍持久。私家、官家，都瞅準這一塊「寶地」，大施棍杖，成千年不易法門，也算一小小「國粹」。然而私家、官家，「打屁股」雖同，但用心性質大概有不同，即私家行為或有恨鐵不成鋼而「打是親罵是愛」者，而官家之行為則一定是一種兼肉體和精神折磨的一種刑罰。清代李綠園寫了一部《歧路燈》，把官家「打屁股」的典型——明代廷杖」之惡劣說得透徹：「若以言獲罪，全不怕殺頭，卻怕的是廷杖——這個廷杖之法，未免損士氣而傷國體。」殺頭是不是比被「打屁股」更佔

〔註2〕王永寬《中國古代酷刑》，中州古籍出版社1991年版，第198～199頁。

了便宜和更好看相，應當別論。但是朝廷官府用殺頭治罪的時候畢竟要少，而「打屁股」卻可以放之臣民而皆準。其「損士氣而傷國體」，是不是比殺頭還要厲害，只要看歷朝殺士大夫者盡有，易代之際卻往往不乏死國之忠臣，而明朝亡國時，竟沒有幾個殉國死節之士，就可以明白了。

《禮記‧儒行》講儒者的爲人曰：「儒有可親而不可劫也，可近而不可迫也，可殺而不可辱也。」「打屁股」固然輕於殺頭，打過了還有屁股在，有小命在。但人之作爲人，士之作爲士，被「打屁股」，不僅是肉體的摧殘，更是人格的侮辱。如此，則「君之視臣如草芥，臣之視君如寇讎」，孟子這句最爲朱元璋所厭惡的話，畢竟還是在朱明王朝的最後在政治上兌現了。

由此想到「文革」中「遊街示眾」「剃陰陽頭」「請罪」之類，大約就是「笞杖」「廷杖」之法的流毒。其「損士氣而傷國體」，爲害亦不在缺吃少穿之下。

（1995 年）

回憶聽余飄先生講《文學概論》

　　余飄先生是我大學時的老師。至今近 30 年了，無數大大小小的事過如雲煙，但是，余先生給我們講課的情形，他給我人生的教誨與幫助，仍不時浮現在腦海裏，使我受到鞭策，感到溫暖、激動。

　　中國人民大學「文革」中停辦，78 年復校。我們那個班是人大復校後中文系的第一批學生，文學評論專業，共 53 個人，大概與當時系裏教職工的數量差不多。第一年全系只有我們一個班，第二年才有了 79 級……。所以我們大一、大二的時候，系裏教師人多課少，一門專業課往往由幾位老師接力，各自講他們最得意的學問。4 年下來，能得那麼多名師教導，聽他們最精彩的講授，實在是我們那個班在人大特殊時期的莫大幸運！

　　但是，這樣一來，我們上過的課中，就很少是由同一位老師通講過來的。有之，其中一門就是余先生的《文學概論》。《文學概論》是文學評論專業最重要的主幹課程之一，是幾種專業理論中開講最早的一門，同學們不能不格外重視；更由於余先生一個人講下來，時間長，講得又好，課下還喜歡與學生交流，所以他這門課很受同學們歡迎，給我們幫助很大，印象很深。

　　我至今保存著聽余先生講《文學概論》的筆記，當時做在活頁紙上，後來裝訂成冊，第一頁右上注記「余飄，79.9.4」──1979 年 9 月 4 日，是我們成爲余先生的學生並第一次聽他講課的日子。我上面說過，《文學概論》是幾門專業理論課中開講最早的一門，所以，稱余先生是引領我們進入文學理論殿堂的第一人，大概是不錯的。

　　余老師教書認眞，是極爲敬業的一位先生。他給我們上課的那年，雖然已 51 歲了，每天從校外大老遠乘車趕來，卻總是提前到校，準時上課，衣著

整齊，精神飽滿地站在講臺上。他上課總帶著教材、講義與參考材料，但講起課來卻幾乎用不著。各種豐富複雜的講授內容，不僅條分縷析脫口而出，而且往往一邊口裏講著，一邊就在黑板上把引文書寫出來，古今中外，應有盡有。當時我非常欽佩老師學問的淵博，更驚異於他對教學內容的熟稔和超常的記憶力。後來自己做了教師，才知道這也是「臺上一分鐘，臺下十年功」的事情。余老師課堂講授之餘，課間課後和自習課上，也常來為我們答疑，與同學交談，同學們也都很喜歡向余老師請教文學理論或其他感興趣的問題。所以，在余老師給我們上課的日子裏，我們見到他總是一個在學生中講說或傾聽的人，一個蜜蜂釀蜜般不知疲倦忙活著的人。這使他的教書既是嚴謹的傳授，又是與學生心與心隨意的交流，並在這過程中與我們結下了深厚的師生情誼。他的課結束以後，還經常有同學乘車大老遠地去看望他，向他請教。我是登門拜訪過余老師的學生之一，當時老師停下手中的寫作，就批閱我的習作講如何寫文章的情景，至今歷歷在目，是我大學生活中最美好的回憶之一，尤其給我畢業後教書很好的影響。

余老師教學有方，是極會教書的一位先生。他所講的《文學概論》是一門專業理論課，很容易講得艱澀或者枯燥。但在余老師講來，這門課只使我們感覺到奧妙無窮，引人入勝。他善於使用最貼切的引證以深入淺出，例如講文學創作處理題材的獨創性，引歐洲文論家的話：「第一個把美人比作鮮花的是天才，第二個就是庸材，第三個則就是蠢材。」（大意）他善於從當代文學的最新發展賦予理論問題以現實的具體和生動性，例如講文學最忌模擬與因襲，舉當時某大報發表悼念周總理的詩：「去國三千里，沉浮一萬年。一聲周總理，雙淚落君前。」與唐人張祜詩「故國三千里，深宮二十年。一聲何滿子，雙淚落君前」比較，就使得「理論是灰色的」，卻因「生活之樹長青」；他善於調動一切個人因素服務於課堂教學，他姿態優雅地站立並漫步在講臺上，充分地自信，永遠地從容，面帶笑容，神采飛揚。他抑揚頓挫的聲音，隨著親切友好的目光，把最新最有用的知識與學術，以最自然的方式送到每一個同學的耳中和心裏，以至於許多同學都感到，聽余老師的課，是一種享受。我以為他教課最大的本事，是能夠從簡單中分析出複雜，又能夠把複雜的問題歸結為簡單，把道理講得好聽好記，舉重若輕。這種本事我至今佩服，卻學得很不到家，然後想這也許不僅關乎個人的努力，余老師是一位天賦教書藝術的大家。

　　余老師治學勤奮，是極有學問的一位先生。他著作豐富，理論建樹頗多。雖然我不敢妄加評論，但有一件事不能不說，我們畢業後不久，1986 年就出版了他自己的專著《文學概論》。當時這類的著作雖然有了一些，但仍屬不多，初版 5000 冊，很快銷售一空。該書曾蒙先生賜贈我一冊，成為我跟從先生學《文學概論》最寶貴的紀念。離開余老師 20 多年了，上世紀末曾因《紅樓夢》會議得意外一見，老師顯然蒼老了許多，仍身板挺直，精神很好，思維講話不減當年。

　　20 多年來，我偶有述作寄呈或電話書信請教先生，余老師也常有書信和著作寄下，成為我與母校最重要聯繫之一。除幾部文藝理論的專著之外，我所得到余老師的大作，多是研究毛澤東、周恩來文藝思想、生平與解放區文藝的。這些近來已不是文藝理論或文學史的時尚，但如余老師一輩親身經歷那一段歷史，而又健在還能把筆為文的文藝理論家，已經越來越少了，所以余老師做的正是他那一輩文藝理論家最能夠做的和最有價值的事。我對此表示十二分的崇敬，這應該是老師對後世貢獻最大的地方。他的研究不僅於當今學壇，自張一軍；後世學者與此有關的研究，也將不能不讀余老師的書，老師將因此而不朽矣！

　　欣逢余老師八十壽辰，謹以此文為老師壽！言不盡意，待賀先生九秩、百齡時續說何如？

（原載柏元賓等主編《我們印象中的余飄老師》，

中國老齡事業發展基金會 2008 年版）

劉梁、劉楨故里及世系、行輩試說

　　劉梁、劉楨爲漢末三國有直系親屬關係的重要作家，《後漢書》卷八十下《文苑列傳・劉梁》載：「劉梁字曼山，一名岑，東平寧陽人也……孫楨，亦以文才知名。」所以，雖然《三國志・魏書》屢稱「東平劉楨」，但劉楨的籍貫仍當從其祖父梁爲「東平寧陽」，即今山東省泰安市寧陽縣人。這個問題曾有徐傳武先生《劉楨應是寧陽人》一文（載徐傳武、孫雲峻《文史漫筆》，山東大學出版社 1993 年 5 月版）辯正，學界已無異議，一般也就無話可說。

　　但是，學貴徹底，在這個問題上，若能進一步說明梁、楨故里爲寧陽何地，仍是一件有意義的事。對此，徐傳武先生又有《劉楨爲寧陽何處人》一文（載徐傳武、王文清《文史論集》，大連海事大學出版社 1995 年 6 月版），據新編《寧陽縣志》考得今山東「寧陽縣城東北 20 公里處的堽城鎮有個劉伶墓村」，「劉伶墓」實爲「劉梁墓」之訛，換言之「劉伶墓」實爲「劉梁墓」，從而似乎梁、楨故里應該就是「堽城鎮劉伶墓村」了。其實不然，劉梁墓址今存在一山丘之上，是依古俗擇「高壟之地」（晉郭璞《葬書》）而葬，所以「劉梁墓村」因「劉梁墓」得名，卻不見得劉梁故里就是該村，而更多可能是其附近某地，因此劉梁故里適當的範圍似以徐先生所說該村所在的堽城鎮爲宜。換言之，山東寧陽堽城鎮才是劉梁、劉楨故里。

　　從梁、楨爲東平寧陽人，可進一步考其家門世系。按《後漢書・劉梁傳》載「梁宗室子孫」，而《史記・建元以來王子侯者年表第九》載元朔三年（前126）三月，魯共王子劉恢（《漢書・王子諸侯年表第三上》作恬）封寧陽節侯，嗣封五世，其後人應當世居寧陽。所以，劉梁爲「宗室子孫」，一般說應當就是魯共王子寧陽節侯劉恢（恬）的後裔。

作爲寧陽節侯劉恢（恬）的後裔，《後漢書》稱梁、楨爲祖孫，而《三國志‧魏書》本傳引《文士傳》卻說：「楨父名梁，字曼山，一名恭。少有清才，以文學見貴，終於野王令。」以梁、楨爲父子，二者實有矛盾。雖然學者多從《後漢書》，似已經以《文士傳》爲野史記載不足採信，但是《文士傳》記載爲什麼是錯誤的，卻未見有人作具體的說明，從而這一矛盾並未得到解釋。原因當然是文獻無徵，但是也還未至於完全無可置喙。

在沒有直接資料可據的情況下，對梁、楨行輩爲祖孫抑或父子的判斷，可從祖孫三代比較父子隔年較遠的自然規律加以考量。古代風俗早婚早育，一般二三十年爲兩代人出生正常的間隔。倘以二十歲生子計算，如果梁、楨生年懸隔在四十年以上，其爲祖孫關係的可能性就較大，否則可能是父子。然而梁、楨生年均不詳，也還有待推考。

按《後漢書》梁本傳稱「桓帝時，舉孝廉，除北新城長。……特召入拜尙書郎，累遷。後爲野王令，未行。光和中病卒」。光和（178～183）爲漢靈帝年號，吳文治《中國文學史大事年表》係梁舉孝廉在桓帝永壽三年（157），卒於光和四年（181），則梁從舉孝廉至去世有 24 年；以梁二十五六歲舉孝廉計算，則梁得壽約 50 歲，其出生當在漢順帝永建六年（131）。而《三國志‧魏書》引曹丕《典論》敍列「七子」，其中據吳文治《中國文學史大事年表》等確知生卒年者，有打頭的魯國孔融（153～208）享年 55 歲，居第三的山陽王粲（177～217）享年 40 歲，居第四的北海徐幹（171～217）享年 47 歲。劉楨居七子之末而與王、徐年齡相彷彿，其生年大概不會比王粲更晚，而可以認爲是在徐、王之間的靈帝熹平三年（174），比較劉梁生年晚約 43 歲。換言之，如果梁、楨爲父子，則梁在 43 歲得楨，這於古人婚育一般較早的情況就成了特例；而以梁、楨爲祖孫，則梁 43 歲，正古人得孫之年，從而《後漢書》梁、楨爲祖孫說更爲合理，而《文士傳》以梁、楨爲父子說之不足採信，不僅因其爲野史，更因其於事理有所不合。

總之，劉梁、劉楨爲漢魯共王之子寧陽節侯劉恢（恬）之後，二人爲祖孫關係，其故里爲山東省寧陽縣堽城鎮。這些結論雖然還未能做到鐵證如山，但在目前情況下已較爲可信。

（原載《岱宗學刊》2002 年第 3 期）

讀樂府詩札記

一、夫妻互稱「卿」，爲「友人」

《樂府詩集》第七十三卷《雜曲歌辭十三·焦仲卿妻》：「結髮同枕席，黃泉共爲友。」〔註1〕乃焦仲卿說與劉蘭芝夫婦之情，生共枕席，死爲鬼友。由此二句可知，漢魏六朝間夫妻可稱「友」。此事雖然瑣細，但關乎某些文獻的理解與注釋，舉例如下：

（一）陶潛《輓歌》

《樂府詩集》卷二十七《相和歌辭二·輓歌》陶潛三首之二：

> 有生必有死，早終非命促。昨暮同爲人，今旦在鬼錄。魂氣散何之，枯形寄空木。嬌兒索父啼，良友撫我哭。得失不復知，是非安能覺。千秋萬歲後，誰知榮與辱。但恨在世時，飲酒恒不足。（第二冊，第401頁）

詩中「嬌兒索父啼，良友撫我哭」二句，據前句講父子親情，可想後句「良友」不會是普通的朋友。但是，即使「良友」作「摯友」解，那麼作爲「摯友」的「良友撫我哭」以比於「嬌兒索父啼」，卻也似乎有過情之嫌。所以與「嬌兒」相對，「良友」云云，似應指作者的妻子。但是畢竟「良友」亦「友」，以今天的觀念，卻又不便他想，包括不便斷定其爲作者的妻子。所以，筆者所見陶潛詩注本於此詩「良友」皆不出注，不見得都是注家以爲讀者習見易

〔註1〕〔宋〕郭茂倩《樂府詩集》（全四冊），中華書局1979年版，第三冊，第1035頁。本文以下引此書均據此本，說明卷次並括注頁碼。

知，而有可能是闕疑。這就成爲一個有待索解的疑點。茲據《焦仲卿妻》「結髮同枕席，黃泉共爲友」之說，可定陶詩「良友撫我哭」句中「良友」所謂，乃是其妻子。

（二）江淹《從軍行》

《樂府詩集》卷三十二《相和歌辭七・從軍行》江淹二首之一：

> 樽酒送征人，踟躕在親宴。日暮浮雲滋，握手淚如霰。悠悠清水川，嘉魴得所薦。而我在萬里，結友不相見。袖中有短書，願寄雙飛燕。（第二冊，第 480 頁）

詩末句「雙飛燕」出《古詩十九首・東城高且長》「思爲雙飛燕，銜泥巢君屋」。與江淹同時稍早的鮑令暉（鮑照妹）《古意贈今人詩》有句「北寒妾已知，南心君不見。誰爲道辛苦，寄情雙飛燕。」〔註2〕，相沿用「雙飛燕」都喻愛情或夫妻之情。江淹此詩用「雙飛燕」亦不外此意，從而此前「而我在萬里，結友不相見」兩句中「結友」也應當是講夫婦的。但是，以今天的觀念，畢竟「結友」不同於結婚，所以在別無其他證據的情況下，也不便遽然斷定。今因《焦仲卿妻》「結髮同枕席，黃泉共爲友」之說，即可以斷定其所稱「結友」之「友」，也就是其萬里之遠的家中獨守空床的妻子了。

江淹此詩又見《江文通集》，據明胡之驥《江文通集彙注》，「結友」之「友」字他本或作「髮」。由此可以推測兩字的是非，似不屬普通的錯訛，而有可能是彼時「結友」在指普通結爲朋友之外，還有義同「結髮」的用法，即結婚爲夫妻之謂。這也從側面證明彼時「結友」即結婚爲夫婦之義。

（三）劉義慶《幽明錄・新鬼》

《太平廣記》卷三二一《新鬼》寫「新死鬼」與「友鬼」之具體關係有令人困惑之處。其文不長，錄如下：

> 有新死鬼，形疲瘦頓，忽見生時友人，死及二十年，肥健，相問訊曰：「卿那爾？」曰：「吾飢餓，殆不自任。卿知諸方便，故當以法見教。」友鬼云：「此甚易耳，但爲人作怪，人必大怖，當與卿食。」新鬼往入大墟東頭，有一家奉佛精進，屋西廂有磨，鬼就推此磨，如人推法。此家主語子弟曰：「佛憐吾家貧，令鬼推磨，乃輦

〔註 2〕 〔陳〕徐陵編，〔清〕吳兆宜注、程琰刪補，穆克宏點校《玉臺新詠箋注》，中華書局 1985 年版，上冊卷四，第 154 頁。

參與之。」至夕，磨數斛，疲頓乃去，遂罵友鬼：「卿那誑我？」又曰：「但復去，自當得也。」復從墟西頭入一家，家奉道。門傍有碓，此鬼便上碓，如人春狀。此人言：「昨日鬼助某甲，今復來助吾，可齎穀與之。」又給婢簸篩。至夕，力疲甚，不與鬼食。鬼暮歸，大怒曰：「吾自與卿為婚姻，非他比，如何見欺？二日助人，不得一甌飲食。」友鬼曰：「卿自不偶耳，此二家奉佛事道，情自難動。今去可覓百姓家作怪，則無不得。」鬼復出，得一家，門首有竹竿，從門入。見有一群女子，窗前共食。至庭中，有一白狗，便抱令空中行，其家見之大驚，言自來未有此怪。占云：「有客鬼索食，可殺狗，並甘果酒飯，於庭中祀之，可得無他。」其家如師言，鬼果大得食，自此後恒作怪，友鬼之教也。（出《幽明錄》）〔註3〕

由篇中新鬼對「友鬼」說「吾自與卿為婚姻，非他比」之語，可知「新死鬼」與「友鬼」生前當為夫妻。但是，以今天的觀念，畢竟「生時友人」「友鬼」之「友」只是朋友，與夫妻別是一倫，從而此篇中「友鬼」與「新死鬼」的關係仍不甚明確。筆者所見各家注本於「友鬼」均不出注，可能也有不易確解的原因，值得作具體的探討。

《焦仲卿妻》當為東漢末作品。《幽明錄》作者同時是《世說新語》作者劉義慶為劉宋時人，與《焦仲卿妻》成詩相去未遠，諸作所反映社會習俗當多可通之處。今由上引「新鬼」曰「吾自與卿為婚姻，非他比」和「友鬼」答以「卿自不偶耳」諸語，更證以《世說新語・惑溺第三十五》載「王安豐婦，常卿安豐」等事，可知劉宋前後或說漢唐之間，有夫妻間私下稱「卿」之俗。俞樾《茶香室叢鈔》四鈔卷六《稱婦曰卿》條云：「宋龐元英《文昌雜錄》云：晉王戎妻語戎為卿。束皙亦曰：婦皆卿夫子，呼父字。有一士人作詩，謂婦曰『卿』非也。按此條不可解，豈婦可卿夫，夫不可卿婦邪？」〔註4〕今由《新鬼》寫夫妻彼此稱「卿」，這一疑問便有了答案，即夫妻彼此可以稱「卿」；而由《焦仲卿妻》「結髮同枕席，黃泉共為友」兩句，則可以知道《新鬼》敘事稱新、舊二鬼為「生時友人」，「友人」亦夫妻之謂。

〔註3〕〔宋〕李昉等編《太平廣記》（全十冊），中華書局 1961 年版，第七冊，第 2544 頁。

〔註4〕〔清〕俞樾《茶香室叢鈔》（全四冊），中華書局 1995 年版，第四冊，第 1569 頁。

綜合以上三例的討論，由《焦仲卿妻》「結髮同枕席，黃泉共爲友」之說，可證漢魏六朝間夫妻可彼此稱「卿」，而夫妻關係可稱之謂「友人」。但夫妻間彼此稱「卿」之俗，至今早已消失；而夫妻爲「友人」之稱，至今源流未已。其上溯似由《關雎》「窈窕淑女，琴瑟友之」而來。原因是雖然《關雎》所寫男女僅爲愛情，還是由愛情而最後步入了婚姻的殿堂，學界尙有爭議，但因愛情而稱「友之」，實已與夫妻稱「友人」無間，只是不如《焦仲卿妻》「結髮同枕席，黃泉共爲友」之說更明確罷了。因此《焦仲卿妻》《新死鬼》等寫夫妻稱「友」或「友人」實爲《詩經·關雎》之遺風，而今之戀愛男女稱「朋友」之俗，似也與我國古代兩情相悅而以「友」相待之俗一以貫之。由此知今流行男女「朋友」之義，其來古矣！而《焦仲卿妻》「結髮同枕席，黃泉共爲友」之說不僅能夠證實和補充有關文獻注釋之疏失，還是彰顯我國自古及今以戀愛或婚姻中男女爲「友」優良習俗的重要標誌。

二、「努力加餐飯」

《孟子·告子上》：「告子曰：「食、色，性也。」以「食」爲先，即「民以食爲天」之義，見得吃飯的事比得天大；而以「色」居其次，是人生第二個必須滿足的基本需求。所以看似簡單，卻眞正稱得起是「宇宙眞理」。這個眞理也屢見於「詩言志」的古樂府中，如《樂府詩集》第三十八卷《相和歌辭十三·飲馬長城窟行》云：

> 青青河畔草，綿綿思遠道。遠道不可思，宿昔夢見之。夢見在我傍，忽覺在他鄉。他鄉各異縣，展轉不相見。枯桑知天風，海水知天寒。入門各自媚，誰肯相爲言。客從遠方來，遺我雙鯉魚。呼兒烹鯉魚，中有尺素書。長跪讀素書，書中竟何如。上言加餐飯，下言長相憶。（第二册，第556頁）

此詩結末兩句「加餐」「相憶」即分別講「食、色」二字，次序也同告子所說，可謂古詩中有關人性需求層次的經典表達。

《古詩十九首·行行重行行》篇與《飲馬長城窟行》創作時代相去不遠，對「食、色」需求之次序作了別種形式的訴說：

> 行行重行行，與君生別離。相去萬餘里，各在天一涯。道路阻且長，會面安可知。胡馬依北風，越鳥巢南枝。相去日已遠，衣帶日已緩。浮雲蔽白日，游子不顧反。思君令人老，歲月忽已晚。棄

捐勿複道，努力加餐飯。〔註5〕

全詩寫妻子對離家遠行的丈夫的思念，但「浮雲」句以下妻子似懷疑丈夫在外有了外遇，把自己拋棄了，「爲伊銷得人憔悴」。但生命仍在，日子還要過下去，所以結末曰「棄捐」云云，意謂「會面」所代表之「色」的希冀既已不可能滿足，感情一片空虛，但那也還是要自勉多吃一點，堅強地活下去。其所表達對愛的失望與渴望以及對生命的執著，與《飲馬長城窟行》末二句有異曲同工之妙：也是吃飯第一，性愛第二。

筆者據手中電子資料以「加餐」爲條件檢索，此詞似最早出現於東漢。而據《全後漢文》檢索可知，「加餐飯」似爲後漢代口語，爲糧食困乏時期人們相互問候或勸勉的常用語。至今中國人尤其是北方農村人見面打招呼也還是問「吃飯了嗎」，或與這「加餐飯」出於同樣的人生關懷。但「加餐飯」至晚漢末已經成爲朝野書面語言，如《全後漢文》卷三明帝文末云：「君愼疾加餐，重愛玉體。」卷七十二蔡邕《議郎冀土臣邕頓首再拜上書皇帝陛下》末云：「唯陛下加餐，爲萬生自愛。臣邕死罪。」又《全三國文》卷九魏明帝《與陳王植手詔》：「王顏色瘦弱何意邪？腹中調和不？今者食幾許米？又啖肉多少？見王瘦，吾甚驚，宜當節水加餐。」等等。而且對比可見，樂府《飲馬長城窟行》與《行行重行行》用「加餐飯」語，與上引《全後漢文》《全三國文》中例同置於篇末，表明樂府中「加餐飯」的用意與用法，與在漢魏朝野實際生活和文章中一脈貫通，乃日常生活與文章用語在詩歌中的化用。

「加餐飯」在後世流爲文學套語，也以詩歌中運用爲多。據電子資料以「加餐」爲條件檢索，逯欽立編《先秦漢魏晉南北朝詩》中有 4 首，除上引《飲馬長城窟行》和《行行重行行》之外，另外兩首分別是《梁詩》卷八柳惲《贈吳均詩三首》之三有句云：「徭役命所當，念子加餐飯。」和同卷何遜《贈族人秣陵兄弟詩》有句云：「願子加餐飯，良會在何辰。」並且「加餐飯」也都是出現在全詩的結末。可見至南北朝詩人師法漢樂府以「加餐」入詩，已使「加餐飯」開始成爲套語，儘管尚不十分流行。

「加餐飯」作爲文學套語，至唐詩大爲流行。今據電子資料《全唐詩》《全唐詩補編》檢得 40 首，涉及詩人有張說、齊己、杜甫、秦系、獨孤及、孟郊、白居易、李白、岑參等，以杜甫運用最多；《全宋詩》檢得 19 首，涉及詩人

〔註5〕　〔南朝‧梁〕蕭統編，〔唐〕李善注《文選》（全三冊），中華書局 1977 年版，中冊第 309 頁。

有蘇轍、梅堯臣、王安石、秦觀、黃庭堅、賀鑄、張耒、陳師道等，以蘇轍、梅堯臣最多；《元詩選》檢得 18 首，涉及詩人有泰不華、吳萊、元好問、薩都剌、楊維楨、耶律楚材、鮮于樞、傅若金等。唐宋人用「加餐飯」多仍《全後漢文》、樂府、古詩之舊在篇末，自宋代王安石、秦觀、黃庭堅、賀鑄、張耒、陳師道等始移用於篇中，元詩中則多用於篇中，顯示了在運用方式上的變化。

雖然明清詩歌不便檢索，但是僅就以上數代詩歌檢索可知，「加餐飯」自漢樂府中始見，六朝隋唐以降，逐漸成爲了詩歌中關懷勸勉他人的套語。宋代以後這一套語的沿用還漫延到詞曲，這裡也不擬贅述。而總之可說我國自唐以後文學中，「加餐飯」作爲套語成爲一個較爲普遍和突出的現象。乃至清末民國詩人近體之作，也還偶有參用。如祖籍安徽桐城的濟南詩人左次修《和景伯言自壽詩》尾聯云：「祝君不噎加餐飯，會贈雛雞十二籃。」〔註6〕可見自漢至近今二千餘年，「加餐飯」在中國文學中的運用一以貫之，歷久不絕。

雖然「套語」幾乎就意味著陳舊刻板平庸，「加餐飯」在中國文學中大體可謂陳陳相因的存在也不足爲貴，但是這一說法能夠被創造出來並成爲一個套語，並不只是一個偶然，而是一個複雜深刻的文化現象，值得關注。而且「加餐飯」作爲漢樂府作者的首創，與後來的仿傚也不可同日而語，乃正如波德萊爾在《火箭》中對這類首創的評價：「創造一個窠臼，這是天才的象徵。」〔註7〕

三、「長跪問故夫」

《古詩·上山采蘼蕪》，《太平御覽》卷五二一作《古樂府》，《樂府詩集》未收。沈德潛《古詩源》列爲漢詩。其辭云：

> 上山采蘼蕪，下山逢故夫。長跪問故夫，新人復何如。新人雖言好，未若故人姝。顏色類相似，手爪不相如。新人從門入，故人從閣去。新人工織縑，故人工織素。織縑日一匹，織素五丈餘。將縑來比素，新人不如故。〔註8〕

〔註6〕 左次修《五五詩存》，左孝輝藏本。
〔註7〕 轉引自〔法〕呂特·阿莫西、安娜·埃爾舍博格·皮埃羅《俗套與套語——語言·語用及社會的理論研究》，丁小會譯，天津人民出版社 2003 年版，第12 頁。
〔註8〕 〔清〕沈德潛選《古詩源》，中華書局 1963 年版，第 93 頁。

這是一首著名的棄婦詩。詩寫婦人已經被棄出門，但因「上山采靡蕪，下山逢故夫」，偶然遭遇，仍不改其舊往執故婦之禮，「長跪」而問「新人復何如」。故夫答以比較「顏色」和「手爪」等，總之是「新人不如故」。讀來似乎這一對離異夫妻感情上仍有些藕斷絲連，甚至還可以想到他們或有破鏡重圓的一絲可能？

但這首詩同時也使人產生另外的疑問，即棄婦既已被逐出夫門，還有必要「長跪問故夫，新人復何如」嗎？棄婦如此，是否太不夠自尊甚至自輕自賤了呢？實際不然。這至少是中國古代詩歌的一個思想傳統，此詩前後涉及此一題材詩作多能佐證。如《詩經·氓》寫棄婦對氓之喜新厭舊頗致不滿和埋怨，但結末仍歸於「反是不思，亦已焉哉」；而唐人小說元稹《鶯鶯傳》結末寫鶯鶯送張生詩亦云：「棄置今何道，當時且自親。願將舊時意，憐取眼前人。」都展示了對男性負心行為的大度寬容。這種寬容似非出於女性的軟弱，而更像是對人生更高一層意義的看破，有居高臨下卑視男子天性弱點的姿態與意味。當然也不排除是古代男性作者出於根深蒂固之異姓佔有欲望的一廂情願。

總之，無論出於何種動機或願望，中國古代文學中除有如《霍小玉傳》等少數寫被棄女子向負心男性尋求報復的作品問世流行之外，多數作品寫婚姻離異中受害女性對「故夫」能持寬恕的態度。這應當是有原因的，而《樂府詩集》第六十三卷《雜曲歌辭三》後漢辛延年《羽林郎詩》中曾有所觸及。其詩曰：

> 昔有霍家姝，姓馮名子都。依倚將軍勢，調笑酒家胡。胡姬年十五，春日獨當壚。長裾加理帶，廣袖合歡襦。頭上藍田玉，耳後大秦珠。兩鬟何窈窕，一世良所無。一鬟五百萬，兩鬟千萬餘。不意金吾子，娉婷過我廬。銀鞍何煜爚，翠蓋空踟躕。就我求清酒，絲繩提玉壺。就我求珍肴，金盤鱠鯉魚。貽我青銅鏡，結我紅羅裾。不惜紅羅裂，何論輕賤軀。男兒愛後婦，女子重前夫。人生有新故，貴賤不相逾。多謝金吾子，私愛徒區區。（第三冊，第 909 頁）

詩中「男兒愛後婦，女子重前夫」，根本是說男子感情容易轉移，而女子感情則較為專一。劉禹錫《竹枝詞》云：「花紅易衰似郎意，流水無限似儂愁。」明雜劇《投梭記》中有句道白講得更明白：「常言道：『男子癡，一時迷；女子癡，沒藥醫。』」都是講這個道理。由此而想古代文學中棄婦多如《上山采

蘼蕪》中女主人公對「故夫」的態度，實乃女性之常；而《上山采蘼蕪》結末「故夫」能說「將縑來比素，新人不如故」，還可以說是一次難得的明智，故筆者推想二人有破鏡重圓的可能雖然太過渺茫了些，但男女之際的關係與感情也確實複雜微妙，縱然夫妻已經反目離異，相互之間也不僅是恨與遺憾，有的也許還殘存愛的火種，所謂「一日夫妻百日恩」，即道出此意。而清人吳大受《詩筏》論此詩也推闡此義：

> 此詩將「手爪不相如」截住，分爲兩段詠之，見古人章法之奇。後段即前段語意，復說一遍，更覺濃至。此等手法，在文字中惟《南華》能之，他人止作一股，便覺意竭，倘效爲之，則重複可厭矣。「新人復何如」一問，最婉。「從閣」一去，更冷而媚，雖有妒意，然妒而不悍，妒而有情，妒又安可少哉！婦人處新故之間，惟有溫柔一道，能令男子迴心。彼以悍怒開釁，令薄情人心去不復留者，皆不善於妒者也。「顏色雖相似，手爪不相如」，謔語也，豈有手爪可辨妍媸乎？聊以慰其問耳。「將縑來比素，新人不如故」，亦謔語也，豈有縑素可別優劣乎？聊以慰其去耳。一種繾綣親昵之意，在此二謔，不獨委屈周旋，慰故人以安新人也。通篇總是一「情」字，認眞不得。大率東漢敦尚氣節，得氣之先，莫如詩人，不獨《焦仲卿妻》《陌上桑》諸篇凜然難犯，有《漢廣》《柏舟》遺風，即如此等詩，字字溫厚，尤得好色不淫之意。若魏、晉以後，浸淫於桑、濮矣。誰謂詩文無升降乎？〔註9〕

此論體貼備至，細緻入微，陳義無餘，終清之世，研議此詩者似再無人能以過之，可供今之學者參考。

四、女教階次與內容

《樂府詩集》卷二十八《相和歌辭三·陌上桑三解》之三：

> 東方千餘騎，夫婿居上頭。何用識夫婿，白馬從驪駒……十五府小史，二十朝大夫。三十侍中郎，四十專城居……坐中數千人，皆言夫婿殊。（第二冊，第412頁）

卷七十二《雜曲歌辭十二》李白《長干行二首》之一：

〔註9〕〔清〕吳大受《詩筏》，《吳興叢書》本。

十四爲君婦，羞顏尚不開……十五始展眉，願同塵與灰……十六君遠行，瞿塘灩預堆。（第三冊，第 1030 頁）

卷七十三《雜曲歌辭十三·焦仲卿妻》：

十三能織素，十四學裁衣。十五彈箜篌，十六誦詩書。十七爲君婦，心中常苦悲。（第三冊，第 1034 頁）

又：

阿母大拊掌：「……十三教汝織，十四能裁衣。十五彈箜篌，十六知禮儀。十七遣汝嫁，謂言無誓違……」（第三冊，第 1036 頁）

卷八十五《雜歌謠辭三》梁武帝《河中之水歌》：

莫愁十三能織綺，十四採桑南陌頭，十五嫁爲盧郎婦，十六生兒字阿侯。（第四冊，第 1204 頁）

卷九十一《新樂府辭二》崔顥《邯鄲宮人怨》：

邯鄲陌上三月春，暮行逢見一婦人……五歲名爲阿嬌女。七歲豐茸好顏色，八歲點惠能言語。十三兄弟教詩書，十五青樓學歌舞。

（第四冊，第 1277 頁）

以上以《樂府詩集》卷次雜引漢唐諸詩言男女成長，特別是女子教育，隨年說事，已成套語。而其體似本《論語·爲政》：「子曰：『吾十有五而志於學，三十而立，四十而不惑，五十而知天命，六十而耳順，七十而從心所欲，不逾矩。』」唯是與孔子「平生我自知」（《三國演義》諸葛亮詩句）的平靜自述不同，上引諸例都略帶誇飾，乃性靈搖蕩的詩性表達，而作爲套語的表達方式最容易引起讀者的注意。

但這裡還值得注意的是，上引諸詩例中除第一例之外皆敘女子，顯其自幼至長成受教育及生活的內容階次。大約十三歲正式受教，教育內容包括紡織、縫紉、詩書、禮儀、音樂等。農家或有採桑的勞動，欲入青樓則「學歌舞」。十五歲左右，早至十四晚至十七歲出嫁生子等等，堪稱古代女子教育與人生次第安排的綱要。其意義有三：

一是由此可知，古代重男輕女，一般家庭於女子教育，雖然不如對男兒的重視有加，但父母之愛和爲了使女兒將來能夠嫁入高門，「宜其室家」，以增進家庭從聯姻得到的利益，也並未至於不聞不問，而是有目的性地給予某些重視。

二是這些描述雖然不同於史書的記載，又顯見是一種套語化的表達，但

是正因其歷代相沿而能成爲套語之故，也才顯示其內容爲至晚唐朝以前女教內容與階次的眞實概括，是今天治古代女性教育史的有益參考。

三是這種套語化的表達對於一般瞭解相關歷史有便於普及的作用，值得相關閱讀與教學中注意。

（原載《南都學壇》2014 年第 1 期）

讀樂府詩札記之二

一、漢「立樂府」之始

《漢書・藝文志》云：

> 自孝武立樂府而采歌謠，於是有代、趙之謳，秦、楚之風，皆
> 感於哀樂，緣事而發，亦可以觀風俗，知薄厚云。

又《漢書・禮樂志》云：

> 漢興，樂家有制氏，以雅樂聲律世世在大樂官，但能紀其鏗鎗
> 鼓舞，而不能言其義。高祖時……又有《房中祠樂》，高祖唐山夫人
> 所作也。……高祖樂楚聲，故《房中樂》楚聲也。孝惠二年，使樂
> 府令夏侯寬備其簫管，更名曰《安世樂》……至武帝定郊祀之禮……
> 乃立樂府，采詩夜誦，有趙、代、秦、楚之謳。

上引「至武帝……乃立樂府」下師古注曰：「始置之也。樂府之名蓋起於此，
哀帝時罷之。」後世學者據此，多認定漢樂府之制起於武帝時。

今中國大陸通行各本《中國文學史》凡有涉及者皆主此說。章培恒、駱
玉明著《中國文學史新著》（以下或簡稱《新著》）亦然，但是比較他本，更
注意到不同說法並以附《注》有所討論：

> 《漢書・藝文志》：「自孝武立樂府而采歌謠……」明言樂府爲
> 武帝所立。同書《禮樂志》也說：「至武帝……乃立樂府，采詩夜誦。」
> 但《禮樂志》又說：「孝惠二年，使樂府令夏侯寬備其簫管……」有
> 的學者就根據「樂府令」之名認爲在漢武帝以前本有樂府機構。按，
> 倘若事實真是如此，班固就不應自相矛盾，說出「孝武立樂府」那

樣的話來。考漢初本有大樂，是掌管音樂的機構……至漢武帝設立
樂府，大樂機構仍然存在……疑孝惠時「樂府令」當是大樂的屬官；
武帝的「立樂府」，則當是另設一個與大樂並列的、以「樂府」爲名
的機構，而原先由大樂的樂府令所承擔的全部或大部分任務大概就
劃給樂府了。〔註1〕

筆者曾以爲這是有關漢樂府設立最切實際的推斷。但在進一步思考之後，乃
感覺這一判斷的邏輯性與結論都有所不妥。具體有以下幾點：

第一，倘若如上引所「疑孝惠時『樂府令』當是大樂的屬官」確繫事實，
則大樂之內必設有樂府令所掌管的機構或職責範圍。這一機構或職責範圍的
長官既被稱爲「樂府令」了，則其所掌管機構或職掌範圍之名稱也就理所當
然應該稱作「樂府」。此時的「樂府」雖然只是大樂的下屬，但是畢竟有獨立
的機構和職掌，而不是徒有其名。因此，作爲漢大樂之下屬的漢樂府之始設，
也就可以說早在武帝之前的孝惠一朝，還可能更早。

第二，倘如《新著》所言「武帝……立樂府」是於大樂之外「另設一個
與大樂並列的、以『樂府』爲名的機構，而原先由大樂的樂府令所承擔的全
部或大部分任務大概就劃給樂府了」，那麼這「另設」就是從「大樂」中「劃」
出「樂府令」的職責，也就是把作爲漢大樂之下屬的漢樂府機構從大樂中分
離出來自立門戶，並提升到與大樂並列的地位。這種「另設」雖屬因舊爲新，
而非新「立」，但其由大樂的下屬提升到與大樂平級的地位，卻又實質性地是
「立樂府」，或說是一種因舊爲新的「立樂府」，從而上引班固所說並不「自
相矛盾」。

第三，如果以上認識成立，則漢樂府始立的時間實有兩個節點：一是孝
惠二年（前 193）之前大樂之內已設有「樂府令」職掌的樂府，「至武帝定郊
祀之禮……乃立樂府，采詩夜誦」，樂府才作爲朝廷採集、管理民間音樂的一
個專職機構被從大樂中分離出來，成爲一個與大樂平行的獨立的官署。

第四，「武帝定郊祀之禮」當指《漢書・郊祀志》所載：

其春，既滅南越，嬖臣李延年以好音見。上善之，下公卿議，
曰：「民間祠有鼓舞樂，今郊祀而無樂，豈稱乎？」公卿曰：「古者
祠天地皆有樂，而神祇可得而禮。」或曰：「泰帝使素女鼓五十弦瑟，

〔註1〕 章培恒、駱玉明《中國文學史新著》，復旦大學出版社。上海文藝出版社 2007
年版，上冊，第 206 頁。

悲，帝禁不止，故破其瑟爲二十五弦。」於是塞南越，禱祠泰一、
后土，始用樂舞。益召歌兒，作二十五弦及空侯瑟自此起。

以上引文中西漢「滅南越」在元鼎六年（前111），「其春」即「既滅南越」後
的元封元年（前110）春，上距「孝惠二年」已有83年之久。因此，漢樂府
在漢初由大樂中的一個部門到武帝「立樂府」的正式成立，前後至少有83年
以上的過程。這就是說，所謂「至武帝……乃立樂府」，並非突發奇想的創設，
而是應「郊祀」之需在原有大樂之「樂府令」所職掌基礎上的提升，乃因舊
爲新的「另設」。

當然，上述認識成立的前提是上引《漢書・禮樂志》所稱「樂府令夏侯
寬」爲大樂官的下屬。但是，這卻不過是想當然耳，並無任何資料的證明。
而且一般說來，「樂府令」即樂府的長官。倘若樂府不是一獨立機構，則孝惠
如何越過大樂而直接詔「使樂府令夏侯寬備其簫管」？所以，與其相信僅憑
臆猜的「樂府令」爲大樂下屬，不如徑以「樂府令」爲獨立於大樂之外掌管
俗樂的專門機構。但是，這樣一來，那就眞的如《新著》所說是班固「自相
矛盾」了。不過，這也不是什麼難以理解和不可接受之事。對此，顧炎武《日
知錄》卷二十六《漢書》中有所涉及云：

> 史家之文多據原本，或兩收而不覺其異，或並存而未及歸一。《漢
> 書王子侯表》長沙頃王子高、成節侯梁，一卷中再見，一始元元年
> 六月乙未封，一元康元年正月癸卯封，此並存未定，當刪其一而誤
> 留之者也。《地理志》於宋地下云：「今之沛、梁、楚、山陽、濟陰、
> 東平及東郡之須昌、壽張，皆宋分也。」於魯地下又云：「東平、須
> 昌、壽張皆在濟東，屬魯，非宋地也。當考。」此並存異說以備考。
> 當小注於下，而誤連書者也。（原注略）《楚元王傳》劉德，昭帝時
> 爲宗正丞，雜治劉澤詔獄，而子《向傳》則云：「更生父德，武帝時
> 治淮南獄。」一傳之中自爲乖異。……此兩收而未對勘者也。《禮樂
> 志》上云：「孝惠二年，使樂府夏侯寬備其簫管。」下云：「武帝定
> 郊祀之禮，乃立樂府。」《武五子傳》上云：「長安白亭東爲戾后園。」
> 下云：「後八歲，封戾夫人曰戾后，置園奉邑。」樂府之名蓋立於孝
> 惠之世。戾園之目預見於八年之前。此兩收而未貫通者也。夫以二
> 劉之精數，猶多不及舉正，何怪乎後之讀書者愈鹵莽矣！〔註2〕

〔註2〕〔清〕顧炎武著，〔清〕黃汝成集釋《日知錄集釋》，秦克誠點校，嶽麓書

以上引文中列舉諸例表明，包括《漢書》記樂府始立之事在內，史書中一事而有不同的記載，並不一定是作者的「自相矛盾」，而是「史家之文多據原本，或兩收而不覺其異，或並存而未及歸一」等等所致。在這種情況下，讀者倘不能自據資料以有所裁斷，則只有闕疑而已。上引顧炎武所論，就是在包括漢樂府始立等多個歷史問題上都採取了闕疑的態度，值得後之研究者借鑒。至少在提出或堅持某一種主張的同時能夠充分注意到相反證據和不同觀點的存在。在這個意義上，上引章、駱二氏《中國文學史新著》的附《注》雖然可有以上的商榷，但是比較一般只作某一種結論的說明還是更加慎重了。

二、「樂府」稱詩之始

以原本爲秦、漢朝廷「樂府」機構之名稱詩起於何時？可能也是一個有待解決的問題。這一方面是由於整體上可以認爲是繼承了前代傳統的中國大陸現行多種中國文學史教材，大都無關於這一問題的正面說明；另一方面唯一直面這一問題又半個多世紀以來影響很大的游國恩等《中國文學史》雖有所論述，卻又不夠準確。他說：

> 什麼是「樂府」？它的涵義是有演變的。兩漢所謂樂府是指的音樂機關，樂即音樂，府即官府，這是它的原始意義。但魏晉六朝卻將樂府所唱的詩，漢人原叫「歌詩」的也叫「樂府」，於是所謂樂府便由機關的名稱一變而爲一種帶有音樂性的詩體的名稱。如《文選》於騷、賦、詩之外另立「樂府」一門；《文心雕龍》於《明詩》之外又特標《樂府》一篇，並說「樂府者，聲依永，律和聲也」，便都是這一演變的標誌。〔註3〕

而近來影響力更大並越來越大的《百度》「漢樂府」條目的介紹也說：

> 樂府是自秦代以來設立的配置樂曲、訓練樂工和採集民歌的專門官署，漢樂府指由漢時樂府機關所採製的詩歌。這些詩，原本在漢族民間流傳，經由樂府保存下來，漢人叫做「歌詩」，魏晉時始稱「樂府」或「漢樂府」。後世文人仿此形式所作的詩，亦稱「樂府詩」。

這一介紹應是祖述游國恩等《中國文學史》，由此可見後者的主張影響之大，

社 1994 年版，第 896 頁。
〔註3〕游國恩等《中國文學史》（全四冊），人民文學出版社 1963 年版，第一冊，第 182 頁。

而一旦有值得商榷的地方，便不容忽略和應該及時提出。

其實，這個問題清代已有學者關注。顧炎武《日知錄》卷二十八《樂府》云：

> 樂府是官署之名，其官有令，有音監，有游徼。《漢書・張放傳》：「使大奴駿等四十餘人群黨盛兵弩，白晝入樂府，攻射官寺。」《霍光傳》：「奏昌邑王，大行在前殿，發樂府樂器。」《後漢書・律曆志》：「元帝時，郎中京房知五聲之音，六十律之數。上使太子太傅韋玄成，諫議大夫章雜試問房於樂府。」是也。後人乃以樂府所采之詩即名之曰「樂府」，誤矣。曰「古樂府」，尤誤。《後漢書・馬廖傳》言：「哀帝去樂府。」注云：「哀帝即位，詔罷鄭衛之音，減郊祭及武樂等人數。」是亦以樂府所肄之詩即名之「樂府」也。〔註4〕

上引顧氏雖以史家苛刻的態度論以「樂府」稱詩之誤，但同時也注意到了《後漢書・馬廖傳》有「哀帝去樂府」之說，並引李賢注推論馬廖所謂「樂府」固然為官署之名，但是也已經轉指其所稱「鄭衛之音」的「樂府所肄之詩」了。故顧氏結論說「是亦以樂府所肄之詩即名之『樂府』也」。

上引顧氏《樂府》條，清杭世駿《訂訛類編續補》卷下採錄，引為同調。其「哀帝去樂府」之語，雖然注出唐人，但是話語本身畢竟是馬廖說的。馬廖字敬平，西漢伏波將軍馬援之子。少以父任為郎。平帝時，以其女兄立為明德皇后，官拜羽林左監、虎賁中郎將。明帝崩，受遺詔典掌門禁，遂代趙憙為衛尉。章帝朝甚受尊重。上引「哀帝去樂府」即其在章帝時上明德皇太后疏中語。漢章帝劉炟在位公元76～88年，當東漢之前期。因知至晚東漢前期就已經有人以官署「樂府」之名稱「樂府所肄之詩」，從而「樂府」就從一官署的專名而開始有了一種新詩體的意義。這就比近今學者所謂「魏晉六朝卻將樂府所唱的詩，漢人原叫『歌詩』的也叫『樂府』」的時間提前了將近二百年。

三、郭茂倩郡望與羅貫中籍貫

郭茂倩編《樂府詩集》，是歷史上對樂府詩流傳與研究貢獻最大的學者。但是，向來研究樂府詩者多，研究郭茂倩者少。原因一是人們理所當然地更

〔註4〕〔清〕顧炎武著，〔清〕黃汝成集釋《日知錄集釋》，秦克誠點校，嶽麓書社1994年版，第993頁。

重視作品，二是郭氏身後留下的資料不多，使研究者不免無米而炊之歎。但是，近年來也陸續有若干研究郭氏的文章發表，使此乏人問津之隅不再荒涼。如顏中其《〈樂府詩集〉編者郭茂倩的家世》〔註5〕，汪俊《郭茂倩及其〈樂府詩集〉》〔註6〕，以及喻意志《郭茂倩與〈樂府詩集〉的編纂》〔註7〕等文，都是極有功底和見識的好文章。但是，筆者長年研治古代小說，讀後受教之餘，所得首先並不是關於郭茂倩對《樂府詩集》編纂的具體貢獻，而是從與其郡望家世等記載的比照，想到《三國演義》作者羅貫中是「東原」還是「太原」人的爭論，有了一點新的看法，略述如下。

　　這裡首先要說明的是，筆者所以能夠產生以上的比照與看法是基於以下的事實，一是《四庫全書總目》稱「《建炎以來繫年要錄》載茂倩為侍讀學士郭褒之孫，源中之子，其仕履未詳。本鄆州須城（今山東東平縣）人。此本題曰太原，蓋署郡望也」；二是元明間《三國演義》《水滸傳》的作者或作者之一「東原羅貫中」也是山東東平人；三是另有《錄鬼簿續編》所載「羅貫中，太原人」也有學者認為是《三國演義》的作者，當然同時也是《水滸傳》等小說的作者或作者之一。

　　上述第一個方面的事實表明，一個郡望為太原的東平人，既可以郡望稱「太原人」，又可以出生並居住的現籍稱「東平人」。這也就是說，他可以既是「太原人」，又是「東平人」。郭茂倩《樂府詩集》署名的情況正是這樣。喻意志《郭茂倩與〈樂府詩集〉的編纂》一文詳考說：

　　　　檢《蘇魏公文集》卷59蘇頌《職方員外郎郭君墓誌銘》，我們可以更詳細地瞭解有關郭茂倩家世的其他情況。蘇頌《墓誌銘》提到關於郭氏家族的背景，其銘文曾對「郭姓」之源起及其後族系的發展做了一個概述，又云「本朝甲族，太原東平」，即指「北宋當時郭姓宗族，以太原、東平兩族最為著名」。而郭茂倩的先世原居山西陽曲（府治太原），後遷至萊州（山東）。據唐林寶《元和姓纂》所載可知，郭姓「太原陽曲」一支在漢末即已興起（郭全即任當時大司農一職），直至唐代依然居盛不衰。由此可見，郭茂倩家族實屬歷

〔註5〕顏中其《〈樂府詩集〉編者郭茂倩的家世》，《古籍整理研究學刊》1987年第4期。
〔註6〕汪俊《郭茂倩及其〈樂府詩集〉》，《江蘇文史研究》2001年第1期。
〔註7〕喻意志《郭茂倩與〈樂府詩集〉的編纂》，《音樂研究》（季刊）2006年第4期。

史上有名的「太原郭氏」。據研究，太原是中古時期最重要的八大郡望之一，在以太原爲郡望的郡姓中，郭氏家族是很有名的一支。早在兩晉南北朝時，太原郭氏就是赫然有名的大家族（當時太原所出郡姓還有王、孫、溫、白、狄）；而在唐代，郭姓在太原所出郡姓中亦列於前三位。從總體上來看，太原郭氏屬於「地位上各期有所提升的重要郡姓」之一。在中古時期的六十個重要郡姓中，太原郭氏即位於第二十九位。郭茂倩一家實爲「太原郭氏」家族中的一分子。其先世由山西陽曲遷至山東萊州後，因受傳統的家族源流觀念及地域觀念的影響，在世系上仍以太原作郡望。此即《樂府詩集》署「太原郭茂倩編次」之因。《四庫提要》有云：「此本題曰太原，蓋署郡望也。」

以上繁引該文當然不是也不必是爲了討論郭氏的籍貫，而是爲了便於從上論郭茂倩《樂府詩集》署名之例，看上述第二、第三兩個事實就可能有交叉互通的關係，即「東原羅貫中」與「太原人」羅貫中是同一個人，只不過一個署了郡望或祖籍，一個署了出生與居住的現籍。這種不同形式的署名，即使出在同一個作者的筆下也應該正常的，問題只在於哪一個是他的郡望或祖籍和哪一個是他出生和居住的現籍？

這自然也是不容易理清和得出最後結論的問題。但是，儘管太原並非羅姓的郡望，不可以準照郭茂倩之例爲《三國演義》等小說作者羅貫中是哪裏人下判斷，但是衆所周知，我國宋明間山東、山西兩省間人口的遷徙，山西人東遷者多，而山東人西徙者少。所以若作大體的估量，「東原羅貫中」與「太原人」羅貫中果然爲同一個人的話，也還是應該與郭茂倩的情況相近，爲祖籍「太原」的「東原（今山東東平）」人。他是《三國演義》與《水滸傳》等小說的作者或作者之一，同時是一位「樂府隱語極爲清新」的戲曲家。

筆者曾主張「東原羅貫中」是《三國演義》與《水滸傳》等小說的作者或作者之一，與擅長戲曲的「太原人」羅貫中不是同一個人〔註8〕。但是於此說也一向不無忐忑，所以從來並沒有把話說絕。現在看來，「東原」與「太原」的兩個羅貫中確實不是沒有同爲一人即祖籍「太原」的「東原」人的可能性。儘管這也只是一種可能性，最後的結論還是要憑資料說話。

〔註8〕　杜貴辰《羅貫中籍貫東原說辯論》，《齊魯學刊》1995 年第 5 期，今收入本文集第二卷。

　　具體說來，筆者一向主張《三國演義》《水滸傳》等小說作者羅貫中籍貫「東原說」，以爲單純的「太原說」全無憑據，而不值一駁。但是從《錄鬼簿續編》記載看又畢竟「羅貫中，太原人」亦一代才人，即使不能僅憑此條斷其爲《三國演義》等書的作者，而更多的可能是《三國演義》等小說作者「東原羅貫中」之外的另一個羅貫中，但也確實不排除這位「太原人」羅貫中與「東原羅貫中」是同一人之可能。而一般說這種可能性就是出在一是署了郡望或祖籍，一是署了其出生居住地的現籍。倘若如此，則《三國演義》等小說的作者羅貫中是「東原」人，卻是祖籍「太原」的「東原」人。

　　所以，儘管新提出的這一看法並不是問題的最後解決，還可能由此引出新的問題，從而「麻煩」愈多，但是學貴有疑，問題的探索應不留「死角」。所以，在羅貫中籍貫「東原說」與「太原說」各不相讓的當下，提出《三國演義》與《水滸傳》等小說戲曲的作者或作者之一羅貫中是祖籍「太原」的「東原」人的推測，對於羅貫中即「羅學」的研究至少有開闊思路的意義，或者也可備一說，並不僅是爲東、西之爭息事寧人。

四、東平與樂府詩

　　由《樂府詩集》的編者郭茂倩是東平人，很容易引發對《樂府詩集》中涉及東平內容的關注，也竟然值得有所關注，體現在以下幾個方面。

　　首先，有關東平籍的樂府詩人。《樂府詩集》卷第一《郊廟歌辭一》小序稱：

　　　　永平三年，東平王蒼造《光武廟登歌》一章，稱述功德。而郊
　　祀同用漢歌。〔註9〕（第一冊，第1頁）

東平王劉蒼（？～83），光武帝劉秀之子，明帝劉莊之弟。生年不詳，建武十五年（39），封東平公。十七年，進爵爲王。明帝即位（58），拜驃騎將軍，置長史掾，位在三公之上。永平中，修禮樂，定制度，蒼都主持其事。章帝時，尊重恩禮，諸王莫與爲比。在位四十五年，卒，諡憲王。有集五卷，傳於世。所以，劉蒼造《光武廟登歌》一事影響頗大，後世文獻屢有提及。如《樂府詩集》卷十二《漢宗廟樂舞辭》序云：

　　　　《五代史·樂志》曰：「漢宗廟酌獻樂舞：文祖室奏《靈長之舞》，

〔註9〕　〔宋〕郭茂倩《樂府詩集》（全四冊），中華書局1979年版，第三冊，第1035
　　　　頁。本文以下引此書均據此本，說明卷次並括註冊次頁碼。

德祖室奏《積善之舞》，翼祖室奏《顯仁之舞》，顯祖室奏《章慶之舞》，高祖室奏《觀德之舞》。」《唐餘錄》曰：「高祖追尊四祖廟，且遠引漢之二祖爲六室。張昭因傅會其禮，乃曰太祖高皇帝創業垂統室奏《武德之舞》，世祖光武皇帝再造丕基室奏《大武之舞》，自如其舊。而《大武》即用東平王蒼辭云。」（第一冊，第176頁）

其辭見《樂府詩集》卷第五十二《舞曲歌辭一》，題曰《後漢武德舞歌詩》。前有《序》引《東觀漢記》曰：「明帝永平三年八月，公卿奏世祖廟舞名。東平王蒼議，以爲漢制，宗廟各奏其樂，不皆相襲，以明功德。光武皇帝撥亂中興，武力盛大，廟樂舞宜曰《大武》之舞，其《文始》《五行》之舞如故，勿進《武德舞》。詔曰：如驃騎將軍議，進《武德》之舞如故。」詩如下：

於穆世廟，肅雍顯清。俊乂翼翼，秉文之成。越序上帝，駿奔來寧。建立三雍，封禪泰山。章明圖讖，放唐之文。休矣惟德，罔射協同。本支百世，永保厥功。（第三冊，第755頁）

東平王劉蒼之外，《樂府詩集》載最引人注目的有關東平樂府詩是歌咏東平人劉生的。劉生，不詳其名。《樂府詩集》卷第二十五《橫吹曲辭五·梁鼓角橫吹曲》有《東平劉生歌》云：

東平劉生安東子，樹木稀，屋裏無人看阿誰？（第二冊，第369頁）

又，《樂府詩集》卷第二十四《橫吹曲辭四·漢橫吹曲四》有梁元帝《劉生》，《樂府解題》曰：

劉生不知何代人，齊梁已來爲《劉生》辭者，皆稱其任俠豪放，周遊五陵三秦之地。或云抱劍專征，爲符節官所未詳也。」按《古今樂錄》曰：「梁鼓角橫吹曲，有《東平劉生歌》，疑即此《劉生》也。」

其辭曰：

任俠有劉生，然諾重西京。扶風好驚坐，長安恒借名。榴花聊夜飲，竹葉解朝醒。結交李都尉，遨遊佳麗城。（第二冊，第359頁）

其次，有以東平之事爲題材的樂府詩，見《樂府詩集》卷第四十九《清商曲辭六》，題曰《安東平》，《序》引《古今樂錄》曰：「《安東平》，舊舞十六人，梁八人。」全詩五章：

> 淒淒烈烈，北風爲雪。船道不通，步道斷絕。
>
> 吳中細布，闊幅長度。我有一端，與郎作袴。
>
> 微物雖輕，拙手所作。餘有三丈，爲郎別厝。
>
> 制爲輕巾，以奉故人。不持作好，與郎拭塵。
>
> 東平劉生，復感人情。與郎相知，當解千齡。（第三冊，第 713 頁）

漢代樂府詩作者留有姓名者甚少，以地名篇者亦不很多，東平能於《樂府詩集》中留有以上詩人詩作的印記，恐不盡因其編者郭氏爲東平人，而更是與古東原文化傳統有關；而降至金、元二代，東平能成爲雜劇創作的中心之一，則又不無其有漢樂府歷史傳統的原因吧！

五、樂府詩中的四面八方

以描寫對象爲中心，詩歌中最基本的空間方位是東、西、南、北四面，進而又有東南、東北、西北、西南，與上述四面全稱四面八方。樂府詩歌中有關四面八方的描寫，雖不乏實指，但更多是爲了鋪敘情感或事件。其形式是並說四面或錯綜四面八方之位以成各種不同形式的對仗，達至對線或面之地理空間全覆蓋的效果，以誇張性地凸顯感情或爲敘事烘托氣氛。《樂府詩集》中用例大體分爲兩類：

（一）四面鋪敘

1、并說四面者，如《樂府詩集》第七十卷載南朝宋鮑照《行路難十八首》其四：「瀉水置平地，各自東西南北流。」（第三冊，第 998 頁）第三十五卷載唐戎昱《苦辛行》：「東西南北少知音，終年竟歲悲行路。」（第二冊，第 525 頁）唐元稹《胡旋女》：「是非好惡隨君口，南北東西逐君眄。」（第四冊，第 1356 頁）

2、分說四面者，如《木蘭詩二首》其一：「東市買駿馬，西市買鞍韉，南市買轡頭，北市買長鞭。」（第二冊，第 374 頁）《江南古辭》：「魚戲蓮葉間，魚戲蓮葉東，魚戲蓮葉西，魚戲蓮葉南，魚戲蓮葉北。」（第二冊，第 384 頁）南朝梁周舍《上雲樂》：「西觀蒙汜，東戲扶桑。南泛大蒙之海，北至無通之鄉。」（第三冊，第 746 頁）

3、四面錯雜者，如魏曹植《吁嗟》：「當南而更北，謂東而反西。」（第

二冊，第 499～500 頁）南北朝庾信《羽調曲五首》之三：「雖南征而北怨，實西略而東賓。」（第一冊，第 216 頁）北齊《文舞辭》：「無思不順，自東徂西。教南暨朔，罔敢或攜。」（第三冊，第 763 頁）唐王建《長安有狹斜行》曰：「斜路行熟直路荒，東西豈是橫太行。南樓彈弦北戶舞，行人到此多徊徨。」（第四冊，第 1324 頁）

（二）八方有對

1、「東西」「南北」對者，如魏曹植《吁嗟》：「東西經七陌，南北越九阡。」唐僧貫休《塞下曲十一首》之四：「南北唯堪恨，東西實可嗟。」（第四冊，第 1302）

2、「東南」「西北」對者，如晉傅玄《雲中白子高行》：「地東南傾，天西北馳。」（第三冊，第 921 頁）南朝齊謝朓《永明樂十首》之四：「西北驚環袞，東南盡龜象。」（第三冊，第 1063 頁）南朝梁簡文帝《中婦織流黃》：「浮雲西北起，孔雀東南飛。」（第二冊，第 520 頁）南朝梁庾肩吾《愛妾換馬》：「來從西北道，去逐東南隅。」（第三冊，第 1043 頁）唐於濆《古別離》：「君為東南風，妾作西北枝。」（第三冊，第 1018 頁）

3、「東北」「西南」對者，如晉陸機《梁甫吟》：「招搖東北指，大火西南升。」（第二冊，第 606）南朝宋吳邁遠《櫂歌行》：「西南窮天險，東北畢地關。」（第二冊，第 594）

上列《樂府詩集》寫四面八方的情形雖有不同，但是均以空間距離的悠遠或領域的廣大開闊了詩境，壯大了氣勢，加強了情感的表達，並收致以對仗工整的美感。

（原載《南都學壇》2016 年第 1 期）

刺淫‧辨潔‧好女──《陌上桑》的三重主題及其在美女題材文學史上的意義

　　《陌上桑》是漢樂府名篇〔註1〕，其題旨解讀自古爭議頗多，不乏有價值的意見。筆者所見以爲最具啓發性的論述有二：一是明末清初史學家談遷（1594～1658）所著《北遊錄‧紀詠上》之《陌上桑》序云：

> 　　崔豹《古今注》：邯鄲女子姓秦名羅敷，爲邑人千乘王仁妻。仁後爲趙王家令。羅敷採桑於陌上。趙王登臺，見而悦焉。因飲酒，欲奪羅敷。乃彈箏作《陌上桑》以自明。然其詞『頭上倭墮髻，耳中明月珠。湘綺爲下裙，紫綺爲上襦』，夫採桑，何飾也？『行者見羅敷，下擔捋髭鬚。少年見羅敷，脱帽著帩頭』，夫自明，何冶也？『東方千餘騎，夫婿居上頭』，又『十五府中史，二十朝大夫。三十侍中郎，四十專城居』，似非家令。且貴寵若是，何採桑也？『羅敷年幾何？二十尚不足，十五頗有餘』，以耦夫婿，年相倍矣。意當時刺淫之作，不敢斥言，反覆婉轉，似有微意，未可與秋胡並日語也。冀毋失作者意，聊正言之。要以正，不如諷。〔註2〕

上引「然其詞頭上倭墮髻」以下具論《陌上桑》中敘事矛盾：一是從羅敷出行的奢華盛裝看，不像是眞正的採桑；二是從羅敷姿容的豔冶看，不像是眞正的採桑婦；三是從羅敷所誇其夫官至「專城居」看，一定不是趙王家令，

〔註1〕　〔宋〕郭茂倩《樂府詩集》（全四冊），中華書局1979年版，第二冊，第410～411）頁。
〔註2〕　〔清〕談遷《北遊錄》，中華書局1960年版，第161頁。

而身爲貴夫人的羅敷，也應該不會親赴田間採桑；四是以羅敷所言，其夫婿與之「年相倍矣」，言外之意也不配爲世俗美滿婚姻，沒什麽值得誇耀的。總之，談遷對《陌上桑》的解讀是質疑崔豹《古今注》所稱本事，也不滯執於詩之敘事的表面，而徑以《陌上桑》意主諷刺，乃「當時刺淫之作」云云，可概括爲「刺淫」說。二是唐代李嶠《箏》詩中有云：「君聽陌上桑，爲辨羅敷潔。」〔註3〕雖僅點到爲止，但直言道斷，頗中肯綮，可稱爲「辨潔」說。兩說各有道理，但筆者以爲兩說又各執一面，合二而一方可更好說明《陌上桑》的原旨。但《陌上桑》更爲永久的價值，卻是詩中「秦氏有好女」的創造，即作者在「刺淫」與「辨潔」的同時，還塑造了秦羅敷這一「好女」即美女——美婦人的形象，是對我國古代文學的一個貢獻。這也就是說，《陌上桑》有「刺淫」「辨潔」「好女」三重主題，尤其後者在文學史上有重要的意義。試論如下。

一、《陌上桑》之「刺淫」

以《陌上桑》爲「刺淫之作」，主要的根據當然是詩寫「使君」路邀羅敷「共載」的行爲，以及羅敷對「使君一何愚」的斥責。但這些敘寫畢竟只是此詩內容的一個部分，僅以此爲《陌上桑》「刺淫」主題的表現，則使該詩「刺淫」的主題有表達不夠充盈的嫌疑。其實，《陌上桑》「刺淫」的主題不僅在此，還在於全篇其他的描寫。這需要就「淫」之本義展開來看。

按《說文》等字書，「淫」字基本義、引申義等義項頗多。其一爲溢，引申指過度；又其一爲男女不以禮相交。在這兩個意義上，從儒家禮教看來，《陌上桑》寫「使君」的言行固然是「淫」了；但「行者」等路人爲羅敷之美所誘惑的「美女控」〔註4〕狀態，又何嘗不是「淫」呢？至少是《紅樓夢》所寫賈寶玉的「意淫」吧！更進一步看上引談遷「夫採桑，何飾也……夫自明，何冶也……貴寵若是，何採桑也」，三問集中針對羅敷而發，言下之意當是以

〔註3〕陳尚君編《全唐詩補編·全唐詩續拾》，中華書局1992年版，中冊，第771頁。

〔註4〕「美女控」是指喜愛美女至被這種喜愛所控制而不由自主的一類人。參見網絡《百度百科》等有關介紹。附帶說明：筆者以爲《周易·文言傳》曰：「終日乾乾，與時偕行。」學術研究追求創新，不僅要有新的認識，有時也還需要新的語言加以表達。所以本文偶有引入個別流行詞彙，盼專家學者批評指教。

羅敷形跡爲可疑，至少是太過招搖。這種想法也許有些迂腐，但古訓曰「慢藏誨盜，冶容誨淫」（《易・繫辭上》），卻也是千古不易的道理。因此，談遷三問可能有缺乏深思熟慮處，但至少從「行者」等路人以至「使君」的一見癡迷看，羅敷採桑陌上的奢華豔冶確實強化了她於陌上男性的誘惑，並反過來了造成了她的尷尬。在這個意義上，羅敷採桑陌上的奢華豔冶即使出於無心或可以解釋的，但客觀上仍不能不說是婦人之容飾的「淫」即過度。

事實上《陌上桑》寫路人「來歸相怨怒，但坐觀羅敷」，已在坐實正是羅敷奢華豔冶勾魂攝魄的美，炫惑並招致了「陌上」各色人等視爲「秀色可餐」，並在路人餐色療饑「越看越可愛」的注目之下，又引來了「使君」的當道邀與「共載」。這裡「使君」的下作固然卑劣，但「行者」等其他路人的表現，與「使君」也僅五十步與百步之間而已。對於這種情況，雖古今世事滄桑，陵谷變遷，但恐今天的讀者也大都不會以「行者」等路人的「美女控」表現是一種光榮，至少是有失君子風度吧！所以，《陌上桑》的「刺淫」不僅是對「使君」，也還包括了秀色療饑的「行者」等路人，是對世俗好色的譏諷。《論語・衛靈公》載：「子曰：『已矣乎！吾未見好德如好色者也。』」《禮記・禮運》曰：「飲食男女，人之大欲存焉。」雖然都是就男女兩性而言，但顯然主要是針對男性。《陌上桑》寫「行者」等也應該只是男性，從而「行者」等人正是違背了儒家「非禮勿視」的古訓，以見色忘形的狂歡赤裸暴露了「聖人」所感慨無奈「好色男」的弱點。作者諷世之意，特別是針對「好色男」的諷刺之意，也就油然而出。至於羅敷「冶容誨淫」的嫌疑，雖由其後來的誇夫可以排除，但畢竟招致「行者」以至「使君」的色心或色行，也不能不說是一個行爲的不謹。但這可以視爲無心之過，而且相關描寫還可能是作者在漢代禮教的調制下不得不做的一個兩難的選擇〔註5〕。從而《陌上桑》之「刺淫」，

〔註5〕 這個問題複雜，向來讀者有人以爲羅敷採桑陌上，不可能爲侍中之婦，其誇夫之辭不可認眞對待，如元雜劇石君寶《魯大夫秋胡戲妻》第四折秋胡妻唱有云：「不比那秦氏羅敷，單說得他一會兒夫婿的謊。」但筆者認爲詩中既說「羅敷喜蠶桑」，則其無論身份如何，有採桑「陌上」之行，也就可以理解了。另外，《漢書・孝元皇后傳》：「（王）莽又知太后婦人厭居深宮中，莽欲虞樂以市其權，乃令太后四時車駕巡狩四郊，存見孤寡貞婦。春幸繭館，率皇后，列侯夫人桑，遵霸水而祓除。」師古注曰：「桑，採桑也。」《後漢書・禮儀志上》：「是月，皇后公卿諸侯夫人蠶。」李賢注：「案谷永對稱：『四月壬子，皇后蠶桑之日也。』則漢桑亦用四月。」又「祠先蠶，禮以少牢」下注引《漢舊儀》曰：「春桑生而皇后視桑於苑中。」可見本文以

一在「使君」之漁色之行，二在「行者」等路人「意淫」之態，三在羅敷之出於無心的不謹。從而作者「刺淫」之意，就於詩中處處可見了。

總之，結合於兩漢自武帝「獨尊儒術」以後逐漸籠罩朝野的儒家禮教看，《陌上桑》無論寫路人、「使君」乃至羅敷，都程度不同寓有「刺淫」之意。具體說對「使君」是嚴厲的，對「行者」等路人是嘲諷的。對羅敷則在有無之間，寬容中略有遺憾。其意若曰：看你顯擺的，惹上事兒了吧！但時移世變，至今男女社交極大自由開放，雖多數讀者還能以「使君」的邀羅敷「共載」爲「淫」，但是對詩寫「行者」等路人，特別是羅敷採桑陌上的奢華豔冶，大約就視爲人性之常和只有褒美羅敷一面的藝術效果，而不再能夠感知生當漢朝禮教時代的作者於此也有「刺淫」之意。這儘管是可以理解的，但「蔽於今而不知古」，終究是學術研究上的一個遺憾。

二、《陌上桑》之「辨潔」

《陌上桑》寫羅敷不僅有如上談遷三問所涉之「淫」，而且詩題「陌上桑」，直解爲大路邊的桑樹，是羅敷形象的象徵，也容易使人想到詩寫羅敷其實有「淫奔」之嫌，從而有辨別澄清的必要。這一嫌疑的產生植根於我國上古蠶桑的歷史，有一個邏輯的過程。具體大致如下。

首先，我國上古就有女、桑相連以桑（樹、葉、葚）喻女性的傳統。中國古代植桑養蠶發生甚早，並多賴女性操勞。因此上古文獻中頗多女、桑相連的記載，如《山海經》云：「又東五十五里，曰宣山……其上有桑焉……名曰帝女之桑。」〔註6〕袁珂注引郭璞曰：「婦女主蠶，故以名桑。」〔註7〕同書《海外北經》又云：「歐絲之野在大踵東，一女子跪據樹歐絲。」〔註8〕袁珂注引郭璞曰：「言啖桑而吐絲，蓋蠶類也。」〔註9〕又《禮記·祭統》云：「是故，天子親耕於南郊……王后蠶於北郊……諸侯耕於東郊……夫人蠶於北

上引《搜神記》曰：「漢禮，皇后親採桑，祀蠶神。」乃屬漢代的事實。由此可知「羅敷喜蠶桑」實乃漢代貴婦人風範，亦一代之俗。談遷或亦不明此義。近世因詩寫「採桑」而以羅敷爲普通農家勞動婦女，更完全是一個誤會。總之，考明「羅敷喜蠶桑」爲漢禮貴婦人之事，則本文上引談遷的疑問與今人各種誤會就迎刃而解了。

〔註6〕 袁珂《山海經全譯》，貴州人民出版社1991年版，第171頁。
〔註7〕 《山海經全譯》，第176頁。
〔註8〕 《山海經全譯》，第214頁。
〔註9〕 《山海經全譯》，第219頁。

郊，以共冕服。天子諸侯非莫耕也，王后夫人非莫蠶也……」這個「王后夫人非莫蠶也」的「祭統」也見於《孟子・滕文公下》的引述，稱「夫人蠶繅，以爲衣服」。另外，《搜神記》雖成書於晉代，但其中「太古蠶馬」故事的取材應不晚於漢末，可作爲解讀《陌上桑》的參照。這個故事略謂女子失信於馬，馬含冤而死之後，以皮裹女「於大樹枝間，女及馬皮，盡化爲蠶，而績於樹上……鄰婦取而養之，其收數倍。因名其樹曰『桑』。桑者，喪也……漢禮，皇后親採桑，祀蠶神，曰：『菀窳婦人，寓氏公主。』公主者，女之尊稱也。菀窳婦人，先蠶者也。故今世或謂蠶爲女兒者，是古之遺言也。」〔註10〕由此可知，上古因養蠶之事而女、桑相連，並因「桑者，喪也」的諧音見義，而賦予了女、桑故事以悲情的基調。從而上古一切有關女、桑的表達，都必須結合二者的關聯作出解釋。這在《陌上桑》來說，就是要把「陌上桑」視爲羅敷形象的象徵，進而探討其思想內涵。具體說就是看到「陌上桑」和「採桑」更多是由傳統而來的文學意象，其與羅敷眞實身份就寫女性而言有合，而在寫採桑女而言或有不合，都屬藝術妙在似與不似之間的合理性。讀者會意於女、桑相連相形的傳統而已，不必刻舟求劍，過爲推考。

其次，上古「帝女之桑」「蠶爲女兒」的民俗傳統，影響文學中多女、桑相連、相形的敘寫，並多關男女之事。我國文學早自兩周產生的《詩經》中就已常見女、桑相連相形的敘寫了，如《氓》以女子自敘寫棄婦之怨，其第三章曰「桑之未落，其葉沃若。於嗟鳩兮，無食桑葚。於嗟女兮，無與士耽」，第四章曰「桑之落矣，其黃而隕。自我徂爾，三歲食貧」云云。兩章相承以桑葉之「沃若」到「黃隕」的變化，喻寫女子青春短暫，紅顏易衰，爲「二三其德」之氓所拋棄的悲劇命運。詩中的桑葉、桑葚就分別成爲了女子容貌、愛情的象徵。又《將仲子》篇云：「將仲子兮，無踰我牆，無折我樹桑。」《十畝之間》云：「十畝之間兮，桑者閑閑兮，行與子還兮。十畝之外兮，桑者泄泄兮，行與子逝兮。」等等，也都是女、桑相連相形以寫男女情事。詩中女子感傷之意，流注於字裏行間。又《楚辭章句・天問》中有云：「焉得彼嵞山女，而通之於台桑？」王逸注：「言禹治水，道娶塗山氏之女，而通夫婦之道於台桑之地。」〔註11〕台桑，地名。而地所以名台桑則古代無注，或因有植桑之臺？這裡有關女、桑的敘寫甚至及於「夫婦之道」即性生活了。後世相

〔註10〕 〔晉〕干寶《搜神記》，中華書局1979年版，第173頁。
〔註11〕 〔宋〕洪興祖《楚辭補注》，中華書局1983年版，第97頁。

沿，西漢東方朔《七諫·怨世》云：「路室女之方桑兮，孔子過之以自侍。」王逸注上句曰：「路室，客舍也。」注下句曰：「言孔子出遊，過於客舍，其女方採桑，一心不視，喜其貞信，故以自侍。」〔註12〕由此可見後世《陌上桑》中「陌上」「採桑」之羅敷女的形象已然呼之欲出。

最後，以「陌上桑」爲象徵的羅敷形象在「行者」等路人看來實有「淫奔」之嫌疑。上古桑田既爲男女之事多發之所，從而早在兩周之際，「桑間濮上」〔註13〕就已經成了詩歌中男女約會的「愛情角」了。如《詩經·汾沮洳》有句云：「彼汾一方，言采其桑。」又《隰桑》四章，前三章各以「隰桑有阿」打頭，第四章曰「心乎愛矣，遐不謂矣？中心藏之，何日忘之？」抒寫男女刻骨銘心的愛情。但最著名的是《詩經·桑中》三章，每章必稱有「孟氏」美女，「期我乎桑中，要我乎上宮，送我乎淇之上矣」，則知桑樹的形象在《詩經》時代確已成爲與男女情事密切相關的象徵。甚至《七月》第二章云：「女執懿筐，遵彼微行，爰求柔桑。春日遲遲，采蘩祁祁。女心傷悲，殆及公子同歸。」參以下章寫女子「爲公子裳」，可知「殆及公子同歸」不僅是顧慮中可能發生的事情，而是後來那女子真的被邀與「共載」，做了「公子」的新娘。這就與《陌上桑》所寫羅敷遭遇「使君」除結局有異之外，其他已無大的不同。至漢代雖禮教日隆，經學盛行，但桑與男女情事的密切聯繫並無稍減。如佛教傳入大約在漢明帝永平年間，《後漢書·襄楷傳》載楷上桓帝書謂：「浮屠不三宿桑下，不欲久生恩愛，精之至也。」李賢注：「言浮屠之人寄桑下者，不經三宿便即移去，示無愛戀之心也。」由此可知時至東漢末，仍延續《詩經》以下傳統以「桑下」爲男女戀愛之所。因此之故，有關漢代經學興盛背景下產生的《陌上桑》的解讀，就不能不考慮到那時形成已久的「桑下」文學傳統，以「陌上桑」所象徵的羅敷爲在「行者」等路人看來或有「淫奔」的嫌疑。

以《詩經》之時代或今天的觀念，上引《詩經》諸篇寫「桑間濮上」之事不過男女自由戀愛，是人性之常，人權所當，大體都應予以肯定、鼓勵和提倡。但漢代不同，武帝「獨尊儒術」以後，禮教日益繁苛，浸漬經學中《詩經》「桑中」「採桑」的「愛情角」，也被看作了淫奔之地。如《漢書·地理志》敍周代風俗說：「衛地有桑間濮上之阻，男女亦亟聚會，聲色生焉，故俗稱鄭

〔註12〕 《楚辭補注》，第 24 頁。
〔註13〕 《禮記·樂記》曰：「桑間濮上之音，亡國之音也。」

衛之音。」首句「阻」字下師古注曰：「阻者，言其隱阸得肆淫僻之情也。」
而《毛傳》更直接定性曰：「桑中，刺奔也。」因此，在顯然不能把《陌上桑》
的作者理想化爲具有今天自由戀愛、自主婚姻觀念之先知先覺的前提之下，
我們只能認爲其寫羅敷盛裝出行來至「陌上」的「言采其桑」，在行者、擔者、
少年、耕者、鋤者以及使君等各色路人看來，頗有「肆淫僻之情」的嫌疑。
而「行者」以至「使君」等各色路人似被羅敷之美「秒殺」的過度反應，特
別「使君」能夠起意「遣吏往」和邀其「能與共載不」的大膽出手，應該就
是與以羅敷爲有「肆淫僻之情」的「意淫」有關，從而有了詩寫羅敷爲自己
「辨潔」和「辨潔」成爲《陌上桑》又一主題的必要。

三、「刺淫」與「辨潔」之合一

以上所論作爲「作者意」的《陌上桑》主題，其「刺淫」與「辨潔」猶
如一枚硬幣的兩面，是一而二，二而一的關係。

具體說來，已如上述《陌上桑》「刺淫」的一面，既針對在旁觀者看來羅
敷的招搖陌上有「冶容誨淫」之嫌，又針對「行者」以至「使君」等路人的
過度反應或非禮之求，但顯然主要是針對後者。一般說讀罷「羅敷前置辭」
卒章而論，前者所謂針對羅敷的諷刺，也許可以說是作者有意製造使「行者」
等包括「使君」在內所有路人的誤會，進一步還是讀者未曾卒讀可能產生的
誤會，乃文人狡獪，似是而非。儘管這並不弱減詩對「行者」等路人「美女
控」的諷刺之意，更不可能因此寬宥「使君」欲「有女同車」的可鄙可笑行
爲，但因此強調突出了《陌上桑》的「刺淫」主要是針對男權和男性的，又
特別是針對「使君」之流社會權力主導者的，也是一個明顯的事實。因此，
近世論者以《陌上桑》的思想價值主要在對「使君」的諷刺，並無不妥。但
是，因此而以詩中「行者」以至「使君」等各色路人的描寫僅僅是爲了寫羅
敷之美，就顯然缺乏歷史與審美之辨證的考量。事實上從人類共性看，《陌上
桑》對「行者」等路人的「美女控」狀態描寫，同樣是人類本性，特別是所
謂男性「弱點」的一面鏡子！

至於《陌上桑》主題「辨潔」的一面，卻只爲羅敷一人。從《陌上桑》
的敘寫結構看，如果僅以「刺淫」爲主題，則全詩至「使君一何愚！使君自
有婦，羅敷自有夫」，也就可以無辭了。卻又有以下羅敷「誇夫」的一段，則
作者之意恐就不止於「刺淫」，而且還要針對「行者」等路人對羅敷身份的懷

疑作出解釋，即羅敷當下雖盛裝奢華來至「桑中」招搖如「陌上桑」，卻非各色路人所疑以爲「期我於桑中」的淫奔之徒，而是秦氏「好女」，「四十專城居」的高官夫人。這就一面是對「使君」非禮之求的進一步堅拒，另一面也是對前此寫羅敷之盛裝華飾似「冶容誨淫」的釋疑，只不過無一語正面及之，卻似繪畫的留白以待讀者想像補足之。

《陌上桑》到底沒有對羅敷似乎「顯擺」的原因作出具體解釋，乃作者信任讀者稍能懂詩，即不難想知「行者」等路人以及「使君」的「意淫」或邪想爲大謬不然，故筆墨跳脫，妙在留白，所謂「此時無聲勝有聲」。而「詩無達詁」的原因之一，也正在於此。然而因此後世有讀者好奇進而好事，遂生各種解釋。如南朝梁元帝《洛陽道》詩云：「洛陽開大道，城北達城西……桑萎日行暮，多逢秦氏妻。」〔註14〕南朝梁吳均同題詩以羅敷之採桑陌上，「蠶饑妾復思，拭淚且提筐。故人寧如此（一作故人去如此），離恨煎人腸」〔註15〕；還以爲「賤妾思不堪，採桑渭城南……無由報君信，流涕向春蠶」〔註16〕……，如此等等，顯然都是以《陌上桑》爲寫羅敷望夫未歸的情詩看待了；宋戴復古《羅敷詞》說羅敷「辛苦事蠶桑，實爲良家人」〔註17〕，直言羅敷無邪；清袁于令《西樓記·自語》云：「他那裡癡心待結天邊網，俺這裡堅守爭如陌上桑。」以「堅守」待夫爲「陌上桑」的品格，也是在肯定羅敷品格高潔的同時，透露其有所「守」的身份，客觀上也顯示了以《陌上桑》爲羅敷「辨潔」的認識。清沈德潛《清詩別裁集》卷十九錄劉岩《採桑秦氏女》下半云：「洛水但聞歌閉月，巫山惟見賦行雲。羅敷本是邯鄲女，能遣桑中似《汝墳》？」〔註18〕《汝墳》，《詩經》篇名，《毛詩序》曰：「《汝墳》，道化行也。文王之化行乎《汝墳》之國，婦人能閔其君子，猶勉之以正也。」上引劉岩詩前二句分別譏《洛神》《高唐》二賦不過「閉月」「行雲」，後二句推崇《陌上桑》得《詩經》諷喻之遺。沈德潛則評曰：「邯鄲有此女，可以化淫爲貞，如此立言，才別於風雲月露。」〔註19〕

〔註14〕 《樂府詩集》，第二冊，第 340 頁。
〔註15〕 《樂府詩集》，第二冊，第 412 頁。
〔註16〕 《樂府詩集》，第二冊，第 415 頁。
〔註17〕 〔清〕吳之振、呂留良編，吳自牧《宋詩鈔·宋詩鈔補》，中華書局 1986 年版，第四冊，第 3574 頁。
〔註18〕 〔清〕沈德潛《清詩別裁集》，上海古籍出版社 1984 年版，下冊，第 776 頁。
〔註19〕 《清詩別裁集》，下冊，第 776 頁。

總之，如上後人對《陌上桑》擬古欲行補足其意的接受歷史，各從不同側面證明了《陌上桑》寫羅敷以「刺淫」的同時，也達成了爲羅敷「辨潔」的效果，從而使《陌上桑》的主題有「刺淫」與「辨潔」兩面一體，相輔相成，共赴「好女」羅敷形象的塑造。

四、「好女」的典型

然而《陌上桑》之旨不僅在「刺淫」與「辨潔」，甚至主要並不在是。讀者如果能夠不爲古人議論所拘束牽絆，那將很容易感受到《陌上桑》內容最突出的特點同時是全詩最重要價值所在，就是對「好女」羅敷的塑造與讚美，是一篇詩歌體裁的「美人賦」。

這表現在詩以「日出東南隅，照我秦氏樓」起興，接下即推出並聚焦「秦氏有好女，自名爲羅敷」。然後寫羅敷採桑、服飾、路人豔羨、使君邀乘、羅敷峻拒等，全詩 54 句，羅敷之名出現達十次之多，可謂全神貫注，聚焦羅敷容貌言行的描寫，性情品格的刻畫，是一首關於羅敷形象之美好的讚歌或一幅工筆畫。這還表現在詩雖然取客觀寫實的角度，但作者也有明顯的情感介入，起興「照我秦氏樓」句中一個「我」字，使作者對羅敷爲「好女」的信心、傾心與自豪躍然紙上。甚至當我們讀至「行者見羅敷」云云之際，也不難感受到作者對羅敷爲天人之美的感歎之情。乃信羅敷形象本身才是全詩敘事之中心，全詩之旨不僅「刺淫」與「辨潔」當退居其次，而且二者的必要性及其意義，其實也都因羅敷爲「好女」才可能產生和存在。這就是說，折衷古人之論與《陌上桑》描寫的實際，詩之主旨雖可一分爲三即「刺淫」「辨潔」與「好女」，但是只有後者——「秦氏有好女」——才是《陌上桑》三合一主題的中心。

《古詩十九首‧東城高且長》有句云：「燕趙多佳人，美者顏如玉。」〔註20〕南朝梁柳惲《又贈吳均詩》有句云：「邯鄲饒美女，豔色含春芳。」〔註21〕《陌上桑》不必是燕趙邯鄲人所作，但其爲謳歌燕趙邯鄲美女而作，應是不爭的事實。

〔註20〕〔南朝‧梁〕蕭統編，〔唐〕李善注《文選》（全三冊），中華書局 1977 年版，中冊第 411 頁。

〔註21〕轉引自〔唐〕歐陽詢《藝文類聚》，上海古籍出版社 1965 年版，上冊，第 556 頁。

　　《陌上桑》寫羅敷爲「好女」，「好女」又稱爲「美人」或「美女」，這一形象有與前代文學中美女不同的特點。首先，是一位有明顯儒家禮教風範的正面形象。按先秦人論「好女」基本上只是重色相，如《荀子·君道》：「語曰：好女之色，惡者之孽也。」可說是最早的「女色禍水」論。漢代人亦多如此，如李延年詩云：「北方有佳人，絕世而獨立。一顧傾人城，再顧傾人國。寧不知傾城與傾國，佳人難再得。」王逸《楚辭章句·哀時命》「隴廉與孟娵同宮」句下注有云「使醜婦與好女同室」，以「醜婦」與「好女」對舉，強調的也顯然是「好女」容貌之美；又同書《九章·惜往日》「雖有西施之美容兮」下王逸注曰：「世有好女之異貌也。」以「好女」之特徵也就是「異貌」即美色。至於《詩經·碩人》、宋玉《諷賦》《神女賦》《登徒子好色賦》，以及司馬相如學步宋玉的《美人賦》等，美女形象多不過作爲男性不好色的襯托或好色男的玩賞縱慾之物出現，自然不會著眼於美女道德品質與性情的描寫。以此與《陌上桑》之秦羅敷比較，就可以看出後者羅敷不僅是全詩的中心，其他一切的男性都不過是她的陪襯，而且詩以多方刻畫，層層皴染，眾星捧月般寫出了羅敷的容貌之美，更突出了她在品德才幹方面的優長。從而整體看來，比較前代文學中美女形象的若人若仙，若妖若妓，飄忽不定，甚至爲禍男性的戲說性或概念化特徵，羅敷的形象顯然具有了較爲豐富的生活氣息和社會眞實性。而且其豐富性格的基本方面合於當時主流意識形態的儒家的婦教。如「羅敷喜蠶桑」，正是儒家「婦功」的要求〔註22〕；如「羅敷前致辭」云云，所體現羅敷詞令合於儒家「婦言」的標準；其篤志從夫，堅拒「使君」，則是儒家「婦德」的鮮明體現。總之，比較先秦「好女」，羅敷形象明顯有儒家禮教風範。而這一形象的出現，在對前代論「好女」唯重容貌之偏頗有所矯正的同時，也體現了時至漢末文學對美女形象積極正面的態度，以及對美女素質在知性修養方面的要求，是漢末女性觀念與時俱進的一個新特點。

　　其次，《陌上桑》寫羅敷之「好」，高標「情」素，暗以爲千古寫美人畫龍點睛，於後世文學影響實大。如上所提及，《陌上桑》之前文學寫美女者多爲詩賦。這些作品多重寫女子服飾儀容以及體態肌膚之美，有的及於性事描寫，整體有近乎今所謂「身體寫作」的特點。如《楚辭·大招》有「朱脣皓

〔註22〕《禮記·昏義》：「是以古者婦人先嫁三月……教以婦德、婦言、婦容、婦功。」鄭玄注：「婦德，貞順也；婦言，辭令也；婦容，婉娩也；婦功，絲麻也。」

齒」「豐肉微骨」「小腰秀頸」「粉白黛黑」等句；宋玉《高唐賦》有「陽臺」「雲雨」之事，《神女賦》有云「貌豐盈以莊姝兮，苞溫潤之玉顏。眸子炯其精朗兮，瞭多美而可觀。眉聯娟以蛾揚兮，朱唇的其若丹」，《登徒子好色賦》有曰「眉如翠羽，肌如白雪，腰如束素，齒如含貝」云云；《焦仲卿妻》曰「指如削蔥根，口如含朱丹」等等。總之，《陌上桑》之前文學無論寫美女或美婦，都重外在修飾或肉體性感的描寫，而極少寫及男女之情，更不曾強調美女有「情」。《陌上桑》通篇敘寫人物場景，並無人物直接內心的刻畫，看似也只是像《紅樓夢》中薛寶釵「任是無情也動人」的「冷美人」。然而恰是以「紅學」的眼光看《陌上桑》，就可以發現其實不然，此詩乃用設爲羅敷姓「秦」以諧音「情」字的手法，暗以對羅敷作爲「情」美人做了點睛。

《陌上桑》寫羅敷爲「秦氏」乃以「秦」諧音雙關「情」字之秘密，雖無可從作者或作者當時人獲得確切的證明，但也早已由古人隱約道出。一者如晉楊方《合歡詩》五首其一：「我情與子親，譬如影追軀……生爲並身物，死爲同棺灰。秦氏自言至，我情不可儔。」〔註23〕即以「秦氏」爲情「至」之人。又如隋薛道衡《昔昔鹽》有曰「採桑秦氏女，織錦竇家妻」〔註24〕，乃以羅敷與因思夫作織錦迴文詩的竇滔妻蘇蕙相對舉，自然也是說她爲有情之婦；二是從《紅樓夢》寫「秦可卿」爲以「秦」諧「情」〔註25〕得到啓發逆想《陌上桑》亦當如是。更進一步想《紅樓夢》中也正如《陌上桑》中頻曰「秦氏」，以「秦氏」稱秦可卿約在十五篇中有七十三次，所以疑心曹雪芹以「秦」諧「情」，很可能就是從《陌上桑》「秦氏有好女」倣仿而來。這自然也就透露曹雪芹對「秦氏有好女」中「秦氏」的理解，恰是「秦」有諧「情」之意，或至少可以認爲如此。總之，上述相關羅敷形象的文獻後先參證，引出的認識只能是「秦氏樓」與「秦氏……好女」爲以羅敷是有「情」之「好女」的設計。加以她對「使君」的拒絕，這「情」還可以說是純粹而專一。所以，《陌上桑》雖僅以羅敷姓「秦」的諧音暗示而出，未作更多的展衍，但

〔註23〕《樂府詩集》第三冊，第1079頁。

〔註24〕《樂府詩集》第四冊，第1109頁。

〔註25〕這是「紅學」中多年來比較流行的說法。筆者所見較早似由中國臺灣雲龍出版社1999年出版的署名子旭著《解讀〈紅樓夢〉》（第119頁）中提出，說：「秦可卿是『情可親』還是『情可輕』？或者是二義並有。總之，可卿與其弟秦鐘皆以『情』之諧音爲姓，隱含作者之意，必主情無疑。」後來又有學者認爲是諧「情可情」，待考。

其以「情」爲人物點睛和諧音雙關的手法，卻是前代文學寫美女從未有過的一個創造。後世小說即多有仿傚者，如上舉《紅樓夢》「其中大旨談情」固不必再說了，他如才子佳人小說中很有代表性的《玉嬌梨》第五回《窮秀才辭婚富貴女》寫才子蘇有白擇選佳人的標準，就明確是「即有才有色，而與我蘇友白無一段脈脈相關之情，亦算不得我蘇友白的佳人」。由此可見，如果筆者所認爲的《陌上桑》羅敷之姓「秦」爲諧音「情」字能夠成立，或者從《紅樓夢》作者確實是從《陌上桑》寫羅敷姓「秦」得到啓發而有其書中「秦（可卿）氏」之設的話，其影響不就足以令人拍案驚奇了嗎？

第三，《陌上桑》於寫「羅敷前置辭」之「婦言」不止於表達了對婦德的堅守，而且有所超越「乾剛坤柔」（《周易·雜卦》）之度，對「行者」等人的「意淫」尤其「使君」之冒犯，均採取了坦然以對甚至較爲強勢的態度，體現了女性自有尊嚴和不可侵犯的人格獨立精神。詩寫羅敷高居「秦氏樓」及其盛裝華飾，在路人以爲秀色可餐的渴望中獨行「陌上」，以及峻拒「使君」時誇夫的自豪，顯示了羅敷不僅「自有夫」身份，而且她自己也是言辭峻爽，舉止大方，胸懷坦蕩，不同凡俗。這一美女形象剛美外溢的風度，使千古以下讀者亦當側目而視，屏息而對，所謂「是誠世外人也，欲常見且不可得，況狎而近之乎」！〔註26〕

最後，比較前代文學寫美女形象的側重於「身體寫作」，《陌上桑》寫羅敷之「好」更多突出了其精神氣質上「豔」與「媚」的特點。如上所論及，《陌上桑》寫「好女」羅敷雖然其正面實寫受當時禮教的調制而幾乎完全摒棄了肉感的直接描寫，但由此帶來的是作者別闢蹊徑，從側面烘托寫出了羅敷勾魂攝魄的「豔」「媚」之美。這顯然就是詩中寫「行者」等路人皆爲羅敷所炫惑的一段，其折光射影，虛寫實至以狀羅敷之美的藝術效果，真可以說是驚豔絕媚，有直接描寫可望而不可及者。這構成了《陌上桑》詩美之「豔」與「媚」的突出特點。《樂府解題》引《古今樂錄》稱《陌上桑》「一曰《豔歌羅敷行》」，可見早在南北朝以前《陌上桑》即已被視爲「豔歌」。而唐代大曲有《採桑》，任半塘認爲：「本隋清商西曲……唐大曲之《採桑》可能與古《相和曲·陌上桑》之內容有關。」〔註27〕還只是推測。但唐宋詞牌有《醜奴兒》，清人萬樹《詞律》題注曰：「四十四字。又名《羅敷媚》《羅敷豔歌》《採桑子》。」

〔註26〕 〔明〕宋濂《竹溪逸民傳》，《宋濂散文選集》，百花文藝出版社2005年版。
〔註27〕 〔唐〕崔令欽著，任半塘箋訂《教坊記箋訂》，中華書2012年版，第152頁。

〔註28〕徐本立《詞律拾遺》考此牌名源流曰：「《花間集》題名《採桑子》……
《全唐詩》作《採桑子》。按此調唐教坊大曲，一名《採桑》……馮正中名《羅
敷豔歌》，南唐後主名《採桑子令》。宋初皆名《採桑子》，陳無己名《羅敷媚》。
唯黃山谷名《醜奴兒》。萬氏立《醜奴兒》為正格，誤。」〔註29〕可知隋唐以
下即流行此曲牌，其正格為《採桑子》。而五代馮正中（延巳）和宋代陳無己
皆以關聯「羅敷」為名，實是以「採桑子」即指羅敷，而以其特點為「豔」
與「媚」，皆謂其美之勾魂攝魄，楚楚動人。事實上自古及今，當讀者稱道《陌
上桑》寫「行者」等路人「美女控」表現之妙時，就已是接受了詩寫羅敷之
美在「豔」與「媚」的突出特徵了。

　　總之，《陌上桑》在「刺淫」「辨潔」的同時成功塑造了羅敷作為一位高
貴、豔冶和嫵媚有情的「好女」形象。這是文本客觀的展現，讀者從詩以「日
出東南隅，照我秦氏樓」起興的讚美口吻中，也能夠感知這一形象是作者內
心引以自豪的創造。因此，「好女」形象的塑造應是《陌上桑》中與「刺淫」
「辨潔」並立的主題。而從人文與藝術普遍永久的價值看，尤其時至今日男
女社交早已公開自由的時代看來，「好女」顯然有著更加永久普遍的價值，從
而於三者之中是更有意義的主題。論《陌上桑》之價值，倘不突出其「好女」
羅敷形象塑造的意義，那真可以說是買櫝還珠了。

五、《陌上桑》寫「好女」的源流及意義

　　《陌上桑》寫「好女」羅敷形象的成功使其成為我國古代美女題材文學
史上名篇和重要一環。

　　以如上提及我國古代寫美女題材諸作為代表，其題材類型大致有神、人
兩個系統。寫神女的，漢末以前名篇有《楚辭》之《湘君》《湘夫人》，宋玉
《高唐賦》《神女賦》，以及漢末三國楊脩、王粲、陳琳、應瑒等一時之人都
作有《神女賦》；寫人間美女的則有《詩經・碩人》，宋玉《登徒子好色賦》，
司馬相如《美人賦》《長門賦》等。如果上論《陌上桑》同時或之前的《焦仲
卿妻》不在此列，那麼以《碩人》打頭寫人間美女的傳統，至漢末而能夠稱
得上承前啟後的，則非《陌上桑》莫屬。

　　《陌上桑》繼承了前代文學寫人間美女的傳統。這只要對比《詩經・碩

〔註28〕　《教坊記箋訂》，第 123 頁。
〔註29〕　〔清〕萬樹《詞律》，上海古籍出版社 1984 年版第 589～590 頁。

人》「手如柔荑，膚如凝脂。領如蝤蠐，齒如瓠犀，螓首蛾眉。巧笑倩兮，美目盼兮」之章和宋玉《登徒子好色賦》、司馬相如《美人賦》等，就可以明顯看到《陌上桑》寫羅敷之美是這一線傳統的延續了。但也有不同或曰進一步的發展，一是《碩人》《登徒子好色賦》旨在諷喻，因此各在一篇之中僅有少量文字直接寫女性之美。從而若論以寫人間女性之美爲中心的美女題材作品，先後實際只有司馬相如《美人賦》和《陌上桑》兩篇；二是如上已述及，與前此各種寫美人題材的作品不同，《陌上桑》幾乎完全避開了女性身體的直接描寫，而全神貫注於妝束精神方面的刻畫，是漢末美女題材作品書寫所發生的一個重要變化，具有推陳出新的文學價值。

另從藝術手法的承衍看，《陌上桑》與司馬相如《美女賦》皆有模擬宋玉《登徒子好色賦》之跡，如《登徒子好色賦》寫「東家之子」：

> 天下之佳人，莫若楚國。楚國之麗者，莫若臣里。臣里之美者，莫若臣東家之子。東家之子，增之一分則太長，減之一分則太短，著粉則太白，施朱則太赤。眉如翠羽，肌如白雪，腰如束素，齒如含貝，嫣然一笑，惑陽城，迷下蔡。〔註30〕

相如《美人賦》中「臣之東鄰，有一女子」一段文字，殆同抄襲；而《陌上桑》寫「行者見羅敷」至「五馬立踟躕」諸語，皆從寫他人感受下筆，雖然也是自《登徒子好色賦》「惑陽城，迷下蔡」的模仿而來，但不僅是反模仿，而且「施之藻繪，擴其波瀾，故所成就乃特異」〔註31〕。

除此之外，《登徒子好色賦》寫美女對《陌上桑》影響更大的是其託爲「是時秦章華大夫在側」的一段稱說云：

> 臣少曾遠遊……從容鄭衛溱洧之間。是時向春之末，迎夏之陽，鶬鶊喈喈，群女出桑。此郊之姝，華色含光。體美容冶，不待飾裝。
> 臣觀其麗者，因稱《詩》曰：『遵大路兮攬子祛，贈以芳華辭甚妙。』於是處子恍若有望而不來，忽若有來而不見，意密體疏，俯仰異觀，含喜微笑，竊視流眄。

雖然如上已論及，女、桑相連以寫男女情事早自《詩經》《山海經》中就已經出現了，又已述及王逸注東方朔《七諫·怨世》「路室女之方桑」云云中已可見「陌上」「採桑」之羅敷女的跡象，但如上引《登徒子好色賦》寫「群女出

〔註30〕 《文選》上冊，第 269 頁。
〔註31〕 魯迅《中國小說史略》，人民文學出版社 1973 年版，第 55 頁。

桑」，並引《詩》曰「遵大路」云云，「陌上桑」之形象或詩題似也已經呼之欲出。所以筆者既上溯《陌上桑》寫羅敷形象之源於詩騷等，又推測其很可能是由直接借鑒《登徒子好色賦》寫採桑女之美而來，其植根於前代文學傳統既已久遠，也很是複雜。

至於《陌上桑》寫羅敷之美對後世的影響也頗為廣大和久遠。粗略而言有四：一是「秦氏」「秦女」「羅敷」成為美女的象徵，如晉左延年《秦女休行》詩云：「始出上西門，遙望秦氏廬。秦氏有好女，自名為女休。」〔註 32〕北齊魏收《美女篇》詩云：「智瓊非俗物，羅敷本自稀。」〔註 33〕就分別以「秦氏」「羅敷」為美女之家或美女的典型；二是改變了漢代經學以「桑中」為「淫奔」之地的頑固偏見，而樹立了「採桑」女作為「好女」形象的範式，如三國魏曹植《美女篇》託「美女妖且閒，採桑歧路間」，又其寫美女所至，「行徒用息駕，休者以忘餐。借問女安居？乃在城南端。青樓臨大路，高門結重關」云云〔註 34〕，明顯從「陌上桑」脫化而來。這一現象也就是上引清代劉岩詩所謂「羅敷本是邯鄲女，能遣桑中似《汝墳》？」〔註 35〕；三是正如前人有云「宋詞自樂府中來」〔註 36〕，如上所述及唐宋詞出現了與《陌上桑》或說羅敷關係密切的詞牌《採桑子》，又名《羅敷歌》《羅敷媚》《醜奴兒》等，《陌上桑》可說是這些詞牌的文學源頭；四是如上已論及，《紅樓夢》命名「秦可卿」以「秦」諧「情」應溯源於《陌上桑》，而清代更早的蒲松齡《聊齋誌異》寫嬰寧出於「秦氏」，或亦可以溯源於此。總之，《陌上桑》不過一首三百餘字的敘事詩，其影響雖然未至於開宗立派，但光彩四射，千古一脈，也堪稱廣大而久遠。

綜上所述論，《陌上桑》的原旨為「刺淫」與「辨潔」，但其在文學上更重要的貢獻是塑造了秦羅敷這一「好女」之唯美少婦形象。這使《陌上桑》在中國古代美女題材作品的系列中不愧名篇。其後應該就是曹植《洛神賦》了，但與宋玉《神女賦》一流，宓妃洛神為神女。所以就仙、凡之別而言，古代寫婦人唯美之作，《陌上桑》堪與《洛神賦》方駕。唐韋莊《晚春》詩有

〔註 32〕 《樂府詩集》第三冊，第 886 頁。
〔註 33〕 《樂府詩集》第三冊，第 914 頁。
〔註 34〕 《古詩源，第 115 頁。
〔註 35〕 《清詩別裁集》，下冊，第 776 頁。
〔註 36〕 〔清〕徐釚著，唐圭璋校注《詞苑叢話》，中華書局 2008 年第 94 頁。

云：「峨峨秦氏髻，皎皎洛川神。」〔註37〕就以羅敷與宓妃洛神對舉。當然後者是浪漫的事，前者已如上述更加貼近現實。但一賦一詩，異曲同工，堪稱我國古代美女題材作品的頂峰，而且都不見有後來居上的作品，堪稱絕唱。但是若就歷史的傳統而言，《陌上桑》是在爲自古「燕趙多佳人」增色的同時，也成爲了《詩經・碩人》之後，《洛神賦》之前中國古代美女題材文學史上一個新的亮點。今《洛神賦》早已搬上銀屏，《陌上桑》秀出銀屏，也不會遙遠了吧。

（原載《河北學刊》2014 年第 3 期）

〔註37〕〔唐〕韋莊著，聶安福箋注《韋莊集箋注》，上海古籍出版社 2002 年版，第 145 頁。

杜甫《茅屋爲秋風所破歌》獻疑

小　引

　　唐代詩人杜甫在宋以後被尊爲「詩聖」，上世紀中葉又被稱爲「人民詩人」。其詩則被稱爲「詩史」。這些尊崇雖然有過「文革」中郭沫若《李白與杜甫》的強烈質疑並引起爭論，但當時不了了之，至今不必說郭的質疑對杜甫及其詩歌崇高地位幾乎沒有什麼影響，而且對那些被質疑過的相關證據即某些杜詩代表作的認識，也基本上全都維持了正面肯定的看法，沒有什麼變化。例如被郭沫若強烈批判爲「赤裸裸地表示著詩人的（地主）階級立場和階級感情的」，「只是一些士大夫們的不著邊際的主觀臆想」的《茅屋爲秋風所破歌》（以下或簡稱《茅屋歌》）〔註1〕，建國以來就一直是中學語文課本的必選篇目，「風雨不動安如山」地受到舉世一致的推崇。這一現象值得全面反思，卻也可以作個案探討。因就《茅屋歌》如今被舉世推崇的地位試以獻疑。

　　筆者對《茅屋歌》當今被舉世推崇地位的質疑在於，即使並不從郭沫若「文革」中的「階級立場和階級感情」來看，這首詩的思想與藝術價值也決非完美，而是有多方面明顯可議之處。這並非本人因郭氏的批評才有的私見，而是清及清以前讀者中早就有過的。那時讀者雖然同是生活在皇權時代，又基本上都持儒家詩論的批評立場與觀點，但讚揚者有之，訾議者亦有之。例如，僅陳伯海《唐詩彙評》（上）本首下所輯歷代部分評語中，直語相刺或暗

〔註1〕郭沫若《李白與杜甫》，《郭沫若全集》（歷史編，第四卷），人民文學出版社 1982 年版，第 360～361 頁。

含譏議的就有以下三條：

> 《唐詩援》：「『安得廣廈千萬間』，發此大願力，便是措大想頭。申鳧盟此語最妙。他人定謂是老杜比稷、契處矣。」

> 《唐宋詩醇》：「極無聊事，以直寫見筆力，入後大波軒然而起，疊筆作收，如龍掉尾，非僅見此老胸懷。若無此意，則詩亦可不作。」

> 《峴傭說詩》：「後段胸襟極闊，然前半太覺村樸，如『南村群童欺我老無力，忍能對面爲盜賊』四語，及『驕兒惡臥踏裏裂』語，殊不可學。」〔註2〕

這些評論與郭沫若的「階級分析」不同，所持無非古代傳統詩學的觀點與方法，卻各具角度與分寸地對《茅屋歌》思想內容與藝術風格的得失提出這樣那樣的指責。這就表明，早在郭老之前世界上還並沒有「階級」理論的時代，就已經有學者覺察並指出這首詩的某些缺陷了。從而郭老批評的某些內容一定程度上也只是舊話重提，本文以下的探討，也有可能只是對前賢論議的試爲發明與申說而已。

一、「措大想頭」，不足爲貴

「安得廣廈」云云數句是《茅屋歌》一警策，向來被推崇的最大亮點。但這數句詩確如《唐詩援》所說是「措大想頭」，不足爲貴。

按「措大」一詞，古今人釋義不一。或曰即「醋大」，李匡乂《資暇集》說「醋，宜作措，正言其能舉措大事而已。」或以爲指「貧寒失意的讀書人」。綜合各家之言，我以爲倘是指位卑而好大言者，則即有不中，或亦不遠，所以向來有「窮措大」之說。杜甫累試不第，因獻賦得官，終不過檢校工部員外郎的微職。以此身份，杜甫即使不必拘於「君子思不出其位」（《論語·憲問》），但也應該力戒虛妄。又即使詩以道性情，不免誇張形容，但誇張形容的本質不僅不應該離開眞實，而且是愈彰顯凸出其眞實，使給讀者的感受更加精準和強烈。這個道理就是曾作過《杜詩解》的金聖歎所說：「詩非異物，只是一句眞話。」〔註3〕以此而論，「安得廣廈」云云誠「措大想頭」，不足爲貴。具體理由有三：

〔註2〕陳伯海《唐詩彙評》（上），浙江教育出版社1996年版，第1019～1010。下引評語如無特別說明，均據此書。

〔註3〕〔清〕金聖歎著，鍾來因整理《杜詩解》，上海古籍出版社1984年版，第297頁。

一是杜甫本人無力去辦，也無心去辦。詩寫「我」在當時權且可稱之爲「風災」之下，自住的草堂被卷走「三重茅」，尚且只能「歸來倚杖自歎息」，那麼他肯定無力成就「廣廈千萬間」的事業；又「風災」之下，草堂附近被卷「三重茅」者必非一家，而詩中「我」的眼中心裏，卻不過吾憂「吾廬」，對鄰家「茅屋」尚且全無推己及人之念，還會去想更遠的「天下寒士」？這種事或亦人之常情，卻畢竟只是常人之情，已不必論其高尚與否，而只能如《唐宋詩醇》謂之「極無聊事」。「極無聊事」雖囫圇語，卻堪稱的評。

二是皇帝也許可以辦，卻一定是不辦。杜甫每飯不忘的皇帝之所以爲皇帝，用後世學者、詩人黃宗羲的話說，就是「敲剝天下之骨髓，離散天下之子女，以奉我一人之淫樂，視爲當然」（《明夷待訪錄·原君》）的天下之絕對最大的自私自利者。所以在皇帝看來，天下有「寒士」，一面是「士」固難免於「寒」；另一面也是「士」如不「寒」，便少了許多人「千里做官只爲財」求爲天子的奴才，而皇帝自己居住的「廣廈」，又何由「風雨不動安如山」呢？

三是於義不合，故不可以辦。《孟子》曰：「行一不義，殺一不辜，而得天下，皆不爲也。」（《公孫丑上》）以此而論，老杜願爲「大庇天下寒士」的「安居工程」，而自甘「凍死」，去做那「路有凍死骨」，固然高尚其志了，但因此以致「天下寒士」把住有「廣廈」的幸福建立在杜老一人「凍死」的痛苦之上，還可以心安理得地「俱歡顏」嗎？這不有爲博我一人之高名而陷「天下寒士」於不義之嫌嗎？

所以，郭老說「安得」云云「只是一些士大夫們的不著邊際的主觀臆想」，似非過甚其辭。郭老於「士大夫們」中只說「一些」，言外之意當是以那時眞通世務的士大夫們決不會有此想，可見其於杜甫瞭解之深和針砭之切。而從千餘年之後的今天居者有其屋仍是全世界當政者幾無不面臨的大難題看來，杜甫這「措大想頭」可說比夢囈還虛妄，比揚言中大獎以後「裸捐」還更不靠譜！

杜甫《自京赴奉先縣詠懷五百字》詩首云：「杜陵有布衣，老大意轉拙。許身一何愚，竊比稷與契。」經世濟民之心，抱負極高。但古今推重此詩者，因此「措大想頭」，「正謂老杜比稷、契處」，卻也是不倫不類的。按《史記·五帝本紀》載稷、契皆舜臣，因帝舜之命，稷教百姓順四時而種百穀（播時百穀），契導人民遵五常而相親（敬敷五教），唯恪盡職守的「兼善天下」而已，並未至於有捨了性命，去爲他人換取住有「廣廈」之類高檔生活的想頭。以此而論，杜詩「安得廣廈」云云的「措大想頭」，何止於「比稷、契處」，

而是反過來稷、契也比不得老杜處了，豈不有嫌於「唱高調」嗎？所以歐陽修《新唐書》杜甫本傳謂：「（杜）甫曠放不自檢，好論天下大事，高而不切。」正就如司馬遷批評孟子的「迂遠而闊於事情」（《史記·孟子荀卿列傳》）。而因此可知蘇軾評「老杜似孟子」〔註4〕，就不一定是純粹的讚揚，而未必不有以杜甫為迂闊的譏諷成分了。

　　大約因此「高調」的嫌疑，後世雖以杜甫為「詩聖」，「學杜」者紛紛，但即使有「拗相公」之稱的王安石亟稱杜甫「寧令吾廬獨破受凍死，不忍四海赤子寒颼颼」的精神，卻也承認「惟公之心古亦少」〔註5〕。其實類此「措大想頭」，後世詩文中也再無一見。至於《唐宋詩醇》引「朱鶴齡曰：白樂天云：『安得布裘長萬丈，與君都蓋洛陽城。』同此意」，今人又往往與范仲淹「先天下之憂而憂，後天下之樂而樂」等語並論，以為皆出老杜或與老杜同意，則是錯會了。須知杜詩「安得廣廈」云云，是捨生以利人。其利人之心切，是只要他人好，寧肯為之死，幾與佛家的以身飼虎間不容髮；而白詩、范文之意，則是既要他人好，卻並不承諾自己可以不好，而是同時或稍後於人，與人同好即「兼善」，也就是《論語》的「己欲立而立人」（《雍也》）或《孟子》的「同樂」（《梁惠王下》）之義。所以白詩、范文有「發願力」文字或似於杜，但所「發願力」都非杜之「措大想頭」，而是情理兼至之境，從而與杜有了質的區別。其所以如此，當是二公總體上固然學杜，卻不泥於杜，在這一點上師其法而降其意，各自清醒地與杜保持了距離。

　　又有美國學者斯蒂芬·歐文《盛唐詩》解杜甫《茅屋歌》所發願力云：

　　　　杜甫在描述的自然主義世界和象徵幻想的世界之間自如地移動：隱喻的大廈在穩固性和規模上都與茅屋的易破小屋不同，或者說是現實和隱喻之間的強烈區別。這兩個世界統一於詩人的形象，既滑稽可笑，又豪壯英勇，既富於同情心，又幽默詼諧。個人敘述變成了祈求，不是如同社會批評歌行中的向朝廷權威祈求，而是向宇宙秩序的更高權威祈求。而在向這些看不見的力量祈求時，詩人採用了帝王禮儀的方式，說明祈請者願意以死表白真誠。〔註6〕

〔註4〕 張忠綱編注《杜甫詩話六種校注》，齊魯書社2002年版，第172頁。
〔註5〕 〔宋〕王安石《杜甫畫像》，《王文公文集》，上海人民出版社1974年版，第560頁。
〔註6〕 〔美〕斯蒂芬·歐文《盛唐詩》，賈晉華譯，黑龍江人民出版社1992年版，第193頁。

雖然這種委之以向天命祈請的並非有意的辯護，或一定程度上有助於爲杜甫的「高調」釋疑，但其立論的基礎卻是不堅實的，即我們從詩中之「我」在現實世界的表現，能夠體會到的並非「滑稽可笑」等感情，而是一種帶有鄙舍色彩的「極無聊」之意。退一步說，即使學者文人能曲全體會出《茅屋歌》此節所表達屬完美的善意，但在詩中「南村群童」也一定是體會不到、笑不出來的，恐怕即使在極爲寬容待之的情況下也還會斥之爲「極無聊」的吧！而在這一點上，我們可以完全不顧普通讀者的感受嗎？

二、事乖情違，格近鄙陋

《峴傭說詩》說杜甫此詩「然前半太覺村樸」云云已譏其「樸」，而「樸」實近「鄙」近「陋」，可能是未忍言其事乖情違，格調近於鄙陋而已。今請試言之有四：

一是苛責「群童」，有失仁慈。詩寫彼岸「群童」，因偶然撿拾一把天上掉下的茅草之故，詩人即小題大做，上綱上線斥爲「公然欺我老無力，忍能對面爲盜賊」，實未免責之太過，有失詩人忠厚之心！而且以此方之以杜詩他作中「堂前撲棗任西鄰」的寬厚和「窮年憂黎元，歎息腸內熱」的愛民，也顯然判若兩人；又對比以詩中對自家「驕兒惡臥」的舐犢之愛，還殊失儒者「幼吾幼，以及人之幼」仁慈之心。

二是不通事理，妄責他人。詩寫「茅飛過江灑江郊」，爲「群童」所撿拾，天實與之，而非「群童」有心攘奪老杜之屋茅爲己有。況且飛茅天降，「群童」怎麼知道是誰家之「茅」落此下土？所以，心地單純的「群童」之「抱茅入竹去」，實當以爲是撿拾無主之物，問心無愧。老杜斥爲「公然」，「群童」也確可以「公然」。又退一步說，「茅飛過江」已或「掛罥長林梢」，或「飄轉沉塘坳」，或灑落於地，在老杜隔江只可望歎，縱然彼岸「群童」不抱「入竹去」，詩人自己也已無可回收利用。當此之境，詩人卻必不甘心於「群童」抱入，豈非可憐無補？更斥之爲「盜賊」，豈非「欲加之罪」？

三是厚此薄彼，啓人生疑。詩既寫老杜一「茅」尚且不忍舍於彼岸「群童」，卻又發「安得廣廈」云云的「大願力」要「大庇天下寒士」，於「寒士」與「群童」之間厚此薄彼，這在郭老寫《李白與杜甫》的時代，就很難不使人認爲是他地主「階級立場與思想感情」的體現了。即使今天不從「階級」的觀點看，那也不免啓人疑竇，詩人於「群童」和「寒士」之間，何以這樣地厚此薄彼呢？

　　四是由小見大，其願難信。這裡還是說詩人發願「安得」云云，古人曰：「一屋不掃，何以掃天下？」那麼這裡詩人既一「茅」不忍捨，又偶因屋漏，「長夜沾濕」，布衾之冷，即覺難耐，那麼讀者怎麼能夠相信他這位難耐一夜之寒的人，在「得廣廈千萬間」之後，還會自己不住，而甘心於在「廣廈千萬間」之外「吾廬獨破受凍死」呢？真說不定就如郭老所說：「如果那麼多的『廣廈』真正像蘑菇那樣一夜之間湧現了，詩人豈不早就住了進去，哪裏還會凍死呢？」

　　古希臘羅馬文化之父西塞羅說：「行善不應當超越自己的財力……我們還可以看到，許多人做好事主要是想炫示自己的崇高，而不是出自內心的仁慈。這種人並不是真正的慷慨，而是在某種野心的驅使下假裝慷慨。這種故意裝出來的慷慨更接近於偽善而非慷慨或道德上的善。」〔註7〕以此衡量詩中「措大想頭」，結論不言而喻。至於其視「南村群童」為「盜賊」的態度，更是滑落出了道德的底線，而走向了美的反面。筆者因此懷疑這確實是「窮年憂黎元，歎息腸內熱」的詩人所寫得出的麼？果然如此的話，我們該相信哪一個杜甫呢？

三、以意爲詩，鑱刻成僻

　　《茅屋歌》寫於唐肅宗上元二年（761）秋八月成都浣花溪畔草堂，題曰「茅屋為秋風所破歌」，卻因「秋風」而言「凍死」，事有牽強，言過其實。按詩寫作者在四川成都的「茅屋為秋風所破」於是年農曆「八月秋高」之時。據萬年曆，這一年中秋為公元761年的9月18日，按《百度》網絡搜索今年即2011年9月19日成都的天氣狀況：「星期日，白天：多雲，高溫32℃；南風：微風；夜間：多雲，低溫24℃；南風：微風。」雖然沒有大風大雨，又應該考慮到氣候變暖的古今之異，但一般說來，從白天高溫32℃到夜間低溫24℃，即使平均下降10度，大概也不至於有夜來「布衾多年冷似鐵」之如北方冬夜寒冷的感受。由此可知，老杜為了逗出結末「吾廬獨破受凍死」之句，對成都八月雨夜「布衾」之「冷」，實是作了過情的誇張。

　　雖然詩以情運，不必泥於生活現象的真實，然而一旦涉及思想情感的真實，則有關生活現象的選取與描寫就應該準確無誤。否則，就會使人懷疑其

〔註7〕〔古羅馬〕西塞羅《有節制的生活》，徐奕春譯，天津人民出版社2007年版，第83頁。

作詩到底是「意」由「事」生，還是「事」因「意」設，甚或「事」因「意」而改了呢？《茅屋歌》的情況顯然屬於後者。而作者因「意」改「事」，大概也是意識到除了正如《唐宋詩醇》所說詩之事即「茅屋爲秋風所破」爲「極無聊事」，難得搭載其「安得」云云的高妙之意之外，還有成都的「八月秋高」並無可聯想到「凍死」之冷，所以實際上「意」與「事」也有很大的錯位，從而不到「感物吟志」（《文心雕龍‧明詩》）油然而生出其「安得」云云妙意的地步。爲了解決這個矛盾，作者索性就把成都秋意之涼升格爲「布衾多年冷似鐵」之如冬之寒了。這在詩歌創作也未必不可，但因此之故，我們就只能認爲，詩雖題曰「茅屋爲秋風所破歌」，但詩人卻不一定是有感於「茅屋爲秋風所破」而作歌，而更像是先有了「安得廣廈」云云的妙「意」，然後借猝然而至的「茅屋爲秋風所破」扭捏發之，從而背離了「感物吟志」的現實主義傳統！

因此，《茅屋歌》根本的問題在於情、事、意三者的不盡相合甚至矛盾，原因是其很可能並不眞正從生活中來，而是爲抒發其「高調」的理念而作。這應該有作家個性上的原因，即杜甫雖重功名，但更重詩名，功名不利之後尤重詩名，爲詩太過刻意，以致李白《戲贈杜甫》詩云「借問別來太瘦生，總爲從前作詩苦」〔註8〕，杜甫也自認「爲人性僻耽佳句，語不驚人死不休」〔註9〕，其晚年入蜀以後作詩尤其如此。這種追求極致的創作態度與作風，往好處說是精益求精，但也很容易過猶不及，轉成雕琢。此原因無他，而是由於詩爲心聲，不僅僅是詩人的工夫活，而還如瓷器燒造的「窯變」，在於天時地利，情景偶會，油然而生，妙語天成。如果詩人只是或主要是在「做」上下工夫，恣意推敲，或就不免有失之於「僻」甚至鄙陋的可能，《茅屋歌》也許就是一個顯例。

《茅屋歌》的推敲太過就是《峴傭說詩》所稱的「鑱刻」。《峴傭說詩》曰：「（杜甫）入蜀諸詩，須玩其鑱刻山水，於謝康樂外另闢一境。」以杜詩入蜀後寫山水用筆爲鑱刻。但杜甫入蜀後的鑱刻爲詩，似不止於寫山水，也不止於刻畫形象，更在於思致的求深求奇。如此詩「南村群童」一聯，實屬

〔註8〕　〔唐〕孟棨《本事詩》，《歷代詩話續編》（上），中華書局1983年版，第14頁。
〔註9〕　〔唐〕杜甫《江上値水如海勢聊短述》，《杜甫全集》，上海古籍出版社1996年版，第165頁。

意匠鑱刻，即以鑱刻爲理趣，才會說到「群童欺我」「對面爲盜賊」這等有失忠厚的話語上來。這兩句詩《讀杜心解》評爲「筆力恣橫」，該是有意迴護其過；而《峴傭說詩》評爲「殊不可學」，則是未忍說破，或見道未至。其實《茅屋歌》此意鄙陋如此，倘非郭老所說「階級立場和階級感情」所致，那就只能是作者意匠鑱刻，求深成僻的結果。

其實，古代某些盛讚此詩的評論者，可能也發現了詩中「意」與「事」「情」與「理」上的矛盾，卻多不道破或「不敢顯攻之」。如《杜詩鏡銓》引「蔣弱六云：『此處若再加歎息，不成文矣。妙竟推開自家，向大處作結，於極潦倒中正有興會。』」（「安得廣廈」句下）他說「此處若再加歎息，不成文矣」，雖言「若再加」，但玩其語意，實於已有之「歎息」即怒向「群童」之事即有所不耐；又說「妙竟推開自家」，則是囫圇語、含渾話，把杜甫「自家」事中的他人即「群童」忽略了。若不然，他應該想到杜甫「自家」之「潦倒」可以「推開」，但是「自家」因屋茅而遷怒「群童」之事與心不可以不究。並且聯繫起來看，怒向「群童」一「茅」不忍捨的詩人，只是由於對「天下寒士」一「發願力」的虛妄，就是「向大處作結」而眞的做到「民胞物與」了嗎？

餘　論

《茅屋歌》意匠鑱刻的本質是重「意」輕「事」，創作上遠離了「感物吟志」的現實主義傳統，而偏於爲意而作，以意爲詩，遂開宋人以學問爲詩、以議論爲詩的先河，故《詩源辨體》云：「《茅屋爲秋風所破》，亦爲宋人濫觴，皆變體也。」而宋人「楊大年（億）不喜杜工部詩，謂爲村夫子……歐公亦不甚喜杜詩」〔註 10〕。《杜詩鏡銓》引劭子湘云：「詩亦樸勝，遂開宋派。」王漁洋《香祖筆記》云「祝允明作《罪知錄》……力斥子美……總評之曰『外道』。」〔註 11〕而趙執信《談龍錄》謂「阮翁酷不喜少陵，特不敢顯攻之」〔註 12〕。與此相應，筆者遍檢何文煥輯《歷代詩話》、丁福保輯《歷代詩話續編》、

〔註 10〕　〔宋〕劉攽《中山詩話》，〔清〕何文煥《歷代詩話》（上），中華書局 1981 年版，第 288 頁。

〔註 11〕　轉引自張忠綱《漁洋論杜》，張忠綱編注《杜甫詩話六種校注》，齊魯書社 2002 年版，第 555 頁。

〔註 12〕　〔清〕趙執信《談龍錄》，趙蔚芝、劉聿鑫校點《趙執信全集》，趙執信紀念館 2010 年整理文獻，第 358 頁。

華文軒編《古典文學研究資料彙編·杜甫卷》，特別是當世杜詩學專家張忠綱先生編注《杜甫詩話六種》等書，得到一個強烈的印象即歷代詩話推崇杜詩，佳篇秀句往往稱讚再三，但未見有正面肯定此詩全篇者，摘「安得」云云數句以亟稱之者，也不過數條而已。又明清某些著名唐詩選家也不甚看重此篇，如明末清初最推崇杜甫的金聖歎《杜詩解》選評杜詩，於杜集中此詩之前一首題《楠樹爲風雨所拔歎》，選了前者，而未及更有名的此篇。以二詩篇列相接，題材思路略涉交集，金氏捨此而取彼，必是有其未曾說明的理由。另外，清代流行最廣的《唐詩三百首》也沒有選錄這首詩，自然也不是由於疏漏。如此等等，歷代並不甚看重此詩全篇的個中消息，實堪玩味。

由此可見，不待「文革」中郭沫若的「革命」批判，古代讀者學人早就對《茅屋歌》有所訾議，整體上並不特別看重。近今郭著《李白與杜甫》「揚李抑杜」，其對《茅屋歌》的批評不容全盤否定，而自是一家之言。只是需要指出的是，雖然郭老評此詩未及本文所引訾議諸說，但以其淵博與認真，料是曾經研讀過的，只是他可能不願或覺得未便引述而已。如今對照可知，他的批評總體不過是在前人所指出或意識到的問題上，貼上那時盛行的「階級」標籤，並主要就內容的得失下判斷。而如上引古人訾議所及，雖均簡短，卻不僅在內容，還在藝術風格上做了探討，今人不可以不知。本文因古人之論申說發明以獻疑如上，旨在爲實事求是全面正確解讀此詩添一參考，以期有助於對其在杜詩以及古代詩歌中的地位作重新考量。至於筆者本人的看法，簡單說來《茅屋歌》無論在思想內涵與藝術形式上，都是一篇有嚴重瑕疵的作品，既不足爲杜詩最高成就的代表，也不足稱我國古代詩歌的優秀之作，應該從中學語文課本中撤下來。

（原載《學術研究》2012 年第 6 期）

李白《靜夜思》是坐「床」之「思」

李白《靜思夜》詩曰：「床前明月光，疑是地上霜。舉頭望明月，低頭思故鄉。」這首詩千古傳誦，加以語言明白如話，所以至今可以說沒有什麼人不懂，否則也就不可能人人喜歡了。

但是，關於這首詩中唯一提到與抒情主人公關係密切之物的「床」，近來學界有不小的爭議。眾說紛紜，有的認為是「胡床」，即今天的馬紮；有的認為就是普通的床；還有的認為是井欄干，莫衷一是，其實都屬錯誤或不夠正確的看法。

首先，這個問題至少要放到全部唐詩用「床」字的背景上加以考察。如今電子檢索的時代，相關的考察不難辦到。筆者試檢之後，得出這樣的認識：一是大略而言，唐詩中「床」與「胡床」是分別稱的：稱胡床就是「胡床」，稱床就是「床」。「床」是自《周易》中「剝床以足」（《剝》）和「巽在床下」（《巽》）的床。那個「床」本字作「牀」，主體為一片木即木板，上可置被褥，主要為臥具，當然也可以坐。如張易之《橫吹曲・出塞》：「誰堪坐秋思，羅袖拂空床。」李白《雜曲歌辭・長相思三首》其一：「美人在時花滿堂，美人去後花餘床。堂中繡被卷不寢，至今三載猶聞香。」唐詩中單稱的「床」多應是這種中原傳統普通的床。「胡床」是「胡人」即北方游牧民族發明的，大約由於長年遷徙不定，這種「床」易於折疊攜帶，可拾可掛，後世又名交椅。這種床只能坐，不能臥。有學者說是馬紮，也差不多了。但「胡床」在唐詩中一般不簡稱為「床」，如王維《登樓歌》：「舍人下兮青宮，據胡床兮書空。」李頎《贈張旭》：「露頂據胡床，長叫三五聲。」李白《經亂後將避地剡中，留贈崔宣城》：「胡床紫玉笛，卻坐青雲叫。」又《寄上吳王三首》之一：「坐

嘯廬江靜，閒聞進玉觴。去時無一物，東壁掛胡床。」又《陪宋中丞武昌夜飲懷古》：「庚公愛秋月，乘興坐胡床。」韋應物《花徑》：「胡床理事餘，玉琴承露濕。」杜甫《樹間》：「幾回沾葉露，乘月坐胡床。」總之，唐詩中「床」與「胡床」都是「床」，但稱呼上有較爲嚴格的區別。這種區別有似於百年前我國稱「油」與「洋油」（即煤油）、「車」與「洋車」（自行車），凡稱外來的都在我國固有同類物名之前加一「洋」字，實際的物則差別更大。

其次，這個問題要結合中國古代詩歌的特點來考察。古詩每句字數一般都是一定的，又講求平仄押韻，從而給用字造成很大束縛，有時就不得不簡稱，例如唐詩中把「胡床」簡稱爲「床」，也並非沒有這種可能。所以，有學者舉李白《雜曲歌辭·長干行二首》其一「妾髮初覆額，折花門前劇。郎騎竹馬來，繞床弄青梅」四句，認爲「妾」在「門前劇」，「郎騎竹馬來」，自然不會是在屋子裏。那麼其所繞之「床」，就不應該是唐代普通的床，而是易於隨時拾用的「胡床」。這個意見可能是正確的，從而我們雖然認爲唐詩中的「床」一般爲普通的床，卻不能認爲沒有例外的情況是指「胡床」；但也不能因爲李白《長干行》中的「床」可能是胡床，就斷定《靜夜思》中的「床」也是「胡床」。因爲《靜思夜》雖然也是李白所作，但那是他的另一首詩，要作具體分析以後才可以下結論。

第三，這個問題又要結合了《靜夜思》全篇來考察。首先，我們認爲詩寫「靜夜思」的地點是在臥室裏。證據有二：一是這首詩題首「靜」字，乃謂夜深人靜。其中「人靜」不僅是不做事、不說話，而且是要休息了，不應該是在室外；二是「月兒彎彎照九州」，凡無遮蔽處必有月光。但本詩首句「床前明月光」，只說「床前」，不提「床」之左、右和後面，應是意味著那些地方沒有「明月光」，是在被遮蔽中的。這個情景應能表明「床」在房子裏，從而不會是閒亭院裏的井欄干。三是與「胡床」便於折疊拾用，一般用於室外消閒不同，唐代普通的「床」一般安置在屋子裏。本詩中的「床」既是在屋子裏，就應該與「繞床弄青梅」之「床」是在「門前」之物有異，而被認爲是普通用於坐臥的床，即杜甫《秋風爲茅屋所破歌》詩中「床頭屋漏無干處」之睡覺的床。四是「床前明月光」乃從窗戶中射入。這不僅從句中可知月光從「床前」的某個方向而來，那個方向的牆壁上應有一個能透光的孔，而且唐朝人的臥室怎麼可能沒有窗戶？有學者舉白居易「獨向簷下眠，覺來半床月」詩句可證。我們還可以舉出劉元濟《相和歌辭·怨詩》云：「虛牖風驚夢，

空床月厭人。」上句中「牖」即窗戶，而且下句正是說到了「月」，也說到了「床」，與李白《靜夜思》的意境有相近處，只是更寫實了一些。

最後，這個問題又要以讀詩的眼光來看。詩人狀物抒情，手揮目送，注此言彼，不是眼前情景的說明書。從而讀者解詩，除推敲字句之外，更要設身處地，努力接近作者，推心置腹，體貼揣摩，而不可只泥於文字，流於呆看。即如本詩的「床」雖是普通睡覺的床，有的學者就提出睡在床上不便望「床前」，更不便「舉頭」「低頭」，誠然是對的。但是，因此轉以這個「床」是井欄干，卻是不必的。因為很顯然，普通的床雖主要用於睡覺，但仍然是可以坐的，並且人總是要先坐在床上，然後才可以躺下，那麼「靜思夜」的李白為什麼不可以坐在普通的床卜看到「床前明月光，疑是地上霜。舉頭看明月，低頭思故鄉」呢？

總之，我以為這首詩所寫，「床前明月光」的「床」決非馬紮與井欄干。但作為普通主要供睡覺用的床，本詩卻不是躺臥在「床」上之「思」，而是夜間即將就寢時坐在「床」上之「思」。我們想像其情景，當是作者人在逆旅，夜深人靜，既已無事可做，又無可做事，再說身心已倦，只有遁入夢鄉，消除一身的疲勞。於是坐在床上，正欲解衣就寢，忽見自窗中射入到「床前」的「明月光」，恰似冰涼的秋霜瀉在地上，秋心成愁，便禁不住「舉頭望明月」，由「明月」正照著自己的「床前」，想到這明月此刻同樣照著自己的「故鄉」，並不自覺地「低頭」下來……一種無奈旅愁的寂寞思鄉之情便油然而生，力透紙背般地浸入讀者的心中。

（2008 年 6 月 13 日）

全唐牡丹詩概觀——基於電子文獻檢索 計量分析的全唐牡丹詩史略

　　檢「牡丹詩」之稱，今存文獻中最早見於南宋計有功《唐詩紀事》卷四十《李正封》載：「唐文皇好詩，大和中賞牡丹，上謂程修己曰：『今京邑人傳牡丹詩，誰爲首出？』對曰：『中書舍人李正封詩：天香夜染衣，國色朝酣酒。』」〔註1〕其中所稱「文皇」即唐文宗。由此可知，「牡丹詩」之稱至晚起於唐文宗（827～840 在位）時；而「牡丹詩」之名義，由以上引文也可以推知，即指詠牡丹也就是以「牡丹」爲主題的詩。這在一般情況下其題目中應含有「牡丹」之名。否則，即使詩中涉及到牡丹，也還很難說一定就是「牡丹詩」〔註2〕。這個道理當即如「梅花詩」「菊花詩」必以「梅花」或「菊花」爲題一樣，而「折梅逢驛使」（陸凱《贈范曄》）和「人比黃花瘦」（李清照《醉花陰》）無論其本句與原詩都不算作「梅花詩」或「菊花詩」。

　　筆者承認這樣定義「牡丹詩」可能是一個限定過於嚴格的概念。但是，一方面從語義學上看「牡丹詩」肯定不等同於「涉牡丹詩」；另一方面，對於「牡

〔註 1〕　〔南宋〕計有功撰《唐詩紀事》，王仲鏞校箋，中華書局 2007 年版，第 1374 頁。

〔註 2〕　我國古人賦詩命題，除曰「無題」「寓意」等爲故意隱晦者外，大都直指本事，或揭明主旨，故本文僅以詩題含「牡丹」之名者爲牡丹詩，作計量分析的對象。反之，寫及牡丹而詩題不著「牡丹」之名，則表明詩人之主意並不在牡丹，或至少是詩寫牡丹的不夠專注，如齊己《湘中春興》（《全唐詩》第八四六卷）、卓英英《遊福感寺答少年》（《全唐詩》第八六三卷）、李白《清平調》〔雲想衣裳花想容〕（《全唐詩》第八九○卷）、無名氏《菩薩蠻》〔牡丹含露眞珠顆〕（《全唐詩》第八九九卷）等，雖涉及牡丹，但比較題目中含「牡丹」之名的作品，其主意並不在牡丹，所以不是典型的牡丹詩，概不在本文計量分析之列。

丹詩」的研究來說，也只有聚焦其典型之作才最方便深入把握事物的本質；還有就是因爲如此定義之故，也給了在相關文獻中檢索「牡丹詩」及其作爲參照的以同樣原則定義的別種花卉詩以很大的方便。當然就全唐牡丹詩的研究來說，最基本的方便之處是早就有了清人輯《全唐詩》，近今又有了著名學者陳尚君教授續輯校的《全唐詩補編》（以下或與《全唐詩》並簡稱「兩書」），加以隨著世界計算機技術的高速發展與普及，兩書又先後有了各種電子版本，使通過檢索做全唐牡丹詩的計量分析研究，成爲一件不再令人望而卻步和甚至頗有奇趣的工作。因此，筆者雖於唐詩素無研究，但仍經不住一嘗此走「捷徑」的誘惑，乃試撰小文，據兩書對全唐牡丹詩的大概情況試作計量分析〔註 3〕。由此以圖探討全唐牡丹詩在同時代諸花卉詩歌中的地位及其自身發展的分期和代表作家作品等基本情況，也希望藉此得到基於電子文本檢索這一新技術對全唐詩作計量分析研究的經驗，或可對類似課題的研究有一定參考作用。

一、全唐詩中牡丹獨尊的地位

「牡丹」作爲詩歌的素材或形象，其實雖然早在《詩經・鄭風・溱洧》中就已經出現了。但今存文史古籍中可見「牡丹」之名出現較晚，甚至晚至唐初也還不甚流行。因此，比較更早普及於中國人生活中的桃、梅、菊、杏、梨花等花卉在詩歌中的隨處可見，唐詩中「牡丹」作爲「花中王」的地位和牡丹詩能夠獨樹一幟，並不表現在「牡丹」之名出現頻率之高，而是體現於其受詩人專注和貴重的程度。這可以從唐詩中檢索牡丹與其他多種花卉在不同情況下出現頻次的比較約略可知。

據兩書電子文本檢索主題詞「牡丹」，擬作爲參照項檢索的分別是日常生活和詩歌中最爲常見的「桃」「梅」「菊」「杏」「梨」等共五種花卉〔註4〕。由於古代漢語組詞的複雜情況，這裡「花卉」的限定十分重要。具體說就是本文檢索採用的結果只限於「牡丹」等六種作爲獨立花科植物名出現的情況，

〔註 3〕兩書所稱「全唐詩」，都是把全唐五代的詩詞全部包括進去了。所以本文基於兩書的牡丹詩研究概稱爲「全唐牡丹詩」，實際是包括唐朝（618～907）在內的全唐五代（618～960）題含「牡丹」的詩詞。

〔註 4〕本文此處和以下檢索所採用《全唐詩》與《全唐詩補編》分別是《漢籍全文檢索系統》和尹小林《國學寶典》版電子文本，引用文字均據紙本〔清〕彭定求等編《全唐詩》（中華書局 1960 年版）、陳尚君輯校《全唐詩補編》（中華書局 1992 年版）校正，並隨文括注書名、冊數、頁碼。

他如「櫻桃」「桃源」「梅妃」「菊杯」「杏林」「棠梨」之類名稱，均通過進一步的分別檢索，逐項排除出本文比較的用例。這也就是說，本文的檢索並非簡單的「查詢」，而是結合了能夠設想得到的非基本義項詞例的逐項排除，所得出最後數據雖然也還不可以說已經將非基本義項詞例排除淨盡的結果和每一取捨都準確無誤，但是這樣得出的每一可用於計量的數據，也已經最大限度地接近於真實，從而保證了本文作爲「概觀」的相關具體分析和總體判斷具備了學術上的可靠性。列表如下：

表一：牡丹等六種作為花科植物在全唐詩中出現的頻次

植物名	牡丹	桃	梅	菊	杏	梨
次數	263	1521	1054	812	397	297

表二：牡丹等六種作為花科植物在全唐詩題目中出現的頻次

花卉名	牡丹	桃	梅	菊	杏	梨
次數	128	51	46	22	21	18

從以上二表所列數據比較，可以得出以下認識：

第一，牡丹作爲花科植物在全唐詩中出現的頻率居六種開花植物之末，表明其受詩人關注的普遍性遠不如桃、梅等其他五種。其原因當是由於牡丹花在當時尚十分珍貴，誠如姚合《和王郎中召看牡丹》詩所云：「萬物珍那比，千金買不充。如今難更有，縱有在仙宮。」（《全唐詩》第 15 冊，第 5705 頁）（詳後表）非如桃花等隨處可見，與日常生活聯繫密切，方便爲詩人隨手拈來用爲吟資，所以與桃、梅等相比在詩中出現的頻次較少。

第二，牡丹作爲花科植物在全唐詩題目中出現的頻次最高，表明與其他五種相比，專爲或主要因牡丹之形象而作的詩是最多的。其數量甚至是第二位「桃（花）」的兩倍，居絕對壓倒的優勢。這一懸殊很大的比例，體現了「牡丹」在唐代詩人對各種花卉的歌詠中最受專注和推崇，已上升爲「百花之王」地位。誠如無名氏《白牡丹》詩云：「卻喜騷人稱第一，至今喚作百花王。」（《全唐詩補編》下冊，第 1641 頁）。

第三，「牡丹」之名在全唐詩中少見而崇高的「百花王」地位，從「物以稀爲貴」和「供不應求」的角度表明其爲「富貴之花」的特性。宋人周敦頤《愛蓮說》曰：「自李唐來，世人盛愛牡丹。」又曰：「牡丹，花之富貴者也。」

於此也可見一斑。

二、全唐牡丹詩創作的分期及特點

　　以題含「牡丹」之名計量，全唐牡丹詩作者、作品數量不是很大，但是自其發生以至於此一時期的結束，綿延二百餘年，仍形成一值得審視的詩家、詩作的歷史系列，彰顯著此一時期也就是我國古代牡丹詩發生以至於蓬勃發展階段的規律與特點。為了後文討論的方便，茲先不避冗贅，就兩書中檢索所得全唐牡丹詩人、詩作的基本情況列表三如下：

序號	作者	生卒年	總集與卷次	篇名	篇數
1	裴士淹	唐玄宗開元（713～741）前後在世	《全唐詩》124卷	《白牡丹》	1
2	王維	701～761	《全唐詩》128卷	《紅牡丹》	1
3	柳渾	714～789	《全唐詩》196卷	《牡丹》	1
4	盧綸	737？～799？	《全唐詩》280卷	《裴給事宅白牡丹》（一作裴潾詩，題《白牡丹》或《長安牡丹》）	1
5	李益	746～829	《全唐詩》283卷	《牡丹》（一作《詠牡丹贈從兄正封》）	1
6	武元衡	758～815	《全唐詩》317卷	《聞王仲周所居牡丹花發，因戲贈》	1
7	權德輿	759～818	《全唐詩》327卷	《和李中丞慈恩寺清上人院牡丹花歌》	1
8	令狐楚	766？～837	《全唐詩》334卷	《赴東都別牡丹》	1
9	王建	767？～830？	《全唐詩》299卷	《題所賃宅牡丹花》《同於汝錫賞白牡丹》《賞牡丹》	3
10	韓愈	768～824	《全唐詩》343卷	《戲題牡丹》	1
11	薛濤	768？～832	《全唐詩》803卷	《牡丹》	1
12	劉禹錫	772～842	《全唐詩》364卷	《渾侍中宅牡丹》《唐郎中宅與諸公同飲酒看牡丹》	5
			《全唐詩》365卷	《賞牡丹》《思黯南墅賞牡丹》《和令狐相公別牡丹》	

13	白居易	772～846	《全唐詩》424 卷	《白牡丹（和錢學士作）》	12
			《全唐詩》425 卷	《秦中吟十首·買花（一作牡丹）》	
			《全唐詩》427 卷	《牡丹芳——美天子憂農也》	
			《全唐詩》432 卷	《西明寺牡丹花時憶元九》	
				《秋題牡丹叢》	
			《全唐詩》436 卷	《看惲（一作渾）家牡丹花戲贈李二十》	
			《全唐詩》437 卷	《重題西明寺牡丹（時元九在江陵）》	
				《微之宅殘牡丹》	
				《惜牡丹花二首》（其一《翰林院北廳花下作》，其二《新昌竇給事宅南廳花下作》）	
			《全唐詩》438 卷	《白牡丹》	
			《全唐詩》442 卷	《移牡丹栽》	
14	元稹	779～831	《全唐詩》400 卷	《與楊十二、李三早入永壽寺看牡丹》	7
			《全唐詩》401 卷	《和樂天秋題牡丹叢》	
			《全唐詩》409 卷	《牡丹二首》（此後並是校書郎以前作）	
			《全唐詩》411 卷	《西明寺牡丹》	
				《酬胡三憑人問牡丹》	
			《全唐詩》412 卷	《贈李十二牡丹花片，因以餞行》	
15	姚合	779～846	《全唐詩》502 卷	《和王郎中召看牡丹》	1
16	李賀	790～816	《全唐詩》392 卷	《牡丹種曲》	1
17	徐凝	約 813 年前後在世	《全唐詩》474 卷	《題開元寺牡丹》	2
				《牡丹》	
18	張又新	約 813 年前後在世	《全唐詩》479 卷	《牡丹》（一作《成婚》）	1
19	王睿	？	《全唐詩》505 卷	《牡丹》（一作王轂詩）	1
20	裴潾	？～838	《全唐詩》507 卷	《白牡丹》（一作《長安牡丹》。或作盧綸詩，題《裴給事宅白牡丹》）	1
21	張祜	792？～853？	《全唐詩》511 卷	《杭州開元寺牡丹》	1
22	段成式	803～863	《全唐詩》584 卷	《怯酒贈周繇》（一作《答周爲憲看牡丹》）	2
				《牛尊師宅看牡丹》	

23	方干	809～888	《全唐詩》650 卷	《牡丹》	2
			《全唐詩》652 卷	《牡丹》	
24	陳標	約 831 年前後在世	《全唐詩》508 卷	《僧院牡丹》	1
25	溫庭筠	812？～866	《全唐詩》579 卷	《夜看牡丹》	3
			《全唐詩》583 卷	《牡丹二首》	
26	李商隱	813～858	《全唐詩》539 卷	《牡丹》	5
				《牡丹》	
			《全唐詩》541 卷	《僧院牡丹》	
				《回中牡丹爲雨所敗二首》	
27	韓琮	約 835 年前後在世	《全唐詩》565 卷	《牡丹》（一作詠牡丹未開者）	2
			《全唐詩》565 卷	《牡丹》	
28	顧非熊	約 836 年前後在世	《全唐詩補編·全唐詩續拾》卷二十九	《西明寺合歡牡丹》	1
29	薛能	817？～880？	《全唐詩》560 卷	《牡丹四首》	4
30	盧肇	818～882	《全唐詩補編·全唐詩續拾》卷三十一	《牡丹》	1
31	羅鄴	825～？	《全唐詩》654 卷	《牡丹》	1
32	羅隱	833～909	《全唐詩》655 卷	《牡丹花》	4
			《全唐詩》663 卷	《扇上畫牡丹》	
			《全唐詩》664 卷	《盧白堂前牡丹相傳云太傅手植在錢塘》	
			《全唐詩》665 卷	《牡丹》	
33	韋莊	836～910	《全唐詩》700 卷	《白牡丹》	1
34	司空圖	837～908	《全唐詩》632 卷	《牡丹》	1
35	周繇	841～912	《全唐詩》635 卷	《看牡丹贈段成式（柯古前看酒）》	1
36	唐彥謙	？～893	《全唐詩》672 卷	《牡丹》	3
				《牡丹》	
				《牡丹》	
37	杜荀鶴	846～907	《全唐詩》692 卷	《中山臨上人院觀牡丹寄諸從事（一作弟）》	1
38	吳融	850～903	《全唐詩》684 卷	《紅白牡丹》	4
			《全唐詩》685 卷	《和僧詠牡丹》	
			《全唐詩》686 卷	《僧舍白牡丹二首》	
39	鄭谷	851？～910	《全唐詩》674 卷	《中臺五題·右牡丹》	2
			《全唐詩》677 卷	《牡丹》	

40	李山甫	唐懿宗咸通（860～874）前後	《全唐詩》643 卷	《牡丹》	2
			《全唐詩補編‧全唐詩續拾》卷三十四	《牡丹》	
41	歸仁	？	《全唐詩》825 卷	《牡丹》	1
42	文丙	？	《全唐詩》887 卷	《牡丹》	1
43	王駕	851～？	《全唐詩》885 卷	《次韻和盧先輩避難寺居看牡丹》	1
44	來鵬（《全唐詩》作來鵠）	約 860 年前後在世	《全唐詩補編‧全唐詩補逸》卷十三	《牡丹》	1
45	李咸用	約 873 年前後在世	《全唐詩》644 卷	《遠公亭牡丹》	2
			《全唐詩》645 卷	《牡丹》	
46	翁承贊	859～932	《全唐詩》703 卷	《萬壽寺牡丹》	1
47	魚玄機	唐懿宗咸通（860～873）前後在世	《全唐詩》804 卷	《賣殘牡丹》	1
48	秦韜玉	約 882 年前後在世	《全唐詩》670 卷	《牡丹》	1
49	張蠙	約 901 年前後在世	《全唐詩》702 卷	《觀江南牡丹》	1
50	殷文圭	904 年前後在世	《全唐詩》707 卷	《趙侍郎看紅白牡丹，因寄楊狀頭贊圖》	1
51	徐夤	唐昭宗乾寧（894～897）前後在世	《全唐詩》708 卷	《牡丹花二首》	10
				《尚書座上賦牡丹花得輕字韻，（一本無韻字）其花自越中移植》	
				《依韻和尚書再贈牡丹花》	
				《郡庭（一作伯）惜牡丹》	
				《追和白舍人詠牡丹》	
				《憶牡丹》	
				《惜牡丹》	
			《全唐詩》711 卷	《和僕射二十四丈牡丹八韻》	
52	王轂	唐昭宗乾寧（894～898）前後在世	《全唐詩》694 卷	《牡丹》（一作王睿詩）	1
53	齊己	863？～931？	《全唐詩》844 卷	《題南平後園牡丹》	1
54	李建勳	872？～952	《全唐詩》739 卷	《殘牡丹》	2
				《晚春送牡丹》	

55	王貞白	875～958	《全唐詩》701 卷	《白牡丹》	2
			《全唐詩》885 卷	《看天王院牡丹》	
56	裴說	906 年前後在世	《全唐詩》720 卷	《牡丹》	1
57	胡宿	？	《全唐詩》731 卷	《憶薦福寺牡丹》	1
58	捧劍僕	？	《全唐詩》732 卷	《題牡丹》	1
59	盧士衡	五代後唐天成（926～929）前後在世	《全唐詩》737 卷	《題牡丹》	1
60	劉昭禹	約 909 年前後在世	《全唐詩》886 卷	《傷雨後牡丹》	1
61	徐鉉	916～991	《全唐詩》755 卷	《嚴相公宅牡丹》	1
62	李中	約 920～974 年在世	《全唐詩》748 卷	《柴司徒宅牡丹》	1
63	王溥	922～982	《全唐詩補編·全唐詩補逸》卷十六	《詠牡丹》	1
64	孫魴	940 年前後在世	《全唐詩》886 卷	《牡丹》	8
				《主人司空後亭牡丹》	
				《看牡丹二首》	
				《題未開牡丹》	
				《主人司空見和未開牡丹，輒卻奉和》	
				《又題牡丹上主人司空》	
				《牡丹落後有作》	
65	劉兼	960 年前後在世	《全唐詩》766 卷	《再看光福寺牡丹》	1
66	殷益	？	《全唐詩》770 卷	《看牡丹》	1
67	竇梁賓	？	《全唐詩》799 卷	《雨中看牡丹》	1
68	僧謙光	五代南唐（937～975）時人	《全唐詩》825 卷	《賞牡丹應教》（一作僧文益詩，題作《看牡丹》）	1
69	僧文益	？	《全唐詩補編·全唐詩補逸》卷十八《僧道、鬼怪》	《看牡丹》（按《全唐詩》作僧謙光詩，題作《賞牡丹應教》）	1
70	無名氏	？	《全唐詩補編·全唐詩續補遺》卷十六	《牡丹》	1
71	無名氏	？	《全唐詩補編·全唐詩續拾》卷五十六	《白牡丹》	1
72	無名氏	？		《牡丹》	1
合計	72			128	139
核定	69			125	136

　　由上表統計全唐牡丹詩作者共 72 人，共作有牡丹詩 128 題 139 首。但是，由於表列盧綸與裴潾、王睿與王轂、僧謙光與僧文益分別為同一首詩的未定作者，所以計作者數當以二者各作一人，相應詩題與篇數亦二者各作一題一首，故核定為全唐牡丹詩作者 69 人，詩作 128 題 136 首。這些詩人大體按生年先後排列而詩作隨之。雖然有不少作者的生卒年未詳或未能確考，但是用於本文做歷史分析的時間階段基本上是可靠的，完全可據此歷史的行列考察全唐牡丹詩發展的脈絡，揭示總結這一時期牡丹詩創作的分期及其主要歷史特點。

　　第一，興於盛唐。上表詩人出生和生活的年代大約在公元 700～960 年間，有的入宋後還在世。但是，以多數詩人二十而冠作為詩人看待，全唐詩人創作牡丹詩的時間，就大約是在公元 720～960 年之間。以通常分唐（618～907）詩發展為初唐（618～712）——盛唐（713～765）——中唐（766～835）——晚唐（836～906）四期，今再加以五代而論，則從上表能知或能約知生卒年的作者來看，屬於可視為盛唐時期牡丹詩人的只有裴士淹、王維二人各一首詩。另外我們知道，儘管另有本文取材之外的李白《清平調》詞也涉及牡丹，但其用意實在著牡丹之美以為貴妃之形容，所以雖涉及牡丹而並不著牡丹之名，可見其聚焦並力推牡丹的意識尚不夠明確；又至於杜甫等其他盛唐詩人更不曾詠及牡丹。由此可見唐詩如日中天「盛唐」時期只是已經有了牡丹詩，卻遠未成為詩人心中筆下重要的創作題材。這也就是說，唐代牡丹詩比唐詩的興起晚了一拍，其歷史的腳步從唐詩繁榮的盛唐時期才剛剛開始。而裴士淹、王維有意無意間成為了唐代牡丹詩創作的前驅。

　　第二，盛於中唐。上表列牡丹詩的作者在柳渾之後，盧綸以下至裴潾都是或主要是屬於中唐的牡丹詩人。把這些人視為這一時期最為關注和熱心創作牡丹詩的群體，又以盧綸與裴潾為同一首詩未定作者合計為 1 人，所以雖然即使把柳渾也計算在內也只有 17 人 41 首詩，約占詩人數的 25%和詩篇數的 30%，但是這個比例在全唐牡丹詩人、詩作的數量中既已非小，又引人注目的是其中有這一時期最重要的詩人韓愈、劉禹錫和世稱「元白」的詩壇領袖元稹、白居易等的參與，就更顯得創作隊伍的雄壯，可謂牡丹詩創作至中唐已臻鼎盛的標誌。其中又以「元白」二人以牡丹詩相互唱和，對聳動當時牡丹詩創作風氣應是起到了不小的作用。尤其白居易不僅在唐代詩人中寫牡丹詩最多，其《牡丹芳——美天子憂農也》還是全唐牡丹詩中最長詩篇之一，

成就最爲輝煌。總之，中唐是我國唐代和整個古代牡丹詩創作人才濟濟的第一個繁榮時期，爲後世牡丹詩的發揚光大奠定了良好基礎。

第三，光大於晚唐五代。上表列全唐牡丹詩的作者在張祜及其以下都是或主要屬於晚唐五代的牡丹詩作者，在把王睿與王轂、僧謙光與僧文益分別爲同一首詩之未定作者各合計爲 1 人之後，這一時期共有牡丹詩作者 50 人，詩作 93 首，分別占表列詩人數的 72％和詩篇數的 68％。這一高比例表明，隨著牡丹種植由西北而大部的北方，進而至於江南的擴展，到了晚唐五代牡丹詩的創作更加繁榮，詩人、詩作大量湧現，形成牡丹詩史上從詩人、詩作的數量到創作發生的地域都空前廣大的豐收時期。而作爲這一時期牡丹詩繁榮和豐收最突出的標誌，一是與其鼎盛期同樣地出現了牡丹詩多產的作家。徐夤與孫魴分別代表了晚唐和五代牡丹詩創作的最高成就。他們在這一時期牡丹詩創作中的地位堪與前一時期的「元白」後先相望而並稱「徐孫」，是晚唐五代牡丹詩發揚光大最突出的代表。二是這一時期盧肇的《牡丹》詩三十韻是唐代並很可能還是歷史上最長的牡丹詩。三是我國歷史上詠牡丹的名作名句也大都出於此期。如唐文宗時中書舍人李正封《賞牡丹》詩殘句「天香夜染衣，國色朝酣酒〔註5〕」，即後世牡丹稱「國色天香」所本。而無名氏《白牡丹》云「卻喜騷人稱第一，至今喚作百花王」（《全唐詩補編》下冊，第 1641頁）之句，則道斷了唐代牡丹始號稱「花中王」的地位，可說是我國後世至今牡丹稱「國花」最早的根據之一。

除考見如上分期之外，上表資料數據還顯示全唐牡丹詩創作的其他一些特點：

一是全唐牡丹詩中純就牡丹本身爲詩而不及其他者，多題爲「牡丹」或「白牡丹」「賞牡丹」「憶牡丹」「惜牡丹」等等，表明這些詩因牡丹起意並專爲牡丹而作。其數量幾占全部詩作的一半。這類詩的大量產生，集中體現全唐詩人對牡丹形象有更多專注，而牡丹在當時社會和詩人心目中的「花中王」地位，由此得到進一步證明；

二是全唐牡丹詩創作的地域主要是北方的長安、洛陽，有少量及於江南杭州、南京、泉州等地，與當時牡丹種植由北而南漸次漫延的發展大約同步；

三是全唐牡丹詩另有過半詩題表明牡丹詩創作的地點多爲私宅或寺院。

〔註 5〕網上「百度」等搜索可見資料或作李正封《牡丹詩》：「國色朝酣酒，天香夜染衣。丹景春醉容，明月問歸期。」未注出處，疑係僞造。

在私宅者多因交遊，而牡丹成爲士大夫文人相互過從交流思想感情的媒介，形成了堪稱「牡丹社交」的風俗。在寺院者多因遊賞，詩題中多提及「僧院」，如慈恩、開元、永壽、萬壽、西明、薦福等，都是當年著名宗教勝地。由這些詩我們除了可以知道唐代佛寺是牡丹種植集中的地方，還可以知道篤信「萬緣皆空」的和尚尼姑們竟然最愛「妖豔亂人心」（王睿《牡丹》，一說作者爲王轂）的牡丹，甚至有的還是牡丹詩的作者；

四是全唐牡丹詩記錄反映了當時人對牡丹幾近迷狂的熱愛。由以上表列全唐牡丹詩諸題看，其詠牡丹既詠其盛時，又詠其「未開」，甚至有詠「殘牡丹」「牡丹爲雨所敗」「牡丹種」等，還詠其白、紅等諸色，以及牡丹花的贈送、買賣、移栽、鑒賞等等，可謂形色俱備，事無鉅細，顯示全唐牡丹詩人對牡丹關切備至，視爲花中至愛的「花癡」心情。儘管這也不過如王國維所說「有我之境，故物皆著我之顏色」〔註6〕，但唐人尚牡丹，「家家習爲俗，人人迷不悟」（白居易《牡丹芳》）的時髦，由此可見一斑。

三、全唐牡丹詩之「大家」與「名家」

全唐牡丹詩雖然僅爲當時詠花詩歌之一種，但是自其本身而論，詩人之成就仍有大小高下之分。基於這一事實，同時也爲了便於深刻對這一時期牡丹詩成就的印象和說明的方便，本文擬以這一時期牡丹詩創作既多且精者爲全唐牡丹詩之「大家」，以憑藉一詩或一句足令人拍案驚奇者爲全唐牡丹詩之「名家」，列敘「四大家」和「四名家」如下。

（一）四大家

如上表列全唐牡丹詩作者創作數量較多者，依次爲劉禹錫 5 首，元稹 7 首，白居易 12 首，徐夤 10 首，孫魴 8 首。其中除徐夤詩作雖然較多而殊乏佳作意境格調均顯平庸之外，劉、元、白、孫當並推爲全唐牡丹詩「四大家」。

劉禹錫（772 年～842 年），字夢得。洛陽（今河南洛陽）人。晚年自號廬山人。貞元九年（793）進士。初在淮南節度使杜佑幕府任記室，後從杜佑入朝爲監察御史，官至太子賓客。有《劉賓客集》。禹錫有文名，與白居易並稱「劉白」，與柳宗元並稱「劉柳」。白居易贊其「詩豪者也」〔註7〕。劉禹錫

〔註6〕 王國維著，滕咸惠校注《人間詞話（修訂本）》，齊魯書社1989年版，第34頁。
〔註7〕 〔唐〕白居易《劉白唱和集解》，謝思煒《白居易文集校注》，中華書局2011年版，第四冊，第1893頁。

—133—

有牡丹詩五首，爲數固然不多，但每首自有風調。如《賞牡丹》極稱牡丹之美云：「庭前芍藥妖無格，池上芙蕖淨少情。唯有牡丹眞國色，花開時節動京城。」（《全唐詩》第 11 冊，第 4119 頁）後二句除了最早稱牡丹爲「國色」之外，眞所謂「高端大氣」，氣韻飛動。又《和令狐相公別牡丹》云：「平章宅裏一欄花，臨到開時不在家。莫道兩京非遠別，春明門外即天涯。」（《全唐詩》第 11 冊，第 4123 頁）令狐相公即元和宰相令狐楚，時稱「一代文宗」（《舊唐書‧元稹傳》）。這首詩當是穆宗長慶元年（821）四月劉禹錫爲令狐楚遭貶量移郢州刺史離開長安而作，以臨近花期而不及見牡丹花開的遺憾，暗喻對令狐楚遭貶出京的同情，含蓄蘊藉，情深意長。明末錢謙益《天啓乙丑五月，奉詔削籍南歸，自潞河登舟，兩月方達京口，途中銜恩感事，雜然成詠，凡得十首‧其一》有名句云：「門外天涯遷客路，橋邊風雪蹇驢情。」〔註 8〕前句「門外天涯」即本此詩末句。

元稹（779～831），洛陽（今河南洛陽）人。字微之。25 歲與白居易同科及第，歷遷至尚書左丞。有《元氏長慶集》。與白居易爲終生詩友，共同倡導新樂府運動，世稱「元白」，詩亦並稱爲「元和體」。從元、白所作牡丹詩看，二人交誼和詩歌創作中牡丹曾是重要而美好的「中介」。如白居易有《微之宅殘牡丹》詩，表明元稹家種有牡丹，白居易曾來與之共賞。白居易又有《西明寺牡丹花時憶元九》詩，體現了二人有對牡丹的共好並因牡丹友誼得到加強。而元稹的牡丹詩中另透露他曾「與楊十二、李三早入永壽寺看牡丹」，作詩「和樂天秋題牡丹叢」，他家的牡丹曾經「胡三憑人問」之而作詩以酬，又曾「贈李十二牡丹花片，因以餞行」，還曾遊賞「西明寺牡丹」，在暮春風雨後對牡丹而沉吟……牡丹在元稹的生活中成爲他贈送友人的禮品，與詩友唱和吟詠的對象，感悟人生的觸媒……而他的詩歌才華也因牡丹詩而如花綻放，如五絕《牡丹二首》（《全唐詩》第 12 冊，第 4542 頁）云：

簇蕊風頻壞，裁紅雨更新。眼看吹落地，便別一年春。

繁綠陰全合，衰紅展漸難。風光一抬舉，猶得暫時看。

詩借牡丹花在經歷風雨中的形象與命運變幻寫天人合一，人生短暫，盛極而衰，繁華易逝的感慨與悲涼。

白居易作牡丹詩 12 首，不僅詩作數量是全唐牡丹詩的第一人，而且其牡

〔註 8〕 〔清〕錢謙益《牧齋初學集》，〔清〕錢曾校注，錢仲聯標校，上海古籍出版社 1985 年版，第 96 頁。

丹詩總體藝術成就亦堪冠全唐。白居易（772～846），字樂天。號香山居士，又號醉吟先生。河南新鄭人。官至翰林學士、左贊善大夫。有《白氏長慶集》。白居易詩題材廣泛，關切現實，同情民生，形式多樣，語言平易通俗，是中唐最偉大的詩人。其所寫牡丹詩除上述有關與元稹交遊者外，另有《重題西明寺牡丹》《看惲家牡丹花戲贈李二十》《秦中吟十首·買花（一作牡丹）》等。這些詩記載了他與牡丹長時期和多因由的善緣，而作爲「花中之王」的牡丹亦已融入了白居易歷官內外豐富多彩的人生之中了。但是，白居易牡丹詩的價值卻主要是貫穿了作者憂國憂民的儒者情懷和「文章合爲時而著，歌詩合爲事而作」（《與元九書》）的創作精神。如《買花》（一作《牡丹》）寫長安貴族「一叢深色花，十戶中人賦」（《全唐詩》第 13 冊，第 4676 頁）的豪奢和貧富懸殊，階級對立；《牡丹芳——美天子憂農也》發出「我願暫求造化力，減卻牡丹妖豔色。少回卿士愛花心，同似吾君憂稼穡」（《全唐詩》第 13 冊，第 4703 頁）的呼籲等，都因牡丹而吐露對人民的同情，對時局的憂慮。這兩首詩同時屬於白居易全部詩歌和在唐詩中的名篇，代表了全唐牡丹詩盛時健康向上的思想與藝術成就。

五代作牡丹詩多而精者當推孫魴。魴字伯魚，唐代樂安（今屬江西撫州）人（《全唐詩》作南昌人。此從《唐才子傳》）。生卒年不詳。詩學鄭谷，不事華藻，好爲俚俗。嘗有《夜坐》詩句云「晝多灰漸冷，坐久席成痕」，友人沈彬譏曰：「田舍翁火爐頭之語，何足道哉！」〔註 9〕然清婉明白，親切自然。後事吳爲中正郎。著有詩集五卷散佚。孫魴牡丹詩多能自出機杼，故新穎可喜。如唐以來賞玩牡丹成爲豪族奢侈的點綴，詩人憎烏及屋，往往移怨於牡丹，或貶其爲「妖豔」（白居易《牡丹芳——美天子憂農也》），或斥其「能狂綺陌千金子，也惑朱門萬戶侯」（徐夤《牡丹花二首》之二）等。而孫魴不然，其《牡丹》（《全唐詩》第 25 冊，第 10015 頁）一首云：

　　意態天生異，轉看看轉新。百花休放豔，三月始爲春。

　　蝶死難離檻，鶯狂不避人。其如豪貴地，清醒復何因。

詩中藉稱道牡丹「如豪貴地」而自能「清醒」的形象，寄託了生當亂世，身處濁塵，而能夠「眾人皆醉我獨醒」的處世態度。又《看牡丹二首》（《全唐詩》第 25 冊，第 10015～10016 頁）之一云：

〔註 9〕〔元〕辛元房撰，徐明霞校點《唐才子傳》，遼寧教育出版社 1998 年版，第 140 頁。

莫將紅粉比穠華，紅粉那堪比此花。隔院聞香誰不惜，出欄呈豔自應誇。

北方有態須傾國，西子能言亦喪家。輸我一枝和曉露，眞珠簾外向人斜。

此詩首聯即翻出新意，謂牡丹自有高格，非俗世間紅粉女子可比。「北方」二句謂「女色禍國」，而牡丹天然唯美，妝點人間，自非「傾國」或「喪家」美女所可比。全詩脫落俗套，推陳出新，爲牡丹辨誣洗冤，格高調雅，獨具風韻。又有《題未開牡丹》（《全唐詩》第 25 冊，第 10016 頁）詩云：

青苞雖小葉雖疏，貴氣高情便有餘。渾未盛時猶若此，算應開日合何如。

尋芳蝶已棲丹檻，襯落苔先染石渠。無限風光言不得，一心留在暮春初。

這首詩寫牡丹含苞待放時氣象，實實虛虛，含蓄蘊藉，意境淵奧，所謂「狀難寫之景，如在目前，含不盡之意，見於言外，然後爲至矣」〔註10〕。

（二）四名家

全唐牡丹詩中以一首或一句而揚名後世最可稱道有李正封、李山甫、羅隱、盧肇，可合稱「四名家」。

李正封，字中護。隴西（今甘肅臨洮）人。生卒年不詳。憲宗元和二年（807）進士，歷官至監察御史。《全唐詩》收其詩 5 首，另有與韓愈《晚秋郾城夜會聯句》一首，《補編·續拾》卷二十三收 1 首。其詩於牡丹最著名的兩句即本文起首引《唐詩紀事》所載《賞牡丹》殘句云：「天香夜染衣，國色朝酣酒。」此殘句奠定後世牡丹稱「國色天香」的地位，而正封遂以不朽。

李山甫，籍貫、世系、字號及生卒年均不詳。《舊五代史·唐書·李襲吉傳》載：「錢塘有羅隱，魏博有李山甫，皆有文稱，與襲吉齊名於是。」由此可知李山甫爲魏博（今河北大名）人，與羅隱同時。《唐才子傳》稱其咸通中累舉不第，依魏博幕府爲從事。嘗逮事樂彥禎、羅弘信父子，文筆雄健，名著一時。《全唐詩》《全唐詩補編》各錄其牡丹詩一首，均題曰《牡丹》，前者

〔註10〕〔宋〕歐陽修《六一詩話》（引梅堯臣語），何文煥輯《歷代詩話》（上），中華書局 1981 年版，第 267 頁。

（《全唐詩》第 19 冊，第 7377 頁）云：

> 邀勒春風不早開，眾芳飄後上樓臺。數苞仙豔火中出，一片異
> 香天上來。

> 曉露精神妖欲動，暮煙情態恨成堆。知君也解相輕薄，斜倚闌
> 干首重回。

這首詩以美人擬牡丹花，寫其於百花之中後開爲上，如天生尤物情愁萬
種之狀，豔冶動人。後者（《全唐詩補編》中冊，第 1200 頁）云：

> 嫚黃妖紫間輕紅，穀雨初晴早景中。靜女不言還愛日，彩雲無
> 定只隨風。

> 爐煙坐覺沈檀薄，妝面行看粉黛空。此別又須經歲月，酒闌把
> 燭繞芳叢。

當時詩人、著名詩論家司空圖《偶詩五首》之二於李山甫牡丹詩激賞
之曰：「芙蓉騷客空留怨，芍藥詩家只寄情。誰似天才李山甫，牡丹屬思亦
縱橫。」（《全唐詩》第 19 冊，第 7275 頁）可知李山甫爲牡丹詩名家，當
時已有定評。

羅隱（833～909），字昭諫。唐代新城（今浙江富陽市新登鎮）人。一作
餘杭（今杭州）人。自號江東生。大中十三年（公元 859 年）始應科舉，七
試不第。乃自編其文爲《讒書》，益爲主考所惡，而終生未第。故羅袞贈詩說
他「《讒書》雖勝一名休」。黃巢起義後避亂隱居九華山。光啓三年（887）55
歲時依吳越王錢鏐，歷任錢塘令、司勳郎中、給事中等職。羅隱有牡丹詩四
首，皆具風調。其《牡丹花》（《全唐詩》第 19 冊，第 7532 頁）詩云：

> 似共東風（一作君）別有因，絳羅高卷不勝春。若教解語應傾
> 國，任是無情亦動人。芍藥與君爲近侍，芙蓉何處避芳塵。可憐韓
> 令功成後，辜負穠華過此身。

詩中「任是無情亦動人」句寫牡丹雅正端莊之美，爲清代小說家曹雪芹採入
《紅樓夢》第六十三回《壽怡紅群芳開夜宴　死金丹獨豔理親喪》：

> 寶釵便笑道：「我先抓，不知抓出個什麼來。」說著，將筒搖了
> 一搖，伸手擊出一根，大家一看，只見簽上畫著一支牡丹，題著「豔
> 冠群芳」四字，下面又有鐫的小字一句唐詩，道是：任是無情也動
> 人。又注著：「在席共賀一杯，此爲群芳之冠，隨意命人，不拘詩詞
> 雅謔，道一則以侑酒。」眾人看了，都笑說：「巧的很，你也原配牡

丹花。」說著，大家共賀了一杯。〔註11〕

牡丹花因此成爲《紅樓夢》中薛寶釵形象的象徵，冥冥中豈非已由羅隱於數百年前無意而爲之設定！

　　盧肇，字子發。袁州（今江西新餘）人。生卒年不詳。唐武宗會昌三年（843）狀元。曾官鄂岳盧商從事，著作郎，集賢院直學士等。有奇才，以文翰知名，著作豐富。《全唐詩補編》錄其《牡丹》詩一首三十韻，是全唐詠牡丹最長篇。或以爲白居易所作，缺乏根據。該詩起首警拔：「絕代只西子，眾芳唯牡丹。月中虛有桂，天上謾誇蘭。」一、二句雖不脫以美人比牡丹套路，但對仗工整，鏗鏘有力，扣人心弦。三、四句更以神話中月裏桂樹與《左傳》中燕姞所夢蘭花亦顯遜色，極稱牡丹之美，用典新奇，而可雅俗共賞。又自「見說開元歲，初令植御欄」以下抒寫牡丹初移植於宮中得唐玄宗與楊貴妃賞重的殊遇，以及後來「漸移公子第，還種杏花壇。豪士傾囊買，貧儒假乘觀……息肩移九軌，無脛到千官」等由皇帝而「公子」「豪士」「貧儒」「千官」，爲了牡丹而「一國如狂不惜金」的景象，載敘牡丹在唐代「上有所好，下必甚焉」的過程，是唐代牡丹在百花中發跡變泰風俗的略史。其中「見說開元歲」云云還應關係李白賦《清平調》三首的故事。《太平廣記》卷二○四《李龜年》略曰：

　　　　開元中，禁中初重木芍藥，即今牡丹也。《開元天寶花木記》云，禁中呼木芍藥爲牡丹。得四本，紅、紫、淺紅、通白者，上因移植於興慶池東沉香亭前。會花方繁開，上乘照夜白，太眞妃以步輦從，詔特選梨園弟子中尤者，得樂十六部。李龜年以歌擅一時之名，手捧檀板，押眾樂前，將歌之。上曰：「賞名花，對妃子，焉用舊樂詞爲？」遂命龜年持金花箋，宣賜李白，立進《清平調》辭三章。白欣然承旨，猶苦宿醒未解，因援筆賦之。辭曰：「雲想衣裳花想容……」龜年遽以辭進。〔註12〕

總之，盧肇《牡丹》詩以其豐富的內容、精緻的藝術以及較高的史料價值足稱全唐牡丹詩中一大名篇。

〔註11〕　〔清〕曹雪芹、高鶚著《紅樓夢》，中國藝術研究院紅樓夢研究所校注，人民文學出版社 1982 年版，第 890～891 頁。

〔註12〕　〔宋〕李昉等編《太平廣記》（第五冊），中華書局 1961 年版，第 1549～1550 頁。

以上「四名家」說僅據現有資料可以考明的牡丹詩人、詩作而言。其實若僅以流傳至今的牡丹詩論，以下全唐五代或被認為是這一時代的兩首牡丹詩也廣為人知。一是《全唐詩補編·全唐詩續拾》卷五十六（又見《分門纂類唐宋時賢千家詩選》卷九）載無名氏《白牡丹》（《全唐詩補編》下冊，第1641頁）：

漫山桃李占春光，始見檀心吐異芳。花骨不禁寒料峭，多煩曉日為催妝。

既全國色與天香，底用家人紫共黃。卻喜騷人稱第一，至今喚作百花王。

二是被人們廣泛引用的晚唐詩人皮日休的《牡丹》詩：

落盡殘紅始吐芳，佳名喚作百花王。

競誇天下無雙豔，獨佔人間第一香。

這首詩也稱牡丹為「百花王」。不過，這首詩並不見於《全唐詩》及其《補編》，也不見於皮日休的詩文集。最早似見於明代王世貞《續豔異編》卷之七《范微》。《范微》是一篇志怪小說，寫書生范微醉臥花下，夢「五美人……一曰陶氏，二曰李氏，三曰杏氏，四曰唐氏，五曰牡氏」〔註13〕，各賦詩七律一首自表。其中牡氏所吟前四句即此詩，唯「佳名」句「喚」字作「號」有異。清康熙間編纂的《淵鑒類函》引為唐皮日休所作〔註14〕，則不知何據。總之，這兩首詩也屬牡丹詩的名作，但一首佚名，一首作者的真實性存疑，所以本文無從考慮把他們的作者列為全唐牡丹詩「名家」了。

四、結論與體會

綜合以上據《全唐詩》及其《補編》對全唐詩題含「牡丹」作品的試計量分析，牡丹詩作者和作品數量較他種花卉詩人詩作為最多的事實，體現了全唐花卉詩創作以牡丹為「花中王」的地位。而全唐牡丹詩作家作品的行列，則顯示全唐牡丹詩興於盛唐，盛於中唐，光大於晚唐五代。白居易為全唐牡丹詩第一人，而元稹、劉禹錫、孫魴可與之並稱「四大家」。此外以一首或一句詩得名者有李正封、李山甫、羅隱、盧肇「四名家」。但是，僅以詩篇論，

〔註13〕 〔明〕王世貞《續豔異編》，時代文藝出版社2001年版，第94～95頁。
〔註14〕 〔清〕張英、王士禎等纂《淵鑒類函》，中國書店1985年版，第17冊卷405《花部一·牡丹五》。

無名氏《白牡丹》和傳爲皮日休《牡丹》一詩亦廣爲人知。此即全唐牡丹詩之大概。由此結論的得出反觀本文利用電子文獻檢索計量分析的方法，則有如下粗淺的體會：

（一）電子文獻檢索技術爲文學文本計量分析提供了空前的便利和最大可能性。如本文需要檢索「牡丹」「梅花」等六種花卉在《全唐詩》及其《補編》中出現的頻率，在前人手翻目驗肯定是是極爲繁難的工作，但應用電子文本檢索初步的數據，只在極短時間內就可輕易完成。由此可見自然科學的這一技術發展促進人文社會科學研究，使後者似帆乘風，如虎添翼，預示了新時代人文社會科學研究如能充分利用自然科學所提供的這一技術便利，就完全可能而且應該有重大的發展與突破。這肯定已經不是什麼新的認識與感受，但本文應用於詩歌題材斷代史研究卻可能是一個新的嘗試。

（二）基於電子文獻檢索的文學文本計量分析研究不是僅僅依靠技術手段的革新與進步就可以完成，同時還要求研究者在學理與見識上的提高與創新。這主要體現於檢索條件的設定與數據性質的鑒別。如本文欲考察牡丹詩在全唐詩中的地位，僅據《表一：牡丹等六種作爲花科植物在全唐詩中出現的頻次》則只能判斷出全唐詩中牡丹與諸花相比哪一種花被提及次數最多。這也以見該花在唐代生活與詩歌中的普及度，卻無法確定牡丹還是別一種什麼花在唐人生活與詩歌中最受推崇。因此，本文既定義牡丹詩爲以「牡丹」爲題的詩，則《表二：牡丹等六種作爲花科植物在唐詩題目中出現的頻次》之檢索就成爲必要而合理的選擇。由《表二》自身數據的比較和與《表一》數據的比較，綜合可得出全唐詩雖涉及牡丹的頻次最低，但對牡丹的聚焦度最高，從而得出牡丹在全唐詩中最受推崇的結論。筆者相信這是具有切實說服力的證明。至於據檢索所得牡丹詩人、詩作情況的《表三》作縱向歷史的考察分析，就更需要實事求是的態度和具體問題具體分析的鑒識力，在很大程度上已經是一種全新的思維，包括學理與見識上的提高和創新。

（三）基於電子文獻檢索的文學文本計量分析，即使從具體操作的層面看，其每一步驟也都是浸透著學術性的工作。如上所述獲取《表一》《表二》檢索數據的逐項排除，雖然較前人手翻目驗已極爲省力，但是有關多種花卉非基本義項的設想，卻要憑藉研究者所積累的相關學識與細心周到，而並不簡單地只是一個「技術活」。這正如由騎自行車改爲駕駛汽車，代步的工具改善了，但是行駛的道路和方向、目標以及行駛的速度等，都還是要駕駛人自

己隨時把握一樣，研究者無論應用什麼樣新的技術手段都始終離不開對研究對象和進程中每一步驟作學術性的思考。這就是說，人文社會科學研究的技術或手段即「工具」雖然總在不斷地革新變化，但是這一研究作為探索追求真理的學術本質與目標始終如一。本文作為基於電子文獻檢索計量分析的文學題材斷代史的「概觀」研究，就是這樣一個「學術」依賴於「技術」「技術」推動「學術」的嘗試。

　　最後要說明的是，本文所論雖僅百餘詩作，但關涉面較廣，以上檢索舉證或不免有個別數據和事實的不夠準確，誠有進一步深細考證的必要。但是，作為一個較長歷史時期牡丹詩歷史變遷的「概觀」，筆者相信那些可能有的細節微誤不至於影響本文論證和基本的判斷，所以敢就以上論述請專家讀者教正之。

（原載《銅仁學院學報》2015 年第 2 期）

宋詞隆興

太祖建隆元年（960）春正月，視察太學，對侍臣說：「朕欲盡令武臣讀書，知爲治之道。」於是臣民始貴文學。二年秋七月，罷石守信等人兵權，令文臣爲地方官。開寶八年（975），太祖去世，太宗繼位。太宗通曉音律，能自度曲，在位二十二年間，留心禮樂，制度大備。然而干戈之餘，天下粗定，文士多爲南唐、吳越、後蜀來歸的廢王降臣，詞作不多，僅爲晚唐五代遺緒。

真宗繼立，在位二十五年，尤重文事，親撰《勸學文》：「富家不用買良田，書中自有千鍾粟；安居不用架高堂，書中自有黃金屋；……」加以科舉日盛，逐漸造成空前的重文社會風氣，此時入宋已數十年，在前代遺老之後，宋朝自己的詞人也已成長起來。先是王禹偁、寇準等偶爲小令，首開宋詞的端緒。繼而真宗朝後期，范仲淹、晏殊、張先並起於詞苑，入仁宗朝，漸漸拉開宋詞發展輝煌的序幕。

范仲淹（989～1052），字希文，先世邠（今陝西彬州）人，遷居吳縣（今蘇州市）。大中祥符進士，仁宗時官至參知政事，率兵守邊塞多年，西夏不敢犯，說他「胸中自有數萬甲兵」。詞乃其餘事，今傳僅六首，其《漁家傲》寫邊塞秋景，悲涼情懷，突破五代以來「詞爲豔料」的藩籬，爲後世豪放派先聲。錄如下：

> 塞下秋天來風景異，衡陽雁去無留意。四面邊聲連角起。千嶂裏，長煙落日孤城閉。濁酒一杯家萬里，燕然未勒歸無計。羌管悠悠霜滿地，人不寐，將軍白髮征夫淚。

但在仁宗朝前期，這樣的詞還屬僅見。那時天下「承平」，文人士大夫得意者

安享富貴，閒情雅致，繼承發揚了晚唐溫（庭筠）、韋（應物），五代馮延巳以來的詞風；失意者流連市井，作狹邪遊，仿俗歌小調，創爲新詞，使詞獲得新的生命力。前者晏殊、晏幾道父子爲代表，後者最著名的爲柳永。

晏殊（991～1055），字同叔。臨川（今江西撫州市）人。七歲能文，十三歲以神童薦，與進士千餘人並試庭中，詩賦援筆立成。眞宗異之，賜同進士出身。仁宗朝，官拜集賢殿學士，同中書門下平章事，兼樞密使。一生官運亨通，卒諡元獻。傳世有《珠玉詞》，名作如《浣溪沙》：

> 一曲新詞酒一杯，去年天氣舊亭臺。夕陽西下幾時回？　無可奈何花落去，似曾相識燕歸來。小園香徑獨徘徊。

又如《蝶戀花》：

> 檻菊愁煙蘭泣露，羅幕輕寒，燕子雙飛去。明月不諳離恨苦，斜光到曉穿朱戶。　昨夜西風凋碧樹，獨上高樓，望盡天涯路。欲寄彩箋兼尺素，山長水闊知何處！

他的詞可謂閒愁萬種，溫婉舒緩中有一種雍容富貴的氣象。這正契合一班官僚士大夫養尊處優、娛賓遣興的心境；加以作者地位的影響，創作這種典雅的文人詞成一時風氣。重要的作家有晏幾道、歐陽修等人。

晏幾道，字叔原，號小山。生卒年不詳。他是晏殊的兒子，卻一生仕途坎坷，只做過一任小鄉鎮的監官。有《小山詞》，與其父齊名，稱「二晏」。他的詞風肖似乃父，但比較父親顯宦的閒愁，他所抒發的卻是卑微小官的眞愁了，又不離女人與酒。如《臨江仙》：

> 夢後樓臺高鎖，酒醒簾幕低垂。去年春恨卻來時。落花人獨立，微雨燕雙飛。　記得小蘋初見，兩重心字羅衣。琵琶弦上說相思。當時明月在，曾照彩雲歸。

晏幾道的詞情眞意切，風流嫵媚，出於自然，論者以其「工於言情」處，還在晏殊之上。

歐陽修（1007～1072），字永叔，號醉翁、六一居士。江西廬陵（今吉安市）人。仁宗朝進士，官至參知政事。他是北宋古文運動的主帥，詞則爲晏殊一流。有《六一詞》傳世，名作如《喋戀花》：

> 庭院深深深幾許？楊柳堆煙，簾幕無重數。玉勒雕鞍遊冶處，樓高不見章臺路。　雨橫風狂三月暮，門掩黃昏，無計留春住。淚眼問花花不語，亂紅飛過秋韆去。

比較晏殊，歐陽修詞寫情更深一些。後世「晏、歐」並稱，其實歐詞成就要略高一些。馮煦說他「疏雋開子瞻（蘇軾），深婉開少游（秦觀）。」

宋初寫作文人雅詞而別有風調的是張先。張先（990～1078），字子野。烏程（今浙江吳興）人。官至都官郎中。「善戲謔，有風味」，是個享高壽又極風流的詞人，有《安陸詞》傳世。他最得意最為人傳誦的詞句是「雲去月來花弄影」「嬌柔懶起，簾壓卷花影」「柳徑無人，墮風絮無影」等句，因自稱「張三影」。好為豔辭膩聲，「秀豔過施粉，多媚生輕笑」，這兩句詞可以代表和形容他的詞風了。所以從根本上來說，張先的詞不過晏、歐的一個旁支。

仁宗年間，約與二晏、歐陽修、張先同時並立詞苑，於雅詞外別開新面的是柳永。柳永，字耆卿。崇安（今福建武夷山市崇安鎮）人。生卒年不詳。原名三變，「喜作小詞，薄於操行」。考進士不取，作《鶴衝天》：「何須論得喪，才子詞人，自是白衣卿相！……忍把浮名，換了淺斟低唱。」仁宗聞之，斥曰：「且去填詞！」遂自命「奉旨填詞柳三變」。後改名永，始登進士第，官至屯田員外郎，世號柳屯田，有《樂章集》詞傳世。

柳永一生坎坷，秦樓楚館，遊冶四方，從市井生活、民間曲調汲取作詞的營養，加以他的才華，遂創造了一種「旖旎近情」「鋪敘展衍」（《貴耳集》）的通俗詞風，流傳之廣泛，至於有說「凡有井水之處，即能歌柳詞」（葉夢得《避暑錄話》）。相傳柳詞《望海潮》詠錢塘富麗，金主亮讀之，「欣然起投鞭渡江之志」（《錢塘遺事》）。但是，他的詞不受晏殊等正統派詞人的欣賞。《畫墁錄》載，柳永以《鶴衝天》詞不得授官，去見宰相晏殊，「晏公曰：『賢俊作曲子麼？』三變曰：『只如相公，亦作曲子。』公曰：『殊雖作曲子，不曾道：彩線慵拈伴伊坐！柳遂退。」從這裡可以看出柳永與晏、歐詞風的不同。

柳詞的內容約有兩大類，一類寫其遊冶生涯與放浪情緒，一類寫其旅程旅況與眼中風物；風格也有雅、俗兩種，體制則每為長篇的慢詞，有的三疊達二百多字（如（《戚氏》））。名篇如《雨霖鈴》：

> 寒蟬淒切，對長亭晚，驟雨初歇。都門帳飲無緒，方留戀處，蘭舟催發。執手相看淚眼，竟無語凝咽。念去去千里煙波，暮靄沉沉楚天闊。　　多情自古傷別離，更那堪冷落清秋節！今宵酒醒何處？楊柳岸曉風殘月。此去經年，應是良辰好景虛設。便縱有千種風情，更與何人說！

柳永的詞情景交融，層層鋪敘，淋漓酣暢，一瀉千里。詞到柳永，由士大夫

文人自我表現的高雅小令的天下，一變而爲抒發敘寫市井生活情趣的淺切的慢詞時代，在內容和形式上都是一個很大的革新。但無論晏、歐、柳永或其他詞人，都未能突破「詞爲豔科」的藩籬，所唱大都是「靡靡之音」，風格柔弱無力，按照後人詞分爲婉約、豪放二家的說法，大致都屬婉約派，極少例外。

仁宗嘉祐二年（1057），歐陽修主持科舉考試，以平易樸實之文取士，一時蘇軾、蘇轍、曾鞏等進士及第並起於文壇。蘇軾不僅是歐陽修倡導的詩文革新運動的重要人物，更在歐陽修墨守成規的詞的領域裏闖出一條新路。胡寅在《酒邊詞》的序中說：蘇詞「一洗綺羅香澤之態，擺脫綢繆宛轉之度，使人登高望遠，舉首高歌，而逸懷浩氣，超然塵垢之外」王灼《碧雞漫志》則推崇蘇詞「指出向上一路，新天下耳目，弄筆者始知自振」。

蘇軾（1037～1101），字子瞻，自號東坡居士。四川眉山（今四川省眉山市）人。仁宗朝進士，官至翰林學士。他政治上反對王安石變法，又與司馬光等保守派不和，所以屢遭打擊，曾入獄，後被貶，卒死於常州。他多才多藝是中古最偉大的詩人、文學家，詞有《東坡樂府》傳世。他的詞內容廣泛，舉凡懷古、詠史、說理、談玄、感事、言情，無所不包，從而徹底打破「詞爲豔科」的傳統；又「以詩爲詞」，風格多樣，在內容和形式上賦予宋詞以嶄新的色彩，尤以豪放曠達之作最爲突出。如《水調歌頭》（前有小序不錄）：

明月幾時有？把酒問青天。不知天上宮闕，今夕是何年。我欲乘風歸去，又恐瓊樓玉宇，高處不勝寒。起舞弄清影，何似在人間。

轉朱閣，低綺戶，照無眠。不應有恨，何事長向別時圓？人有悲歡離合，月有陰晴圓缺，此事古難全。但願人長久，千里共嬋娟。

又如《念奴嬌·赤壁懷古》：

大江東去，浪濤盡，千古風流人物。故壘西邊，人道是：三國周郎赤壁。亂石穿空，驚濤拍岸，捲起千堆雪。江山如畫，一時多少豪傑！遙想公瑾當年，小喬初嫁了，雄姿英發，羽扇綸巾，談笑間，檣櫓灰飛煙滅。故國神遊，多情應笑我，早生華髮。人生如夢，一樽還酹江月。

這樣的詞曠達高遠，雄渾博大，以自由奔放的氣勢，爲豪放派開宗。但在當時並未形成風氣，蘇門文人中作詞的不少，竟無一人能稱得上豪放詞人，反倒「蘇門四學士」之一的秦觀成爲柳永以後婉約派的大師。

　　秦觀（1044～1100），字少游，一字太虛。揚州高郵（今江蘇高郵市）人。元豐八年進士，官至太學博士、國子編修。仕途坎坷，有《淮海詞》傳世。秦觀詞近乎柳永，而輕柔婉約過之，名作如《滿庭芳》：

　　　　山抹微雲，天連衰草，畫角聲斷譙門。暫停征棹，聊共引離尊。多少蓬萊舊事，空回首，煙靄紛紛。斜陽外，寒鴉數點，流水繞孤村。　　銷魂！當此際，香囊暗解，羅帶輕分，漫贏得青樓、薄倖名存。此去何時見也？襟袖上、空染啼痕。傷情處，高城望斷，燈火已黃昏。

同時詞人有黃庭堅、賀鑄、毛滂、陳師道、晁補之、晁沖之等，爭豔鬥麗，風流輝映，成北宋詞一代之盛。

　　徽宗朝，宋室積貧積弱至於極點，內憂外患連綿不斷。而君臣宴安，享樂無度，徽宗本人吹歌彈唱、書畫詞曲，無所不好。崇寧四年（1105），設大晟府，整備改創樂曲詞調，使詞在音樂方面的發展達到頂峰，曲調益繁，格律益嚴，周邦彥成為這一時期的代表人物。

　　周邦彥（1055～1121），字美成，號清真居士，錢塘（今杭州市）人。徽宗時仕至徽猷閣待制，提舉大晟府。美成博覽群籍，尤富音樂和文學的大才，作有《片玉詞》，又名《清真詞》。他對詞學的貢獻，主要在曲調格律的搜求、推敲、考定，寫作技巧也有所創新，使詞風由柳永以來的俚俗再歸於典雅、含蓄，詞藝集晏、歐以來婉約派之大成，而相應文人詞的道路也就越來越狹隘了。他的代表作當推《少年遊》：

　　　　並刀似水，吳鹽勝雪，纖指破新橙。帷幄初溫，獸香不斷，相對坐調笙。低聲問：向誰行宿？城上已三更。馬滑霜濃，不如休去，只是少人行。

據說這首小令是周邦彥匿於床下，偷聽道君皇帝（即徽宗）狎呢名妓李師師的諧語後，隱括而成的。事雖不雅，但經作者寫來，輕清工巧，明淨婉媚，正所謂「清真」風韻，此所以他能越過柳永受到上層文人激賞，而被推為詞壇盟主的根本原因。

　　徽宗朝與周邦彥同時稍後擅名詞苑的還有偉大的女詞人李清照。李清照（1081～1140？）號易安居士，濟南人。名士李格非之女。二十一歲嫁趙明誠，夫妻相得，皆好學能文。後趙明誠死，清照顛沛流離，歷盡辛苦而卒。有《漱玉詞》傳世。她的詞每寫閨愁，婉媚流麗、機杼天成，最富女性幽柔深細之

美，名作如《聲聲慢》：

> 尋尋覓覓，冷冷清清，淒淒慘慘戚戚。乍暖還寒時候，最難將
> 息。三杯兩盞淡酒，怎敵他晚來風急！雁過也，正傷心，卻是舊時
> 相識。　　滿地黃花堆積，憔悴損，如今有誰堪摘？守著窗兒，獨
> 自怎生得黑！梧桐更兼細雨，到黃昏，點點滴滴，這次第，怎一個
> 愁字了得。

李清照在南渡以後還生活了很長一段時間，但是她的詞並沒有寫到「靖康之難」的滄桑巨變。所以，作為一位詞人，她主要是為北宋詞壇做了一個光輝的結束。

欽宗靖康元年（1126），金兵陷汴京；翌年，金兵擄徽、欽二帝北去。本年五月，康王趙構在南京（今河南商丘南）即位，是為宋高宗。高宗建炎三年（1129）南渡，都臨安（今浙江杭州市），宋金對峙，北宋百餘年來或「娛賓遣興」，或「淺斟低唱」的調子一時不好再唱下去了。南宋前期，由蘇軾開創的豪放派詞應運盛行。岳飛、張元幹、張孝祥、陸游、陳亮、辛棄疾等一大批愛國志士，把同仇敵愾、誓復中原的豪情化為詞作，造成了宋詞的又一黃金時代。

岳飛（1103～1142），字鵬舉。相州湯陰（今河南湯陰）人。南宋抗金愛國將領，戰功顯赫，而冤死於投降派的昏君姦臣之手。他一生只留下一首詞，但千古絕唱，不僅為南宋愛國詞開篇，而且足以彪炳詞史了。詞曰：《滿江紅》：

> 怒髮衝冠，憑欄處，蕭蕭雨歇。擡望眼，仰天長嘯，壯懷激烈。
> 三十功名塵與土，八千里路雲和月，莫等閒白了少年頭，空悲切！
> 靖康恥，猶未雪；臣子恨，何時滅。駕長車踏破賀蘭山缺！壯
> 志饑餐胡虜肉，笑談渴飲匈奴血。待從頭、收拾舊山河，朝天闕！

同時或稍後，張元幹《賀新郎·夢繞神州路》、張孝祥《六州歌頭·長淮望斷》、陸游《訴衷情·當年萬里覓封侯》、陳亮《水調歌頭·不見南師久》等，都是此類愛國詞的名篇。它們或慷慨壯烈，或沉鬱悲愴，或悽楚哀憤，表達了南宋抗金愛國軍民的共同心聲。但是，真正使豪放詞光焰萬丈的是辛棄疾。

辛棄疾（1140～1207），字幼安，號稼軒。濟南人。少年即參加抗金鬥爭，失敗後南歸，歷任湖北、湖南、江西安撫使。力主抗金，但受到當權者的排擠，始終未受重用，抑鬱以歿。有《稼軒詞》傳世。《詞苑叢談》卷四引黃梨莊曰：「辛稼軒當弱宋末造，負管、樂之才，不能盡展其用，一腔忠憤，無處

發泄。……故其悲歌慷慨，抑鬱無聊之氣，一寄之於詞。」他的詞正是一位愛國志士光輝人格和心靈的眞實寫照。名作如《水龍吟・登建康賞心亭》：

> 楚天千里清秋，水隨天去秋無際。遙岑遠目，獻愁供恨，玉簪螺髻。落日樓頭，斷鴻聲裏，江南游子，把吳鉤看了，欄干拍遍，無人會，登臨意。　休説鱸魚堪膾，盡西風，季鷹歸未？求田問舍，怕應羞見，劉郎才氣。可惜流年，憂愁風雨。樹猶如此。倩何人，喚取紅巾翠袖，搵英雄淚！

又如《菩薩蠻・書江西造口壁》！

> 鬱孤臺下清江水，中間多少行人淚！西北望長安，可憐無數山。
>
> 青山遮不住，畢竟東流去。江晚正愁余，山深聞鷓鴣。

辛棄疾繼承了蘇（軾）詞的豪放風格，更充實以現實政治的內容，使之富於戰鬥精神；寫法上也由蘇軾的「以詩爲詞」，發展爲「以文爲詞」，無論經史子集的語言，都根據表現思想感情的需要隨手拈來，融化入詞。他使詞不僅可以即事抒情，而且可以議論，擴大了詞的表現領域和手段。《稼軒詞》六百餘首，雖成就不一，但整體上可以雄視百代。加以當時陳亮、劉過等人的唱和，形成有力的羽翼，所以南宋前期數十年間，豪放詞竟空前絕後地代替婉約派，成了詞壇的大宗。後來隨著民族矛盾的加深，抗金鬥爭的連年失利，這一派詞的作者漸稀。但是直到南宋滅亡，最後一位民族英雄文天祥還寫出了「睨柱吞嬴，回旗走懿，千古衝冠髮」的壯詞（《念奴嬌・水天空闊》）。

但在南宋的詞壇上，婉約一派仍悄然流行，並越到後來作者越多，漸漸又恢復到詞的主流和正宗，它的代表人物是姜夔、史達祖、吳文英。這些作家在當時都名位不高，或爲布衣，或爲幕客、堂吏，但都有音樂和文學的天才，醉心於詞的研究和創作，故能接續周邦彥以來格律派的傳統，並在詞的形式技巧方面有所發展，甚至還寫出了一些內容上也較爲可取的作品，如姜夔《揚州慢》（有序不錄）：

> 淮左名都，竹西佳處，解鞍少駐初程。過春風十里，盡薺麥青青。自胡馬窺江去後，廢池喬木，猶厭言兵。漸黃昏，清角吹寒，都在空城。　杜郎俊賞，算而今，重到須驚。縱豆蔻詞工，青樓夢好，難賦深情。二十四橋仍在，波心蕩、冷月無聲。念橋邊紅藥，年年知爲誰生？

感時憫亂的主題和傾向是很好的，但即使這樣的內容，作者還要扯到唐代杜

牧在揚州的風流韻事，其不同於蘇、辛一派詞人是顯然的。所以宋詞到姜夔
爲又一變，這一變回到晏、歐、秦、周雅詞的老路，詞的黃金時代也就一去
不復返了。

（節錄自王連升主編《新編中國歷朝紀事本末·宋遼夏金元卷》，

山西教育出版社 1996 年版）

《明詩選》前言

　　中國詩歌發展到明代，文人詩已經做了千餘年，有光焰萬丈的唐詩和頗不甘示弱的宋詩在前，明詩若想全面地後來居上，已不大可能；同時，元代詩歌本來已經朝著歌詠性情的方向發展，元末戰亂又賦予其較為充實的社會內容，明詩接其餘緒，幾乎就要大放異彩了，但是明初的封建專制扼殺了她再度輝煌的生機，並迫使其成為皇權的侍婢。這後一點是明詩的不幸，也是中國詩歌史的不幸。但是，這個不幸也喚起了明代詩人的覺醒，明前期至明中葉此伏彼起的種種「復古」，以及後來三袁公安派為代表的反「復古」，其實都貫穿和執著於對「真詩」理想的追求。近三百年明詩的發展，本質上就是一個從內容到形式追求「真詩」的逐步近代化的過程，儘管因其迂迴曲折而進步不大，成績不夠突出，但列朝詩人堅持不懈的努力探索，畢竟使明詩形成一定鮮明深著的特點，取得值得稱道的成就，具有無可替代的地位。其中不乏影響深遠的流派，獨樹一幟的作家，膾炙人口的作品，值得研究，值得推薦。本書即是向讀者推薦明詩的選本，自應首先對其所從出的明詩的基本情況做些介紹。

　　元至正二十四年（1364），朱元璋在應天（今江蘇南京）稱吳王立國；四年後正式建立明朝。明朝的建立，對於北南宋以來先後亡於金元並飽受戰亂之苦的大多數中國人來說，是一件歡欣鼓舞的事。「四塞河山歸版籍，百年父老見衣冠」，高啓的這兩句詩生動道出了當時人們歡迎朱明王朝的喜悅。而出身赤貧的新天子「知黎庶之艱難，糧稅從寬」，一再蠲免，「以蘇吾民」〔註1〕，

〔註 1〕 《明太祖集》卷一《免應天等府山東河南北平稅糧詔》，是書載免糧稅詔旨
　　　　 有十四道之多。

並且求治甚急，至於拿貪官剝皮示眾，也使人們有理由期待又一個盛世的來臨。

但是，歷史卻給了那時中國人一個新的教訓：流氓習性深重的新天子並不要「泛愛眾而親仁」，更不守那「民無信不立」的儒訓。爲了清除「家天下」的隱患，他在一手拿貪官剝皮的同時，另一手屢興大獄，不數年把「從龍」開國的武將文臣幾乎殺盡〔註2〕；又在廢丞相集權於皇帝一身的同時，空前地剝奪了士人的思想、言論和人生選擇的自由。在他看來，「逆之者亡」是不必說的，士人即使對他敬而遠之——隱居不仕也是最大的罪過。他說：「罪人大者莫過嚴光、周黨之徒，不正忘恩，終無補報，可不恨歟！」（《明太祖集》卷十《嚴光論》）欽制《大誥》，定「寰中士夫不爲君用」者，「罪至抄剳」〔註3〕，從而取消了士人不爲皇帝家奴的選擇。高啓等許多著名詩人就因爲不願爲官而慘遭殺戮；即不得已出仕，廷杖刑辱，謫戍輸作，又往往不可免，更慘的是「一授官職，亦罕有善終者」（趙翼《廿二史剳記》卷三十二《明初文人多不仕》）。這眞所謂「一代文人有厄」。二百年後王世貞作《藝苑卮言》，還說「當勝國時，法網寬，人不必仕宦」，感慨當代士人的處境，竟不如蒙古貴族當政的「九儒十丐」的元朝。又歷述明初「詩名家者」劉基毒死、高啓腰斬、袁凱佯狂，「文名家者」宋濂竄死、王褘爲元孽所殺之後歎曰：「士生於斯，亦不幸哉！」

明初濫殺無辜的結果，就是一代人才銳減至於困乏。正如洪武九年（1376）刑部主事茹太素上言所說：「才能之士，數年以來，幸存者百無一二，不過應答辦集。」又說：「所任者，多半迂儒俗吏。」（《明太祖集》卷十五《建言格式序》）加以後來朱棣「靖難之役」對建文諸臣的殺戮，明初士人所遭受的荼毒，並不減於秦始皇的「焚書坑儒」。這不能不導致詩壇的空前零落和寂寞。

因此，天順、成化間徐泰作《詩談》謂「我朝詩莫盛國初」，清末陳田《明詩紀事》甲籤序承其說，論明詩「莫盛明初」，這個話只有一半是對的。以詩

〔註2〕 參見趙翼《廿二史剳記》卷三十二《明初文人多不仕》《胡藍之獄》。

〔註3〕 《明史·刑法志》。明太祖的這個做法當本之於《尚書·周書·多方》：「我惟時其教告之，我惟時其戰要囚之，至於再，至於三。乃有不用我降爾命，我乃其大罰殛之。」這是天子三命不從，則知其必不受命而殺之。又《韓非子·外儲說右上》：「太公望東封於齊。海上有賢者狂矞，太公望聞之往請焉，三卻馬於門，而狂矞不報見也。太公望誅之。」又，《漢武故事》載武帝曰：「夫才爲世出，何時無才？且所謂才者，猶可用之器也。才不應務，是器不中用也。不能盡才以處事，與無才同也，不殺何施？」

人論，固然如陳田所說明初有「犁眉、海叟、子高、翠屏、朝宗、一山、吳四傑、粵五子、閩十子、會稽二蕭、崇安二藍，以及草閣、南村、子英、子宜、虛白、子憲之流」，彬彬稱盛；但是，以詩作論，諸「詩家各抒心得，雋旨名篇，自在流出」的創作高峰期，大都在入明之前的元末亂世，入明後就在陣陣腥風血雨中化爲強顏的歡笑或噤若寒蟬了。章培恒、駱玉明主編《中國文學史》論及吳中文學時說：「一度十分興盛的吳中文學到了明初，作者凋零，詩社瓦解，詩派式微，不復舊觀，留下的是一片痛苦的聲音。」這個話用到整個明初詩壇的情況，也是對的。那是個不要人才更不要眞詩的時代。

　　洪武、永樂的刀砧之餘，明前期詩壇盛行的是臺閣體。臺閣體盛行在後，溯源應是明初政治的誘導。朱元璋本不識字，經「掃盲」而粗知文藝。爲了鞏固政權和滿足能文的虛榮，他君臨天下伊始，便在文壇作威作福：一面橫加挑剔無中生有地製造文禍殺人，一面爲博得「君臣道合，共樂太平」的美名，時與臣下唱和（《明詩紀事》甲籤卷一上《太祖》引《雙槐歲鈔》），爲臺閣體催生。詩人陶凱作文署耐久道人，太祖惡而殺之（《明史·陶凱傳》），還親製《設大官卑職館閣山林辯》數其罪，貶斥顯揚個性的「山林」之作，推譽尊「君爵」重富貴的「館閣」之文（《明太祖集》卷十六）。這是要文人爲朝廷唱讚歌的「聖旨」，至少臺閣諸公不敢置若罔聞。於是我們看到，在元末爲詩文還頗具性情的宋濂，一經被明太祖嘉許爲「開國文臣之首」，便不能不捨己而從君之「道」，其所作《汪右丞詩集序》曰：

　　　　昔人之論文者曰：有山林之文，有臺閣之文。山林之文，其氣枯以槁；臺閣之文，其氣麗以雄。豈惟天之降才而殊也，亦以所居之地不同，故其發於言辭之或異耳。……雅頌之制，則施之於朝會，……其亦近於臺閣矣乎。……皇上方垂意禮樂之事，豈不有撰爲雅頌，以爲一代之盛典乎。

這不啻是號召作「臺閣之文」爲皇上幫忙或幫閒的動員令。宋濂晚年也就可悲地成了臺閣文人的帶頭羊。後來成祖、仁宗、宣宗諸帝一如其乃祖，儼然詩壇名譽的盟主〔註4〕，而以「三楊」爲代表的一班宰輔大臣，便成了臺閣體

〔註4〕　《明詩紀事》甲籤卷一上引沈德符《野獲編》載：「永樂十一年五月午節，……皇太孫擊射，連發皆中。上大喜，射畢，進皇太孫嘉勞之，因曰：『今日華夷畢集，朕有一言，爾當思對之，曰：萬方玉帛風雲會。』皇太孫即叩頭對曰：『一統山河日月明。』上喜賜名馬、錦綺、羅紗及番國布，因命儒臣賦詩，賜群臣宴。」又引《殿閣詞林記》：「宣宗喜爲詩。」另，王世貞《藝苑卮言》

實際的領袖和中堅。他們以身居臺閣的黜陟之權，聳動天下「公卿大夫……鳴國家之盛」（楊士奇《東里文集》卷五《玉雪齋詩集序》），使本是「言志」或「道性情」的詩歌，成了諛君頌聖、宣揚理學和官場應酬的工具。詩至於此，亦大不幸哉！

因此，明初詩歌的臺閣體實際是封建專制施及文學的結果。歷史上封建專制總不免要求詩的維護，但是，任何以維護封建專制為出發點的詩決不會是好詩。所以，「文章憎命達」，做官與做一個真正的詩人很難兼擅，在明代尤為困難。文徵明《東潭集序》說：

> 惟我國家以經學取士，士苟有志於用世，方追章琢句，規然圖合於有司之尺度，而一不敢言詩。既仕有官，則米鹽法比，各有攸司，簿領章程，日以困塞，非在道山清峻之地，鮮復言詩，而實亦不暇言者。近時學士日益高明，方以明道為事，以體用知行為要，切謂攄詞發藻，足為道病。苟事乎此，凡持身出政，悉皆錯冗猥俚，而吾道日以不兢。此豈獨不暇言，蓋有不足言者。嗚呼！先王之教，所謂一道德，同風俗，果如是哉？

這是一個重官、重理學而不重詩甚至以詩為有害的時代。徐𤊸《重編紅雨樓題跋》卷一《言詩》說得更為明確：

> 今之為官者皆諱言詩，蓋言詩往往不利於官也。不惟今時為然，即唐以詩取士，詩高者官多不達。錢起有云：「做官是何物，許可廢言詩。」其意遠矣。

因此，雖然如本書所選，「三楊」等臺閣體詩人「歌詠太平」的「歡愉之辭」，不見得沒有個別可讀的詩作，但是，官益高而詩益下，「太平宰相」們太多「恢張皇度，粉飾太平」（倪謙《艮庵文集序》）的文字，最好不過博得「君王帶笑看」而已。這是詩的墮落，連《四庫全書總目提要》也不能不說「其弊也冗沓膚廓，萬喙一音，形模徒具，興象不存」。

臺閣體流行百年。弘治、正德間，李東陽為代表的茶陵詩派起而欲矯臺閣體之失，主張法古、宗唐，寫「不經人道語」，也寫出了一些好詩。但是，李東陽累官至文淵閣大學士，本是臺閣中人；他從臺閣內部戰勝臺閣體的努力沒有取得大的成功，因而不能不有嘉靖、隆慶間李（夢陽）、何（景明）等

卷五載：「仁宗皇帝……喜王贊善汝玉詩，……宣宗天縱神敏，長歌短章，下筆即就。每遇南宮試，輒自草程序文曰：『我不當會元及第耶？』」

七子崛起於詩壇，高倡「復古」以掃蕩之。王世貞說：「長沙（李東陽）之於李、何也，其陳涉之啓漢高乎！」（《藝苑卮言》卷六）

李夢陽官不過戶部郎中，何景明也只做到提學副使，卻「並有國士風」（《明史・文苑傳二・何景明傳》），又得徐禎卿、邊貢、康海、王九思、王廷相等輔翼成「七子」一派，以「文必秦漢，詩必盛唐」相號召，力矯臺閣體之弊，遂使詩歌「壇坫下移郎署。古則魏晉，律必盛唐，海內翕然從之」（陳田《明詩紀事》丙籤《序》），臺閣體就逐步地讓位於復古派了。至於此後李（攀龍）、王（世貞）等後七子繼起，李攀龍「持論謂文自西京，詩自天寶而下，俱無足觀，於本朝獨推李夢陽，……非是，則詆爲宋學」（《明史・文苑傳三・李攀龍傳》）。「（王）世貞始與李攀龍狎主文盟，攀龍歿，獨操柄二十年。才最高，地望最顯，聲華意氣，籠蓋海內。一時士大夫及山人、詞客、衲子、羽流，莫不奔走門下。片言褒賞，聲價驟起。其持論，文必西漢，詩必盛唐，大曆以後書勿讀」（《明史・文苑傳三・王世貞傳》），「復古」的潮流更一浪高過一浪。其聲勢之大，影響之遠，至於前人論明詩有以「復古」二字概括之〔註5〕。

但是，七子特別是李、何前七子的「復古」，本意並非是要回到漢唐去，而是要用漢唐因近古而較少矯揉造作的剛健詩風，廓清袪除當代「宋學」影響下的臺閣體的虛假萎靡之弊，從而創造出「締其情眞」（《林公詩序》）的「眞詩」來。前後七子中李夢陽、王世貞不愧名家，何景明、謝榛成就亦可觀。但是歷史地看，由於各種原因，前後七子廓除之力大而創造之功微，以至李夢陽也不得不感慨「今眞詩乃在民間」，「予之詩非眞也」（《詩集自序》）。加以他們倡論必至於極端，下筆多出於模擬，從而這場本意爲革新的復古潮流，很大程度上眞成了對舊日輝煌的望空祭奠；反倒是他們不怎麼留意古法的時候，筆下眞情流注，還寫出了一些可圈可點的作品。

七子之失在眼高手低，望道未至，本無可厚非。但是，他們大言極端和黨同伐異的作風，卻在容易激動的文壇招致強烈的反對。先是王愼中、唐順之等起而推崇「唐宋八大家」和「宋元諸名家」，欲以復唐宋元之古取代七子的復秦漢盛唐之古，本是五十步笑百步，又其所注意在文章，所以對詩壇的影響不大。但是，萬曆初徐渭獨有面目的詩歌創作、李贄被視爲「異端」的啓蒙思想和從人性論出發的文學理論，卻給七子的復古以眞正的打擊，更進一步引發「三袁」爲代表的公安派對復古思潮的滌蕩。錢謙益曰：「萬曆中

〔註5〕沈德潛《明詩別裁・序》：「宋詩近腐，元詩近纖，明詩其復古也。」

年，……中郎以通明之資質，學禪於李龍湖，讀書論詩，橫說豎說，心眼明而膽力放，於是乃昌言擊排，大放厥辭。」（《列朝詩集小傳》丁集中《袁稽勳宏道》）其持論曰「不效顰於漢魏，不學步於盛唐，任性而發」，「獨抒性靈，不拘格套」（《敘小修詩》）。從來論詩的，沒有這般痛快淋漓，直接了當。

晚明三袁公安派的出現在中國文學史上有劃時代的意義。在三袁之前，包括前後七子在內歷史上一切欲起衰救弊革故鼎新的文學運動，無不要打了「復古」的旗號以託古改制。這種向後看以前行的做法很難做到有力和徹底，甚至會迷失目標和方向，但是，因其易於爲世俗接受，唐宋以來，數度重演。三袁公安派的反對復古和「獨抒性靈，不拘格套」的革新主張，第一次打破了託古改制的怪圈，帶來詩歌觀念和創作上的革命性變化──「中郎之論出，王、李之雲霧一掃，天下之文人才士，始知疏瀹心靈，搜剔慧性，以蕩滌摹擬涂澤之病，其功偉矣」（《列朝詩集小傳》丁集中《袁稽勳宏道》）。

但是，從來詩歌的發展，推陳易而出新難。公安派使詩歌脫出模擬而進入性靈，但其所謂性靈，多不過是文人的閒情雅致，又「機鋒側出，矯枉過正」，更使詩歌遠離了現實生活的重大題材。如果說三袁因其閱歷才情，在題材高度個人化的方向上，還能有錦心繡口吟爲性靈搖蕩的佳什，則步趨者已不免是「狂瞽交扇，鄙俚公行，雅故滅裂，風華掃地」。乃物極必反，又有「竟陵代起，以淒清幽獨矯之，而海內之風氣復大變」（《列朝詩集小傳》丁集中《袁稽勳宏道》）。

竟陵派的代表人物是鍾惺、譚元春。鍾惺附合三袁反對「七子」的復古，而不滿於公安末流的俚俗爲詩，於是「別出手眼，另立幽深孤峭之宗，以驅駕古人之上，而同里譚元春爲之應和，海內稱詩者靡然從之，謂之鍾譚體」（錢謙益《列朝詩集小傳・鍾提學惺》）。鍾譚體佳作有奇趣，但其專好「幽情單緒」，「識解多僻，大爲通人所譏」（《明史・鍾惺傳》），乃至於明亡後被錢謙益、朱彝尊輩詆爲「鬼趣」「妖孽」，「流毒天下，詩亡而國亦隨之矣」（《靜志居詩話》卷十七《鍾惺》）。錢氏不免沾染了明人批評偏激的毛病，並且太過誇大了詩的作用，但是，相對於明末國家危難如燃眉之急，刻意疏離社會和人生的「鍾譚體」實不能指望得到更好一點的評價。

竟陵派旋興旋衰。崇禎間明朝的氣數也將盡了，隨著抗清和隨後反清復明鬥爭的展開，雲間（今上海松江）陳子龍、夏完淳于轉戰流亡之餘，圄圄縲絏之中，鳴筆爲詩，再倡「復古」以悲壯沉雄之聲，救公安俚俗、竟陵幽

僻之弊。其所持論爲七子之餘響，而明末戰亂和明清易代血與火的洗禮，使他們的詩作迸射出愛國主義耀眼的光芒，成就了明詩最後的輝煌。

總之，從明初的群星隕落，到明前期臺閣體泛濫、茶陵派的改良，到中期前後七子的復古和唐宋派，到晚期公安、竟陵、雲間諸公的盛衰興替，是明詩將近二百八十年間歷史的主潮，諸家得失大略也代表了明詩的基本面貌。但是，明詩發展的實際狀況遠比上述更爲複雜。其流派林立，既派外有派，又派中有別。如洪武、建文朝吳詩派的高啓、越詩派的劉基、閩詩派的林鴻、嶺南詩派的孫蕡、江右詩派的劉崧，「五家才力，咸足雄據一方，先驅當代」（胡應麟《詩藪續編》卷一）。永、洪、宣、正、景泰間臺閣體盛行，也還有王達、解縉等所謂「東南五才子」，瞿祐、丘濬等「永正十八士」，劉博、湯允勣等「景泰十才子」，薛瑄、陳獻章等理學詩人，于謙、郭登、王越、陳第等將帥詩人活躍其間。另外，前七子共非臺閣體，倡言復古，但持論不一，「夢陽主模仿，景明則主創造」（《明史・何景明傳》）。後七子更多幫派習氣，同室操戈，至於李、王合謀把初結詩社時的盟長謝榛逐出「七子」之外，而謝榛詩才不讓世貞。同時前後七子最盛時，市朝也還有李開先與唐順之等稱「嘉靖八才子」，唐順之又與王慎中等稱唐宋派。江湖則有布衣詩人如「碧山十士」「苕溪五隱」「瀛州十叟」等。而徐禎卿早年與祝允明、唐寅、文徵明並稱「吳中四才子」，後入前七子之列；沈周、楊愼、薛蕙、黃佐、歸有光、皇甫兄弟等詩人也各有擅場，秉筆馳騁，有的堪與七子並駕齊驅；晚明則公安、竟陵前有徐渭、李贄、湯顯祖爲其先驅，同時有「區海目（大相）之清音亮節，歸季思（子慕）之淡思逸韻，謝君采（三秀）之聲情激越，高孩之（出）之骨采騫騰，並足以方軌前哲，媲美昔賢」（《明詩紀事》庚籤《序》）。至於顧炎武、屈大均、王夫之等遺民詩人，近世選家多歸之於清代，尚且不論。而明詩之汪洋大觀、儀態萬方，正不是臺閣、茶陵、七子等若干名目所可概括。沈德潛論明詩一言以蔽之曰「復古」，顯然是片面的看法。

如上所論及，三袁公安派之前，明代及歷史上詩文的託古改制是曾經數度重現的怪圈。而檢元末明人詩論，除公安、竟陵之外，更幾乎無不不說過學古的話。《元史・楊載傳》載：「嘗語學者曰：『詩當取材於漢、魏，而音節則以唐爲宗。』」幾乎就是七子「文必秦漢，詩必盛唐」之說的藍本；即公安袁宏道《答陶石簣編修》書也說「今代知詩者，徐渭稍不愧古人」，《與李龍湖》書則說「蘇公詩高古不如老杜」，也不免以古人相標榜。所以，「復古」

常不過是古人論詩的一種話語方式，目的要達到對現實的干預和修正，而決非眞心要回到古代去。

這是顯而易見的事實。從明初說起，宋濂曾主張詩要「復於古」，並曾與「劉先生伯溫同倡千古之絕學」（《猗猗詩有序》）。但宋濂、劉基復古針對是他們所謂的元末「纖弱」或「穠縟」的詩風，欲使詩歌回到儒家「詩教」的老路，而劉基重「風諫」，宋濂重「明道」；「三楊」也有宗唐或宗漢魏的主張，卻是爲了鼓吹「治世之音」（楊士奇《東里文集》卷五《玉雪齋詩集序》）；兩李、何、王的「詩必盛唐」是反對臺閣體的諛頌之辭和學「宋人主理不主調」的偏頗；吳中四才子的倡導「古文辭」，或慕秦漢，或崇六朝，卻是要甩落禮法束縛以張揚自我，等等。所以，有明一代詩人、詩派，除了晚年的宋濂——臺閣體諸公意在造作「一代之盛典」外，包括公安、竟陵在內的大多數作者，無論復古或反復古，各都是爲一代詩尋求自己的出路。綿延一代的詩歌論爭和競賽，就各家主觀願望和最終的目標而言，都不過是在對古代各式的追摹或反叛中尋求詩歌的創新之路。

明詩創新的目標是「眞詩」。「眞詩」是明人論詩的核心和標準，是各家各派共同的理想。近有吳文治先生主編的《明詩話全編》問世，使我們可以很方便地看到「眞詩」理想在明人詩論中一線貫穿：張以寧說：「古之爲詩者，發之情性之眞。」（《翠屛集》卷三《黃子肅詩集序》）高啓說：「古人之於詩，……發於性情之不能已。」（《缶鳴集序》）林弼說：「詩本人情，情眞則語眞。」（《林登州集》卷二三《跋豐城航溪朱光孚詩集後》）薛瑄曰：「凡詩文出於眞情則工，……凡爲詩文，皆以眞情爲主。」（《讀書錄》卷七）李東陽盛稱「詩貴意」，「貴不經人道語」，「自然之妙」，「天眞自然之趣」（《麓堂詩話》）。楊循吉說：「予觀詩……惟求直吐胸懷，實敍景象。」（《序國初朱應辰詩》）李夢陽更反覆說詩「締其情眞」之意，並標舉「今眞詩乃在民間」，又教人作詩倣仿民歌《鎖南枝》，何景明「亦酷愛之」，以爲「自非後世詩人墨客操觚染翰刻骨流血所能及者，以其眞也」（李開先《詞謔》二十七《時調》）。歸有光認爲：「詩者，出於情而已矣。」主張「率口而言」「憫時憂世」，也推崇「民俗歌謠」（《沈次谷先生詩集序》）。唐順之認爲「直攄胸臆，……但信手寫出，便是宇宙間第一等好詩」（《答茅鹿門知縣第二書》）；王世貞復古，曾與歸有光有過激烈的爭論，但晚年作《歸太甫論贊》，表達了愧悔和心折的感情。其胞弟世懋更認爲詩爲「性靈所託」，作詩乃「宣其淹鬱」，「且莫理論格調」（《李

唯寅貝葉齋詩集序》)。被王世貞視爲詩統傳人的胡應麟編纂《詩藪》,書中以
「神韻」評詩者不下二十處。屠隆師承七子,爲「嘉隆末五子」之一,但他
也認爲「詩由性情生」(《唐詩品彙選釋斷序》),作詩「不能作胸中所無語」(《奉
楊太宰書》)。李贄提倡「絕假純眞」的「童心」(《童心說》)。袁宏道更明確
求「眞聲」「眞詩」(《敘小修詩》)。陸時雍以爲作詩需「絕去形容,獨標眞素」,
「情慾其眞,而韻欲其長也。二言足以盡詩道矣」(《詩鏡總論》)。總之,有
明一代詩人詩派,除甘爲御用者外,無論宗唐、宗宋,宗漢魏、宗六朝、出
入宋元或遍參諸代,或「獨抒性靈」,心底裏都異口同聲呼喚著一個共同的詩
歌理想——「眞詩」。

　　明人對「眞詩」理想的界說沒有也不可能是一致的,但就創作主體(作
家、作品)的基本傾向而言實不過兩派:一是爲社會(人生)的,一是爲個
人(藝術)的。劉基、李東陽、李夢陽、唐順之、陳子龍等持論和爲詩較多
關注「當世之務」,反映社會現實之「眞」,當屬於前者;高啓、楊循吉、李
贄、三袁、鍾、譚等持論和爲詩較多表現自我,寫個人性情之「眞」,當屬於
後者。這兩派之間,甚至各派的內部都曾經有過激烈的爭論,但許多情況下
貌似相反而實乃相成。例如李東陽未脫臺閣之習,但是他在《麓堂詩話》中
說:「今之詩,惟吳越有歌,吳歌輕而婉,越歌長而激,然士大夫亦不皆能。」
表示了對民歌的傾倒;李夢陽有「尺寸古法」的偏頗,卻也能推崇民歌,甚
至自責「予詩非眞」;楊愼於七子外別樹赤幟,卻能稱「李、何二子一出,變
而學杜,壯乎偉矣」(《明詩綜》卷三十四《李夢陽小傳》注)。袁宏道反七子
最力,而其《答李子髯》詩也能不掩李、何之功,稱「草昧推何李……,爾
雅良足師」;王世貞爲「後七子」土帥之一,而能悔其少作,有「晚年定論」。
這些在相互矛盾、自相矛盾中表現出的驚人的一致,可說都是由於「眞詩」
共同理想的感召。因此,楊愼《升菴詩話》謂「唐人詩主情」,「宋人詩主理」,
我們可以加一句說「明人詩主眞」。

　　「明人詩主眞」的歷史走向是高揚個性解放的精神。史學研究的大量成
果表明,中國社會自宋代以後不斷加速了近代化的進程。這一進程的核心標
誌是人在物質和精神生活中的個性解放。如果說元、明易代對當時中國社會
整體而言是一個解放,因而作爲社會整體中的個人也獲得了某種滿足(如高
啓《登金陵雨花臺望大江》等詩所顯示的那樣),那麼,隨這一解放而來的封
建皇權的極度膨脹,對於個性的自由發展卻造成了空前的壓制和束縛。在這

個意義上，明初高啓、劉基等所慘遭的肉體毀滅，與宋濂、三楊等不能不成爲御用文人的精神毀滅，就他們作爲詩人的不幸而言都是失卻了自我。而且，明代官俸最薄，出仕文人近乎被雞犬畜之。王世貞《藝苑卮言》卷八論「文章九命」，於「偃蹇」下舉胡仲申等十三人說「皆邇時之偃蹇者」，於「流貶」下舉解縉等六人說「俱所不免」，又於「刑辱」下說：「明初文士，往往輸作耕佃，邇來三木赭衣，亦所不免。」實則從各種明詩人傳記看，遭受廷杖、貶謫或罰爲輸作，甚至被殺戮、被逼自殺者比比皆是。因此，當所謂「盛明」的光輝逐漸黯淡之際，前後七子及其他打了各種旗號的「復古」，大略而言，都是召喚古代的幽靈，以求用詩歌找回現實中久已失落的士之尊嚴和自我。

這個「自我」，在前後七子來說，是相對於臺閣體所表現的官場庸俗而言的儒家積極用世的雄渾陽剛之氣。李夢陽所謂「高古者格，宛亮者調」（《駁何氏論文書》），及其所謂「尺寸古法」，實質都是要詩人從臺閣體的官場庸俗中解放出來，追步古人而自成雄邁之氣、淵雅之音。薛蕙《戲成五絕句》論夢陽「粗豪」，景明「俊逸」，所指既是李、何詩風，也可以說是李、何的人格——不欲爲官俗所縛的個性自由的精神，即如王世貞《藝苑卮言》卷八說：「邇時李獻吉氣誼高世，亦不免狂簡之譏。他若解大紳、劉原博、桑民懌、唐伯虎、王稚欽、常明卿、孫太初、王敬夫、康德涵，皆紛紛負此聲者。」雖然李夢陽這種以「狂簡」爲特徵的自由精神，在他「尺寸古法」的偏頗中被太多地銷磨，而影響了詩歌的成就。

但是，兩李、何、王之不能不打了「復古」的旗號以行起衰救弊之實，乃是時代和個人處境使然。當明中葉，資本主義萌芽日漸發展、封建政治敗象叢生而架子尚未甚倒之際，在一個最爲崇尚傳統的國度裏，針對有皇帝爲靠山、朝中大僚爲主持的臺閣體，他們（至少李、何）身在郎署，勢不能不打出漢魏盛唐的旗號以行反叛。他們的反叛自然是積極的，而其對於「復古」沉沉湎卻成了作繭自縛。李夢陽愧悔「予之詩非眞也」，既表明了他對「眞詩」的嚮往，也流露了他望道未至的遺憾。至於後七子「續前七子之焰」「祖格本法」（《四庫全書總目提要》）的再倡復古，雖然不無一定歷史的合理性，就中王世貞之高華富贍尤可稱道，但整體上就不免狗尾續貂了。其後公安派「獨抒性靈，不拘格套」，竟陵派「別出手眼」，另立「深幽孤峭」，從詩之道看固有俗雅、廣狹之分，而從社會的層面看，卻都是明末統治無能爲力之際士人受了市民精神的影響得以回歸自我的表現。到了崇禎死國、清兵南下，漢族

士人一如勞苦大眾將不能保其國家民族之時，詩人的探索也就不能不從回歸自我又轉而「及於當世之務」了。

因此，明詩的發展是在這一代王朝盛衰的大勢中形成求「眞」以求人的個性解放的特定方向和曲折路徑。它的迂迴與躁進，曲折與反覆，無奈和彷徨，就都是這樣一個大勢的規定性的體現。因此，看兩李、王、何等復古派的詩作與詩論，不可只在其「尺寸古法」「如嬰兒之學語」處考較得失，而應看他反理學的本意和法古、學杜關切並反映現實的業績；看公安、竟陵等性靈派的詩，不當專論其形式之雅俗風調之莊諧或取徑之廣狹，而應看其沖決封建傳統、高標自我、崇尚個性自由的思想成就。而看全部明詩，在明初、明前期的大起大落之後，「復古」與「性靈」的後先代興，實際是詩歌在現實的運動中對人之自我的新的發現和回歸。這個過程後來因為明清易代的社會變革而遽然中斷，直到清康熙、乾隆間才又有王士禎、袁枚後先繼起，一脈復傳。

與「明人詩主眞」的總體風格相聯繫，明代詩歌內容上最突出的特色就是關切現實和張揚個性。這兩點特別是前者本是古代詩歌的優良傳統。「李杜文章在，光焰萬丈長」，根本也就在於李詩飄逸出群的個性自由的光輝和杜詩沉鬱頓挫的廣大愛心的灼照。宋代可以繼之者前有蘇軾，後有陸游，金元則元好問庶幾近之。明代詩人並無公認可以媲美李杜、蘇陸的大家，但是，現實的刺激和「法古」「學杜」積極的一面，使詩人程度不同然而普遍地具有和發揚了自覺關切現實的精神。

在這一方面，如果說明初的詩人主要是反映了元末戰亂給國家人民包括給個人帶來的巨大不幸，如錢宰《己亥歲避兵》、袁凱《老夫五首》、宋濂《鴛鴦離》、劉基《畦桑詞》、高啟《兵後出郭》》、劉崧《採野荣》等，幾無人無之，那麼，明前期及其後來詩人對現實的反映，則在「哀民生之多艱」的基礎上尖銳地指向了時政，如本書所選龔詡《甲戌鄉中民情長句寄彥文布政》《饑鼠行》，李東陽《馬船行》，楊循吉《酷吏行》，李夢陽《土兵行》，鄭善夫《聞道》，方逢時《燒荒行》，陸粲《邊軍謠》等。甚至以詩直刺皇帝的愚妄和荒淫，如王世貞《西城宮詞》，薛蕙《駕幸南海子》，等等。這類題材內容的詩，明人詩集中不勝枚舉。甚至空前地成為一種時尚，至於作詩不及於君王國家，就好像不夠格做一個詩人，以致袁宏道有「自從老杜得詩名，憂君愛國成兒戲」之譏；但是，袁氏自己也還作有《棹歌行》《逋賦謠》等為民歌哭。而且

值得注意的是，明人「復古」，作家多寫擬樂府古體，譏彈時政或爲民歌哭的內容，也就多由古詩、歌、謠等體裁來承擔了。由此也可以看出明人「復古」以求寫現實之眞的積極一面。

明詩對現實的反映在某些方面有新的發展和開拓。例如，唐代邊塞詩繁盛之後，宋人難乎爲繼，金、元的邊塞詩更遠離了戰爭，耽於賞玩光景而陷入低落。這個狀況到明代有了根本性的改變。明初還未能完全解除北方元蒙勢力捲土重來的威脅，嘉靖以後又有東南沿海倭寇的侵擾，明末東北後金的崛起更成大患，近三百年中邊疆戰事連綿。而明代由於文化的進一步普及，武人多能詩，戍邊將領和因公差或遭貶謫出塞的文士都寫下大量的邊塞詩。黃剛《邊塞詩論稿》在敘論明詩各時期邊塞詩的優秀之作後認爲：明代的邊塞詩雖不如唐，但較之「宋金元諸時期的邊塞詩……已開始走出相對冷落和蕭條的谷底，已初現復興的若干徵兆」〔註6〕。其中表現邊將、邊民艱苦卓絕的昂揚鬥志和愛國情懷之作尤爲動人，如于謙、郭登、王越、李夢陽、李攀龍、尹耕、謝榛、徐渭、戚繼光、俞大猷、屠隆等等，都寫有不少這類題材的好詩。李夢陽詩「向來戎馬志，辛苦爲中華」的佳句，顯示了明代邊塞詩達到的非凡境界。

又如上所述及明朝士大夫多遭貶謫、刑辱乃至死於非命，他們在可能的條件下往往留下血淚之作，眞實記載了自己或友人所遭受的不幸，深切反映了一代暴政血腥恐怖的氣氛，《四庫全書》收有正統間右都督沐昂編《滄海遺珠》，選二十一人所作詩三百餘篇。這些詩人「皆明初流寓遷謫於雲南者」，作品雖經選擇而未能掩其本身即爲悲慘命運的結晶；瞿祐《歸田詩話》也錄有不少明初謫戍保安者的詩作。至如本書所選劉基《有感》、錢曄《贈澄江周鳳岐》、程本立《送許時用還剡》、劉績《送王內敬重戍遼海》、王懌《隔谷歌》、顧大章《被逮道經故人里門》等等，長歌當哭，都足使讀者震驚。

再如，明代政治諷刺詩的數量也較前代爲多，本書所選如劉基《題畫貓》、龔詡《餓鼠行》、鄭文康《刺鼠》、張弼《假髻曲》、陳第《官路傍》等，刺姦、刺貪、刺虐，各能入骨三分，而且笑罵之怒，甚於裂眥。即使懷古之作也不徒爲感懷往事，而往往以古諷今，譏刺時政。如趙翼《廿二史札記》卷三十二《明祖行事多仿漢高》，曾指出「胡、藍之獄，誅戮功臣，亦仿菹醢韓、彭之例」的事實，應是因此，明人詠韓信表同情和譏彈漢高之詩較歷代爲多。

〔註 6〕黃剛《邊塞詩論稿》，黃山書社 1996 年版，第 236 頁。

　　總之，明詩的題材內容有了進一步的開拓。除上述以外，其他如商賈店家、野老漁姑、市井風俗、羈旅行役、親情友誼、生離死別、山水風光、談詩論藝……，明人於大千世界萬事萬物幾無不可入詩。這雖然是宋、元以來詩歌的傳統，但是，即便那些宋、元人從詩歌撤退到詞曲中的愛戀私情也悄然回歸。如孫蕡《閨怨》達一百二十四首，瞿祐、張綖、王彥泓等都以寫情詩著名。即宋濂後爲「開國文臣之首」，早年也還作有《寄遠曲》《涼夜曲》那等豔詩。這些都可以說是明詩反映現實無愧前人和時代的獨特的成就。

　　相比之下，明詩張揚個性的成就更爲突出。有明一代傑出的詩人往往都是一些畸行或異端的「狂士」。如王冕「著高簷帽，被綠蓑衣，履長齒木屐，擊木劍；或騎黃牛，持《漢書》以讀，人咸以爲狂生」（錢謙益《列朝詩集小傳》）。「劉誠意伯溫與夏煜、孫炎輩，皆以豪詩酒得名」（王世貞《藝苑卮言》卷六）。高啓《青丘子歌》自謂「旁人不識笑且輕，謂是魯迂儒、楚狂生」，「叩壺自高歌，不顧俗耳驚」。《明史‧文苑傳二》曰：「吳中自枝山輩以放誕不羈爲世所指目，而文才輕豔，傾動流輩，傳說者增益而附麗之，往往出名教外。」其他如上引《藝苑卮言》所舉李夢陽等，「皆紛紛負此（狂簡）聲者」。另如楊循吉之「顚」，李贄之「狂」，湯顯祖之「兀傲」，李攀龍之「簡傲」，以及祝允明、唐寅、徐渭、屠隆、袁宏道、王稚登等等，爲人皆曾爲時俗所忌，還有沈周一類「棲心丘壑，名利兩忘」（《四庫全書總目提要》）的高人隱士出沒於市井山林。明代的詩壇眞可以說人有其面目，人有其性情，從而影響到詩歌創作中能獨抒性靈，張揚自我。

　　明詩的獨抒性靈、張揚自我，突出表現爲內容上自覺的生命意識和實現自身價值的強烈願望，如劉基《薤露歌》《感懷》，高啓《悲歌》，郭奎《富池江口夜泊》，汪廣洋《長歌行》，郭登《送岳季方還京》，俞大猷《秋日山行》，何御《獨坐念海寇未除》等；還表現在對世間特別是官場庸俗的抨擊，如童軒《門有車馬客行》，程敏政《家畜一犬甚馴……》，祝允明《戲詠金銀》，湯顯祖《題東光驛壁，是劉御史絕命處》等。更能驚世駭俗、發聾振聵的是那些睥睨世俗、蕩決禮法，或直標高格、純任性情的詩作，如本書所選王冕《墨梅》、張簡《醉樵歌》、高啓《青丘子歌》、丘濬《題虞美人墓》、王世貞《酒品》、文徵明《元日書事效劉後村》、唐寅《把酒對月歌》、李攀龍《歲杪放歌》、李贄《石潭即事四絕》、屠隆《吁嗟行爲馮開之賦》、湯顯祖《聽說迎春歌》、袁宏道《門有車馬客行》，等等。其所流露的對人的生命意義的思考，對個人

物質利益和精神自由獨立的追求與渴慕，是前人詩歌中少見的。

　　過去人們常常把張揚個性精神的產生僅僅歸於明中葉以後。其實元末明初楊維楨、王冕等已經有了新異的表現，只是到了明中葉以後，這種「狂士」風度已主要不再是傳統上古代名士的清高脫俗，而是相反地在賣文、賣畫、賣字的生涯中逐漸放下士大夫文人的架子，走進市井和下層普通人生活，更多地帶有了近代資本主義萌芽的色彩。這在瞿祐《烏鎮酒舍歌》，唐寅《把酒對月歌》《妒花歌》《閶門即事》等篇中有生動的表現。

　　「明人詩主眞」加速了中國詩歌近代化的進程。前人曾謂一代有一代之文學，其實一代也有一代之詩。李東陽《麓堂詩話》說：「漢魏六朝唐宋元詩，各自為體，譬之方言，秦晉吳越閩楚之類，分疆畫地，音殊調別，彼此不相入。此可見天地間氣機所動，發為音聲，隨時與地，無俟區別，而不相侵奪。」這無疑是有歷史眼光的見解，從而明詩也自為一格，因其時而作為詩史的環節與歷代詩歌有同等重要的地位。

　　作為詩史上自成一格的明詩，雖倡「復古」，卻不能不是走在現世詩歌發展的道路上。其不能不今而古，猶古之不能不古而今。並且明初高、劉，前期李東陽，中葉兩李、何、王之取法漢魏盛唐，眞正看重的是那時詩歌更接近「眞聲」和「自然」，這也就是他們為什麼往往多做古體和異口同聲推重民歌的原因。所以，「復古」派之極端確有如李夢陽所主張「尺寸古法」的偏頗，但其基本價值取向卻是愈拙愈巧，愈陳愈新，愈遠愈近〔註7〕。一旦「捨筏則達岸」〔註8〕，就直通於三袁的「獨抒性靈，不拘格套」，從而帶來詩歌思想內容和藝術形式的解放——「信口而出，信口而談」，「言人之所欲言，言人之所不能言，言人之所不敢言」。

　　所以，三袁之前，明詩大部是倒行前進的歷史；三袁公安派的崛起，才眞正打破了以「復古」為革新的怪圈而直面現實——湧動著各種「出名教外」的人生觀念和作為的市民社會。袁宏道、卓人月等論明詩無可傳，「其萬一傳者」「我明一絕」，為《打棗竿》之類民歌，誠有妄自菲薄之嫌，卻是明人對

〔註7〕王世貞《藝苑卮言》卷四：「詩格變自蘇黃，固也。黃意不滿蘇，直欲凌其上，然故不如蘇也。何者？愈巧愈拙，愈新愈陳，愈近愈遠。」
〔註8〕何景明《何大復先生全集》卷三十二《與李空同論詩書》：「佛有筏喻，言捨筏則達岸矣，達岸則捨筏矣。」「筏喻」出《阿梨吒經》，用指佛之正法，言學佛到達涅槃彼岸後，即正法亦應捨棄。這裡用說學古有得之後，應捨棄古人陳法。清王士禛《帶經堂詩話》卷三：「捨筏登岸，禪家以為悟境，詩家以為化境。詩禪一致，等無差別。大復《與空同書》引此，正自言其所得也。」

古代詩歌範式最後反叛的宣言。這個大膽的宣言,特別其中「信心而出,信口而談」(袁宏道《與張幼于》)一類衝破格律詩傳統的變革要求,可能就遙啓了三百多年後「五四」新文化運動中的詩體解放。總之,明詩以臺閣體始,以「眞詩乃在民間」終;以「復古」始,以「不拘格套」終。這是一個中國古代詩歌不斷近代化和取得階段性解放成果的過程。其間未免反覆和曲折,卻從未停止過前進的步伐。

「明人詩主眞」也給詩的藝術形式帶來深刻變化。首先,爲了加強反映現實和張揚個性,明人運用古體篇幅一般不受限制的長處,創作了大量敘事或兼抒情的長詩、組詩,如劉基《二鬼》達一千二百多字,組詩《感時述事十首》每首達一百四十字;《感懷》達三十一首,《雜詩》達四十一首,鄭琰《半生行》達二千餘字,何白《哀江頭》達一千一百七十餘字,本書所選龔詡《甲戌鄉中民情長句寄彥文布政》也多達五百餘字。篇幅大加強了詩歌反映現實的力度,也顯示了明人爲詩的氣魄。其次,以詞曲乃至小說爲詩,如毛先舒《詩辨坻》評徐禎卿「《詠柳花》詩云『轉眼東風有遺恨,井泥流水是前程』,便是詞家情語之最」。《四庫全書總目提要》評張綖《南湖詩集》曰:「是集……每卷皆附詞數闋,考綖嘗作《填詞圖譜》,蓋刻意於倚聲者,宜其詩皆如詞矣。」文徵明《沈先生(周)行狀》曰:「先生……自群經而下,若諸史、子、集,若釋老,若稗官小說,莫不貫總淹浹,其所得悉以資於詩。」(《文徵明集》卷二五)都道出明詩這一方面的特點。而尤以用小說筆法爲詩最爲顯著,如劉基《二鬼》,本書所選李開先《寓言》、唐寅《妒花歌》及張綖《香奩詩》「欲說竟成閒撚袖,偷看多是半銜樽」之句等,都足爲證。第三,風格清新亮麗。明中葉以前詩主復古,但優秀之作每能於古雅中透以清新,如高啓《泉南兩義士歌》寫孫天富、陳寶生兩人情同兄弟,合夥出海貿易,發財致富,義動中外;唐寅《閶門即事》寫蘇州的市面繁華,都以寫新事而具新風。中葉以後詩歌更能筆致騰挪,靈活剔透,這尤其是三袁兄弟的長處。

對明詩整體的評價,前人褒貶者甚多。貶抑者首先是明人自己如上述「無可傳」之論,而清代及近今研究者率多相沿論明詩之成就不如唐宋,不如清代,或略勝於金元。殊不知明人尚有另外的評價,胡應麟《詩藪續編》卷一有云:

> 自三百篇以迄於今,詩歌之道,無慮三變:一盛於漢,再盛於
> 唐,又再盛於明。典午創變,至於梁、陳極矣,唐人出而聲律大宏。
> 大曆積衰,至於元、宋極矣,明風啓而制作大備。

這段話在「漢聲」（姑以言漢代詩歌）和今人所盛稱的「唐音」「宋調」之外並舉標出「明風」，或許不會爲當今多數學者所接受。但是，如果不是硬要爲歷代詩歌排定優劣的座次，則「明風」之說對於認識一代乃至比較歷代詩歌的特點，還是有啓發意義的。而袁宏道《敘小修詩》不云乎：「唯夫代有升降，而法不相沿，各極其變，各窮其趣，所以可貴，原不可以優劣論也。」

本書爲明詩的選本。選編的目的是要把明人的好詩推薦給當代的讀者，並以略窺明詩盛衰嬗變之跡。但在明朝興滅的兩端，哪些是明朝人也還不很容易確定。躊躇之後乃大致以《明史》所收載爲創立明朝出過力或入明後爲新朝做過事的詩人打頭，以明亡後矢志反清復明爲明朝死節的詩人收梢，從而大畫家名士王冕成了本書第一位作家，享年僅十七的少年天才詩人夏完淳成了入選本書詩人的殿軍。入明不仕之楊維楨與明亡後壽終於清朝的明遺民顧炎武輩則未被列入。所選詩人則以生年先後，生年不詳者以科第或卒年先後，均不詳者以《列朝詩集》《明詩綜》《明詩別裁集》和《明詩紀事》中序次斟酌排列，得詩家二百人，詩六百六十九首。

至於詩作的選擇，李東陽《麓堂詩話》說：「選詩誠難，必識足以兼諸家者，乃能選諸家；識足以兼一代者，乃能選一代。一代不數人，一人不數篇，而欲以一人選之，不亦難乎？」今《全明詩》尚在編纂中，無從遍覽諸家之集，筆者識見更無從兼有明一代，況且那到底也只是見仁見智事。今以三二年之力斷續爲之，乃就《四庫全書》所收明人別集及上述諸明詩總集，並參考清人及時賢諸家選本，擇其能體現詩家面貌或膾炙人口易讀可誦者，選爲此書，並對詩人略加介紹，對詩作稍有點評和較爲詳細的注釋。其中未必沒有個人一得之見，但因爲明詩的研究相對薄弱，現有可供參考的選注本和經過整理的相關背景資料不多，加以本人才疏學淺，對作家作品缺乏全面的瞭解，本書難免有不妥不當之處，盼專家讀者指正。

本書很榮幸地參考了前人及時賢明詩研究的成果而限於體例未及一一注出，工作中又得人民文學出版社副總編輯管士光先生，古典文學編輯部副主任周絢隆先生提出過寶貴意見，資深編審杜維沫先生審閱本稿，多所賜正，值此書出版之際，謹對以上各方專家學者致以衷心的感謝。

1999 年 10 月 28 日初稿

2001 年 2 月 11 日改定

（原載杜貴晨《明詩選》，人民文學出版社 2003 年版）

論清代臺閣詩人——陳廷敬
——兼及古人做官與做詩的關係

引　言

　　陳廷敬，陽城（今屬山西晉城）人。生於明崇禎十一年（1638），卒於清康熙五十一年（1712）〔註1〕。順治十五年（1658）進士，歷官文淵閣大學士兼吏部尚書，為清康熙朝名臣，卒諡文貞。廷敬居官多預朝廷文事，曾奉旨主持編纂《康熙字典》《佩文韻府》《明史》《大清一統志》等大型重要典籍。個人著作豐富，有《午亭文編》（以下簡稱《文編》）、《午亭山人第二集》（以下簡稱《第二集》）等。官聲詩名，並高當代，史稱「燕許大手筆」〔註2〕。

　　對此，陳氏晚年亦頗自喜，有句云：「詩未因官減，名須與世傳。……後五百年外，當為知音憐。」（《第二集》卷一《閱舊詩有感二首》其一）但是，至今過去已近三百年，其人其詩，卻幾至於湮沒無聞。不僅各種文學史從無論及，歷來清詩選本錄其詩，也從多到少，以至於無，標誌陳詩逐漸退出了讀者的視野。這就不能不使人懷疑如此下去，「後五百年外」，誰復為陳氏的「知音」！

　　然而，陳氏當年似已知機。如儲光羲《寒夜江口泊舟》詩有句云：「欲有知音者，異鄉誰可求？」他雖官高一代，門生故吏遍天下，卻以詩名之傳，僅望之於故鄉陽城。故《題新詩卷》又云：

〔註1〕劉伯倫《陳廷敬》，國際炎黃文化出版社2001年版，第19～24頁。
〔註2〕李元度《國朝先正事略·陳文貞事略》，《四部備要》本。

　　　　小劫黃塵在眼前，青山流水故依然。漫雲入世寧由我，自要生
　　身敢怨天。譜就新詩排過日，拋卻舊事判今年。花明柳暗歸來後，
　　付與樵歌牧笛傳。（《第二集》卷一）

這是他垂老歸田園居所作。詩寫以往仕隱出處的矛盾，流露如今終能全身而
退徜徉詩國的喜悅。尾聯怡然自得，深信家鄉後人，「樵歌牧笛」，能傳其「新
詩」。這儘管只是詩人佇興之言，不足為考據，但是，今有山西大學文學院等
單位主辦、皇城相府集團承辦的「名相陳廷敬詩學研討會」在陳氏家鄉召開，
學者、詩人雲集，共論陳氏其人其詩，此誠近世清詩研究之首創，地域文化
探索之開拓，無疑應該看作是皇城人民對這位鄉前賢傳詩之心的告慰；在印
證陳氏為有先見之明的同時，還預示了其作為詩人的影響，或將有「欲騎鯨」
和「登仙分」（《第二集》卷三《歲暮題新詩卷與豫朋》）之未來。而三晉文化
進而中國古代詩歌與詩學的研究，也將因此醞釀生發出新的課題和內容！午
亭山人泉下有知，其欣喜當為何如！

　　我國上古以「太上有立德，其次有立功，其次有立言。雖久不廢，此之
謂不朽」（《左傳·僖二四年》）。唯是「立德」非「太上」聖人不能為，所以
後世士人追求，雖竭力進取，也不過於此「三不朽」中僅取乎中，至多兼取
乎中、下，又或者功名蹉跎，不得已而僅取乎下，做個「白首窮經」的學者
或「窮而後工」的詩人。陳廷敬生當清康熙朝盛世，家運亨通，高才捷足，
科舉仕途都比較順利。官事之餘，沉潛學問，雅好詩文。故一生事功、學問
與詩，都頗有建樹。以至康熙帝於濟濟多士之中，獨許陳氏曰：「卿是老大人，
是極齊全底人。」（《第二集》卷一《苑中謝恩蒙諭卿是老大人是極齊全底人
臣感激恭紀二首》）史家也以其為「人望攸歸，燕許大手筆，海內無異詞焉」
[註3]。但康熙對陳氏之獎諭，應是說他官、學、詩等，終生無玷，都是好的，
而首先是做官好；史家則是以其為宰輔而又能詩，堪稱「大手筆」。這就是說，
在康熙時人和後來的清朝人心目中，陳廷敬主要是一位「閣老」（按陽城人習
稱陳為「陳閣老」），其次是一位學者，最後才是一位詩人。所謂「燕許大手
筆」者，即是與唐代先後為宰相位至國公的張說、蘇頲相併論，以其為不同
於普通在朝或在野的詩人，乃清代「臺閣」詩人的領袖和代表。

　　這應該說是歷史給陳廷敬作為詩人的定位，也是陳廷敬一生居官要則和
為詩自覺的追求，是我們認識和研究詩人陳廷敬的基本出發點。由此拓展深

入，才能真正發現陳氏以高官而爲詩人的價值，與其詩歌的特點和意義，還他以中國古代詩歌——文學史上應有的地位。

一、「臺閣」詩人與「臺閣體」

鑑於近百年來我國古典詩歌研究相率鄙薄「臺閣體」以爲不足論的實際，對陳廷敬作爲臺閣詩人研究的一大前提，應該是從總體上對「臺閣」詩人與「臺閣體」，有一個比較客觀的認識和正確的評價，因略爲之申說如次。

「臺閣」詩人特指歷代宰輔大臣而爲詩者。「臺閣」之稱，今見始於《後漢書‧仲長統傳》：「光武皇帝……政不任下，雖置三公，事歸臺閣。」李賢注：「臺閣，謂尚書也。」可知與後世不同，東漢「三公」形同虛設，尚書即「臺閣」直接受命管「事」，事實上已如後來唐、宋時的宰相。而唐、宋時的宰相往往領大學士銜，從而大學士往往爲「臺閣」中人。至明太祖廢丞相，以大學士備顧問，大學士雖非宰相之名，卻成了皇帝實際上的輔政官。加以徇唐宋以降大學士多以殿、閣名入銜的舊制，所以明初以大學士「三楊」（華蓋殿大學士的楊士奇、文淵閣大學士的楊榮和武英殿大學士的楊溥）爲代表的詩派，就被稱爲「臺閣體」。清代大學士的職權雖然爲軍機大臣所取代，但是，軍機大臣及某些內外重臣仍授大學士銜，以爲榮典。所以唐宋以降，能當得起「臺閣」人物的，多半只是領大學士銜的少數宰輔之臣，只有這些人才有資格和有可能成爲臺閣詩人。從而所謂「臺閣體」，幾乎就是宰輔詩的別名。但是，封建專制政治從來險惡，宰輔居一人之下，萬人之上，「伴君如伴虎」，又不免日理萬機，簿書鞅掌，難得有做詩的心境與閑暇。所以，歷代臺閣詩人，本就了了無幾；有之，一般就是所謂「盛世」的「太平宰相」，也難得有幾個會做出什麼好詩。因此，「臺閣體」與「臺閣詩人」爲研究者所輕，實在也是詩史上正常的現象。

但是，如果不囿於成見，「臺閣體」以「臺閣」名詩體，畢竟只是一個中性的概念，並非什麼惡諡。又從其作者來看，如上所述及，「臺閣」只是詩人身份地位的標識，爲詩壇上人以群分之一類詩人的稱號，與行伍、山林、江湖、僧侶、閨秀等一樣，只是做一個詩人處世不能不有的個人身份、職業、處境之一種罷了。如同任何一種職業，這種職業也有它的特殊性，並自然會影響到其詩的題材內容與風格。正是因此，詩史上才如有「邊塞詩」「江湖派」一樣地有了「臺閣體」，而不會因此他們的詩就一定做得好或者不好。換言之，

「臺閣體」並無古代詩歌作爲文學的原罪，有關的評價理應就具體情況作具體分析，做出合乎具體情況的結論。

這一方面是從理論上說的，如范仲淹官至參知政事（相當於宰相），其《岳陽樓記》云：「居廟堂之高，則憂其民；處江湖之遠，則憂其君。」可知至少「臺閣體」中「憂其民」之詩的內容值得肯定。另一方面從詩歌創作的實際來看，唐詩史上所謂「燕許大手筆」，以及宋代「臺閣」中作者晏殊、范仲淹、歐陽修等人的詩歌成就早有定評，是不必說了；即如明初「三楊」的詩歌總體雖造詣不高，卻也並非一無可取。《四庫全書總目提要》稱楊士奇詩文：「亦皆雍容和平，肖其爲人，雖無深湛幽渺之思，縱橫馳驟之才，足以振耀一世，而逶迤有度，醇實無疵，臺閣之文所由與山林枯槁者異也。」〔註4〕又「前七子」領袖、攻擊「臺閣體」最力的李夢陽詩云：「宣德文體多渾淪，偉哉東里廊廟珍。」可見「七子」對楊士奇詩「亦不盡沒其所長」〔註5〕，其實都是較爲客觀平實的意見。近世論者對「臺閣體」多全盤否定，實有偏激，乃缺乏同情與瞭解之故。正確的態度與做法顯然是要本著對歷史和讀者負責的態度，對「臺閣體」與其他詩人之作或流派一視同仁，做具體分析，好處說好，壞處說壞，做出實事求是恰如其分的說明與評價。倘能如此，則歷史把陳廷敬定位爲一位「臺閣」詩人，就不是他作爲文學家的幸或者不幸，而只是他作爲「閣老」又勤於爲詩的實至名歸。正是歷官「閣老」的人生際遇，規定他的詩趨向「燕許大手筆」一路，在唐代張（說）、蘇（頲），宋代晏（殊）、范（仲淹）、歐陽（修），明代「三楊」之後，作爲有清一代臺閣詩人的傑出代表，成爲中國臺閣體詩人的殿軍。

作爲詩人的陳廷敬，與近世之幾不爲人所知成鮮明對照的是，他在清前期作爲臺閣詩人的領袖與代表，與當時執詩壇之牛耳的山左詩人王士禛「分途並駕，……各自成家」（《午亭文編》），詩名高當代，是他人生事業達至「極齊全底」一個很大的成功。這從一方面看，陳廷敬當時欲在「一代詩宗」王士禛的「神韻派」之外，別張一軍，談何容易！從另一方面看，「詩窮而後工」，做官與做詩近乎「魚與熊掌不可兼得」的巨大矛盾，使其很難調停兩全其美。在這種情況下，陳廷敬能夠官聲、詩名並高一代，實屬難爲；其人生事業特別是做官兼爲詩人的經驗，值得探討。

〔註4〕〔清〕永瑢等《四庫全書總目·楊文敏集》，中華書局1965年版，第1484頁。
〔註5〕〔清〕永瑢等《四庫全書總目·東里全集》，中華書局1965年版，第1484頁。

二、做詩爲做官

陳廷敬雖秉詩人才情,一生吟詠不輟,甚至晚年還「頗覺風流似牧之」(《第二集》卷一《楮窗讀韓文》),但是,如同古代多數士人,他於人生更重事功。這不僅表現於其九歲作《牡丹詩》,即以「要使物皆春」爲旨,人許以「將來必爲名宰輔也」,而且爲君輔弼,參贊大化,是他人生旅途中自覺的追求,於詩中多有表白。如《題東坡先生集》云:

> 斯文配天命,大化需人爲。何不陟輔相?致民如堯時?一聞韶
> 濩音,季葉還春熙。(《文編》卷五)

又《夏日遣興四首》之二有云:

> 寡欲性有託,息慮身無營。大雅久寂寞,苦吟誰見榮?勳名苟
> 不立,章句老此生。(《文編》卷五)

可知比較託諸空言的「斯文」「苦吟」,陳氏更重的是「人爲」即《論語》中的「爲政」,做「陟輔相」、立「勳名」的功業。而且在他看來,「苦吟」不僅不如做官之重要,甚至還在「斯文」「章句」即經學之後,所謂「文章小技耳」(《文編》卷六《五月十二日重遊崇效寺尋雪公看花之約……予亦作七首》之四)。這決定了他人生的選擇:做官第一,學問第二,詩第三;詩爲做官之餘事。

雖然如此,陳氏一生並未少做詩。這主要是因爲他雖以詩爲官之餘事,但同時也似乎看到了做詩有可以納入爲做官事業的一面,爲做官之消遣、妝點甚至鼓吹之具。特別是他成爲「輔相」以後,更是努力「和聲以鳴盛」(《午亭文編》),自覺地去做一位爲康熙朝鼓吹休明的御用詩人。如他有詩云:「文章圖報國,只此是真詮。」(《第二集》卷三《病中作三首》其三),又云:「四海絃歌同此日,故應吟詠作詩人。」(《文編》卷二十《走筆題四首》之四),又云:「壯夫豈得輕鉛槧,要使絃歌冠國風。」(《第二集》卷一《西崖出關圖四首》之二)等等,都明確以詩爲治政呐喊,爲當朝「鳴盛」。總之,「文章圖報國」,是陳氏爲詩自覺的原則與追求,是他詩歌創作的主旨。

這在很大程度上決定了陳詩的題材內容:一是集中殊多頌「聖」、鳴「盛」的「紀恩」「恭和」之作。如《文編》卷一《朝會燕饗樂章十四篇並序》,卷十《賜石榴子恭紀》《經筵紀事八首》,卷十二《召見懋勤殿應制有序》《入直南書房紀事》《賜御書恭紀二首》《恭和聖製喜雨詩》《內殿進詩一首》等等,其連篇累牘,感恩戴德,誠惶誠恐,同時詩人,殆無以過之。即使不專爲頌

聖的，也往往要說到皇恩浩蕩上去，如卷二《喜雨》、卷三《贈賈中丞》等。《文編》中這類專爲頌聖或者有頌聖內容的詩篇大約占三分之一，數量之多，清人集中似不多見；二是詩寫「相臣心事」〔註6〕，包括一是對於朝政大事，地方要務的關注，如《岳湖十有二章》（《文編》卷一）、《問蝗行》（《文編》卷五）、《南旺分水行》（《文編》卷五）等等，無不有爲而發，大都切中事情，所謂詩中有事；二是抒發對古代賢相名臣的傾慕之情，如《穀城山在東阿東北五里》云：「子房年少時，擊秦博浪中。」（《午亭文編》卷七）《滄浪亭次歐公韻》云：「歐子吟詩跡不到，我今遊目亭依然。」（同前）《平山堂》云：「歐（陽修）公千載後，何人共躋攀？」（同前）《雜興九首》之四云：「范（仲淹）老能爲履霜曲，我今彈得歸去辭。」（《第二集》卷一）等等。或贊功業，或賞遊跡，或援以自況，大都詩中有我，企慕之情，溢於言表。

　　陳詩中的這類作品少不了有許多對皇帝的諛詞，使如今讀者生厭。我亦厭見此等篇句。但是，我輩生當今世，尚論古人，當知彼時做官不啻是向皇上賣身爲奴，從而「做官說官話」，說話爲文都有些虛假敷衍的成分，原是難免的；另一方面既然「饑者歌其食，勞者歌其事」爲不得不然，那麼詩人在官言官，寫他居官之事與情，也理當如此，而且唯其如此，才有了他自己的特點。這裡的關鍵是他能否盡可能做到眞誠和得體。對此，沈德潛評陳詩《渡江見焦山作懷林吉人》一首曰：「結另用意，而以不能薦賢爲恥，相思不斷，如水東流，猶見相臣心事。」〔註7〕又評《贈孝感相公》一首曰：「兵戎未停，瘡痍滿野，而以爲民請命，望之相臣，得古人贈言之體。」〔註8〕如此等等，可知在沈德潛看來，陳是一個能以「相臣心事」寫詩的詩人。這樣的詩人自然就是臺閣詩人，其詩也就是臺閣體了。至於是不是佳作，則《論語》云：「曾子曰：『君子思不出其位。』」又云：「子曰：『有德者必有言，……』」（《憲問》）則綜合起來移之於陳氏的情況就是說，一個人在其位，謀其政，做其詩，乃「君子」之行。因此，陳廷敬作爲「相臣」，除非只做官，不做詩，——那是完全可以的——，或不是個詩人的材料做不好詩，而只要能做詩、想做詩又要做得好，就只有努力以「相臣心事」，寫他這一種人最適合於做的「臺閣體」詩。一般說來，捨此大概就沒有別的更好的創作路子了。

〔註6〕沈德潛編《清詩別裁集》，上海古籍出版社1984年版，第187頁。
〔註7〕《清詩別裁集》，第187頁。
〔註8〕《清詩別裁集》，第185頁。

　　康熙皇帝當年看重陳廷敬是「極齊全底人」，大概也就是以他包括做詩在內，爲人處事，處處都能夠「得體」。例如，康熙一朝，曾官至刑部尚書的新城（今山東桓臺）王士禎詩名最著。康熙皇帝也很喜歡王士禎的詩，曾和詩激賞。但在評陟翰林諸臣《賜石榴子》一詩時，他不僅於諸作中最賞陳氏「風霜歷後含苞實，只有丹心老不迷」之句，「誦之至再」，而且評陳詩謂之「姚房比雅韻，李杜並詩豪」，把王士禎也置於其下了。這次御前詩歌「評獎」的結果應可表明，康熙非不知詩，而是他作爲一國之君，知詩更知詩之資政的用途，從而論詩不能不「政治標準第一」。而陳、王因職位、性情等有異，詩有「幫忙」「幫閒」的不同。陳詩引喻榴花，剖肝瀝膽，矢志「幫忙」，當然更切用於「鳴盛」和「潤色鴻業」，從而更爲康熙帝賞重，而陳作爲詩人亦能有當世之榮，卻也因康熙「盛世」及封建王朝的早已遠去而爲近世讀者所輕，至今落寞。然而，筆者以爲就陳氏作爲康熙朝的臺閣詩人，落到這樣地步有所值得同情。這是因爲，只要我們承認康熙之治在中國歷史上的貢獻與地位，肯定陳氏當時盡忠報國有其歷史的合理性，那麼他的詩寫「相臣心思」就有可值得同情與肯定。而且即使單從詩以道性情的角度看，陳氏這類詩中的情感也不盡是虛泛的。如以其數十年爲康熙帝所寵重，《苑中謝恩蒙諭卿是老大人是極齊全底人臣感激恭紀二首》詩中所抒發的感戴之情，似不可以認爲不是出於一個「老臣心」（杜甫《蜀相》）的眞誠。雖然無論當時還是後世，陳氏對康熙皇帝的這種「知遇」之感很少有人能與之共鳴，但詩以緣情的價值不正是在其獨特嗎？

　　當然，陳氏這類詩作中的「臣妾」意識分明是可厭而似不值得同情的。但讀史可知，中國歷史到了清朝，歷代封建專制的摧殘折磨，使爲達官而還保有大丈夫浩然之氣，已根本不可能！君不見《孟子》中就已經說：「由君子觀之，則人之所以求富貴利達者，其妻妾不羞也而不相泣者，幾希矣！」（《離婁下》）從而陳詩的這一格調恰是它在當時「得體」的一個特點，甚至是首要的一個特點。今天看來在臺閣體中既是不足掩玉之瑕，又可以作爲考驗中國古代官員心態絕佳的標本。至於詩中多涉朝政密勿之事，可資考證，又非他詩可比，更具特別的價值。所以，退一萬步說，正如古羅馬博物家普里尼奧所言：「一本書不論多糟，總有些好處。」〔註9〕而陳詩是絕未至於「多糟」，而只是未免有「糟」的成分的一筆古代詩歌遺產，乃「臺閣體」中優秀之作，就更不應該被忽略或輕視的了。

〔註9〕　〔西班牙〕佚名《小癩子》，楊絳譯，上海譯文出版社1978年版，第2頁。

三、官、詩兩相妨

據學者搜集考證，陳廷敬近五十年官餘爲詩，今存詩作尚有兩千餘首，數量上超過了「詩是吾家事」的杜甫，在清詩人中也不算很少了。所以，從數量上看，陳氏對自己的做官與做詩，確實可以找到心理上的平衡。但是，陳廷敬自以爲「詩未因官減」，只是他臺閣詩人的知足常樂，卻不可能是一個完全的事實。這就是說，陳廷敬如果不是做官和做那樣的高官，他的詩還可以做得更多和總體上更好一些。但即使是一個人的歷史，也不能假設。所以，我們還只能是就他爲官而兼爲詩人，論其詩歌創作道路的特點。

應當說陳氏雖然長期自覺以做詩從屬、服務於做官的事業，也因此寫出了一位臺閣詩人很有特色的詩篇，但與古代官員思想上幾無不具有之仕與隱的矛盾、儒道互補而又相妨的狀態相適應，他極力調和的做官與做詩，畢竟還是統一是暫時的，而如左手畫方、右手畫圓，官、詩兩相妨的矛盾是經常的。

這一方面是由於做官尤其是閣臣「伴君如伴虎」，奉上馭下，講的是審時度勢，情理是非，利害得失，必務實而又圓活；另一方面「詩緣情而綺靡」（陸機《文賦》），要求的是神思妙悟，性靈搖蕩，與官事、官態、官話等，往往不能相容，所謂「言語無味，面目可憎」，根本不可入詩。所以，梁簡文帝《誡當陽公大心書》早就指出：「立身之道與文章異，立身先須謹重，文章且須放蕩。」〔註10〕而晚明徐𤊹更具體指出：「爲官者皆諱言詩，蓋言詩往往不利於官也。不惟今時爲然，即唐以詩取士，詩高者官多不達。錢起有云：『做官是何物，許可廢言詩。』其意遠矣。」〔註11〕又白居易《張十八》詩云：「獨有詠詩張太祝，十年不改舊官銜。」可見一斑。

陳廷敬生當封建末世的清朝，除了深知歷史的經驗不能不如此，更心感身受，無時不處於這種做官與做詩的矛盾之中，並且隨著官越做越大而日益突出。對此，他往往是極力壓抑損減內心詩文創作的衝動，如《施愚山見寄長歌和答》論詩人宋琬等曰：

> 二子歌辭自絕塵，聲華爛漫今何益？……儒術用世行已矣，浮
> 名寂寞何爲哉？不如放意遊八極，掃除文字棲淵默。（《文編》卷四）

又《原人》有云：

〔註10〕郁沅、張明高編選《魏晉南北朝文論選》，人民文學出版社1996年版，第354頁。
〔註11〕吳文治主編《明詩話全編》（第七冊），江蘇古籍出版社1997年版，第7145頁。

攻取非一途，文詞喪吾志。自此可棄捐，哂彼聲與利。緬昔聖
人訓，卓哉不可易。博文共約禮，二者無軒輊。」(《第二集》卷一)
《秋懷詩次昌黎韻十一首》之三：

好樂文字飲，顧影亦自勸：枝辭梗聖途，背馳不啻萬。少耽顏
褚書，近復慕羲獻。藐焉天人間，但省戒尤怨。(《第二集》卷三)
這裡「文字」「文詞」「枝辭」等都指文學，主要是詩。就是說，為了做好官
事，走好「聖途」，他曾不斷地戒詩和勸別人戒詩。由此可知，儘管他後來自
以為「詩未因官減」，但是可以想像，這種不時襲來的想法，肯定限制了他詩
歌才能的發揮，影響了他在詩歌上的成就。

這一矛盾延伸到在學問、文章即文詞之間，他也常常要做出選擇，除上
引《夏日遣興四首》之二菲薄「苦吟」留意「章句」者之外，又《聞道》有
云：

晚歲得聞道，懶不復吟詩。今茲理藥餌，因病多閒時。呻吟秋
蟬聲，斷續春繭絲。知希者我貴，綺麗安足為？古昔賢達士，陶白
良可師。以我觀二子，猶未掀藩籬。不免文字習，恐為聖者嗤。今
之雕蟲人，聞此必反訾。而我欲無言，溟濛順希夷。(《文編》卷四)
這就是說，如果事功不能立，則退而為「章句」之學，也不能「苦吟」為「雕
蟲人」。

這種做官與做詩的矛盾也影響到陳詩的題材內容，多以經世致用為事，
表彰獎勸為意，淑世化人為務，無空言、大言，但往往有意避開現實的矛盾，
所謂「關情冷暖無過酒，到眼榮枯不入詩」(《第二集》卷二《將歸雜詠十二
首》其六)，放棄了「詩可以怨」的責任，更極少褒貶社會，譏刺現實。如《破
屋行贈葉子吉侍講》，題近杜甫《茅屋為秋風所破歌》，並且同是古風，但陳
氏寫來，既不怨天尤人，也無「大庇天下」之想，只是與友人互通情愫，「感
君有同患，寫意於詩歌」(《文編》卷五)而已。另外，他還明確地表示過「情
多不為女郎詩」(《第二集》卷二《杏花雜詩七首》之三)，所以集中不惟沒有
李商隱《無題》之類，連杜甫「清輝玉臂」之類句意也付之闕如，甚至沒有
一首《寄內》之作。這在古人集中少見，顯然是為其「相臣心思」所排斥割
捨淨盡了。

這也影響到陳詩體裁上多用五言和古風歌行，風格偏嗜於雍容、剛健、
內斂、平和；多思理淵默之意，乏一往情深之致。雖曰學杜，而實更近於宋

人。然而陳氏作爲一位有成就的封建政治家和學者，深明政事，諳於世情，即使以說理爲旨者，亦不乏見識較好的作品，如《春秋左傳雜詠十首》其一《石蠟》云：「如山名行敢輕身？一涉深淵便辱親。況是明明爲不義，只憐有父作純臣。」這在貪官「前仆後繼」的時代，該不會有人以爲其只是迂腐而不值一讀罷。

四、「燕許大手筆」

在做官與做詩的矛盾中，陳廷敬思想上儘管長期是做官佔了上風，但其與普通詩人相通的「風流似牧之」的眞正詩人一面，也並未完全泯滅，而時復流露，否則，他也就不必經常戒詩了。因此，陳氏爲官做詩的眞實情況，一面的確是「居館閣，典文章，經畫論思密勿之地幾四十年」（《四庫全書總目·午亭文編》），在簿書鞅掌中磨鈍了大半生；另一面其實也並沒有做到「掃除文字棲淵默」，而是總在「掃除文字」中「不免文字習」，即做詩後怕，怕後又做，從而他的詩不是越怕越少，而是欲怕欲作，終於是他自己反而覺得「詩未因官減」了。這裡可能的原因，還有康熙皇帝也是一個愛詩的人，更知道詩可以資「文治」的妙用，所以並不曾禁止反而曾以各種形式鼓勵官員爲詩。這就決定了陳廷敬必不能「掃除文字」，反而有時踊躍，要「委職操文墨，慷慨中彷徨」（《文編》卷四《喜雨》），甚至薄高官理學而一時羨慕起做一個純粹的詩人了。如《讀〈唐書〉》云：

> 閒身倦眼一番新，撫卷茫茫閱世塵。人謂鄴侯爲鬼道，誰知白傅是仙人？功名底用緣時會，詩酒從教見性眞。歎昔貞元舊朝士，幾多高冢臥麒麟！（《第二集》卷一）

這首詩大概是他垂老予告以後所作。詩中鄴侯即李泌，於唐肅宗、代宗、德宗三朝以宰相而爲藏書家。陳廷敬以鄴侯爲「鬼道」，而以其曾菲薄爲「不免文字習，恐爲聖者嗤」的白居易爲「仙才」，視功名爲「時會」易腐，而「詩酒從教見性眞」，更可以使人死且不朽。幾乎同樣的意思也見於《雜興九首》之一云：「凜凜霜天寂寂春，行歸未覺在紅塵。拒門今日才通客，不是詩人即道人。」（《第二集》卷一）以「詩人即道人」自許，說明垂暮之際，其自早年即濡染甚深而始終未曾徹底「棄捐」的「文字習」，又故態復萌，並佔了上風。這儘管爲時已晚，不足對其詩歌創作的全貌產生根本影響，但在一定程度上還是加強了其作爲一位眞正詩人的特徵。這主要是指其「論詩宗杜甫」

和做詩宗法「杜詩韓筆」的同時，還雅好蘇軾，兼師韋應物，有《韋蘇州詩書後》云：

> 我觀韋公詩，淡然生道心。鮮食冰玉潔，浩歌流清音。疏弦下眾響，繁手聲方淫。誰能追大雅，辭多吾所箴。（《文編》卷五）

這使其詩於雍容大雅之外，另有陶、韋恬淡之風。同時陳廷敬又非不知「詩緣情」者，如《歲暮題新詩卷與豫朋》云：

> 三百篇言一字情，閒愁忙歲兩崢嶸。卷中自寫流連意，身後誰爭寂寞名。稚子今年堪牧豕，老夫他日欲騎鯨。詩人若有登仙分，不學鈞天夢裏聲。（《第二集》卷三）

這裡明確以「情」爲《三百篇》之旨，至少是代表了他晚年的昇解。而上引詩中還值得注意的是尾聯重「登仙分」而輕「鈞天夢」的心聲，——豈以一世顯宦而未得詩人的桂冠而感到遺憾嗎？這從其《自題歸去稿示壯履》詩云「一月新詩過百首」的勤於做詩，似乎得到了肯定的回答。

這一不時復萌的「風流似牧之」的詩人的一面，還表現於他對同鄉晚輩布衣詩人吳天章其人其詩的高度推崇，在《望中條懷吳天章》詩中有句云：

> 我思昔人更相望，隱淪更訪河之陽。高達夫，劉文房，二子此地曾頡頏。蒲東佳士吳天章，新詩可與二子當。

以吳詩可與晉中前輩名家高達夫（適）、劉文房（長卿）同列；而《論晉中詩人懷天章》詩至於有句云：「執鞭今所願，參駕豈同倫？」（《文編》卷七）以退職相臣之尊，卑以自居於吳天章追隨者的地位。以此對比王士禎也極重吳天章詩，至以爲「天才超軼，人不易及」〔註 12〕，卻以吳爲「門人」〔註 13〕的態度，陳廷敬如果不是對詩有眞正的愛重，是不可能如此推重這樣一位布衣詩人的，即使他是自己的同鄉。

此外，雖然本文較多地討論了陳氏做官與做詩的矛盾，但是，做官也還未至於泯滅其作爲普通人可能有的感情。例如他居官數十年中僅有的幾次外省遊歷的機會和三次回家小住，都寫下了大量抒發對祖國山河和家鄉的熱愛，以及個人倦遊思歸恬淡心情的詩作，前者如《晉國》《山海關東門曰鎮東》《澄海樓觀海》《觀汶水南北分流處》《南旺分水行》《記故園山水古蹟》《午亭詩二十首》等等。而尤以《豆葉》一首爲極佳：

〔註 12〕王士禎《帶經堂詩話》，人民文學出版社 1982 年版，第 278 頁。
〔註 13〕《帶經堂詩話》，第 773 頁。

　　我家溪谷間，隘陋砠田多。細岑驅羸牛，如蟻緣嵯峨。高秋八九月，豆葉紛交加，婦子散丘野，採擷窮煙蘿。盛之維筐莒，湘之匪鹹醝。菹之老瓦盆，濯之清流河。潔比金薤露，美如瓊山禾。條枚感時節，調饑發吟哦。（《文編》卷四）

後者如《秋懷》：

　　寒色起亭皐，高樓遠峰集。山斂夕曛低，窗疏野煙濕。畫欄見木末，一葉新可拾。景逸情未懶，心賞歡何極。（《文編》卷六）

又《王生感舊有作二首》其二：

　　萬壑霜林一鳥鳴，鄉心怯入故山程。更憐野渡尋舟處，依舊斜陽滿縣城。（《文編》卷八）

又，《夜聞促織》：

　　一昔新涼草際侵，攪眠促織夢難尋。舊知巧鬥逢場戲，老覺哀音動客心。多露庭除秋欲晚，閒花院落夜初深。啼時斷續聲細微，白髮青燈伴苦吟。（《文編》卷十）

又，《往昔》：

　　往昔歡遊翰墨場，五陵衣馬恣輕狂。關情白髮參差短，回首青山寂寞長。十載雙親書數紙，寒燈獨宿淚千行。兵塵未解年將老，欲說歸田已暗傷。（《文編》卷十）

不覺羅列已多，然而平心以論，確係好詩。讀之，則作者之宦心、鄉情、秋思、客愁⋯⋯，種種人生況味，如雲出岫，悠然而起於字裏行間；又刻畫眞切，情景交融，眞非「大手筆」所不能爲者。

餘　論

　　綜上所論，陳廷敬不僅是清初一位難得的清官循吏，一位對「康乾盛世」有過不少貢獻的重臣，又是一位在做官與做詩的矛盾困擾中一定程度上較好地處理了二者關係，從而確如其所自信是一位「名須與世傳」的詩人。作爲一位典型的「臺閣」詩人，他以道德、功業、文章並著所取得的成功，表明做官與做詩固然有如左手畫方、右手畫圓矛盾的一面，但也有適度把握、局部統一的可能。

　　這種可能性主要在於如陳氏以「文章圖報國，只此是眞詮」爲旨歸，在

正面可能的限度內「自寫流連意」，寄寓一位好官的情懷。但是，這樣的詩境很可能是非常狹隘的，不僅「詩可以怨」的諷喻功能不能不受到壓抑甚至損減殆盡，而且還往往不免紗帽氣和迂腐氣。即使能夠取得較好的成就，到「燕許大手筆」的地步，但欲追步「杜詩韓筆」和師法陶、韋而有大的創新，大概就很困難了。這也就是為什麼歷來「詩窮而後工」和臺閣有詩人而無大詩人的原因。作為高官兼以為詩的陳廷敬就是如此，他為「燕許大手筆」固然也屬不易，但為「杜詩韓筆」更難，為陶、韋詩則難之又難。然而也正是因此，臨難不退，知難而進，終生不舍於詩藝的追求，又成為陳廷敬作為清代臺閣中一位真正詩人的難能之處！

以這樣的處境和心境為詩，陳廷敬必然生前身後，詩名都不如官名。但是，一如王士禎斷為「後世必有知之者」﹝註14﹞的布衣詩人吳天章，如今竟也如陳氏一樣地默默無聞，則又說明在那樣的時代，以至影響到今人的評論中，官高者固然不易做好詩以傳，但是無官而即使詩好，也不易流傳下來和受人重視。因此，詩人一定不能是官迷，但是，卻不必不做官——做官與做詩並不注定是一對冤家仇敵。而一如「詩高者官多不達」，官達者也詩多不高，所以做官與做詩的最佳結合點，就只能是官不達而詩高即「詩窮而後工」，或如王士禎實際把做詩放在第一位即為做詩而做官的詩人了。

陳廷敬雖然是一位高官詩人，卻也能深明「詩窮而後工」的道理，有《戲題〈劍南集〉二首》其一云：「錦城雖好客途難，去矣羈情尚未闌。不是官微兼忤檜，詩留萬首耐誰看。」（《第二集》卷二）可知他也發現了「官達」與詩好不易兼容的矛盾。也大概因此晚年反思，才有「詩人若有登仙分，不學鈞天夢裏聲」之想。可知陳廷敬一生雖然沒有能如一位普通的詩人那樣，比較自由自在地做詩，卻是一位真正知詩的人。從而雖然「官達」，卻也還寫出了不少好詩，於臺閣之中獨領風騷，並高官、理學而三，誠康熙所謂「極齊全底人」。這在歷代輔臣中並不多見，前人許其為「燕許大手筆」，誠為知音之賞；但對於詩學而言，他提供了一個以高官而為詩人的典型案例，其中包含生活與藝術的規律，值得探討與借鑒。

（原載《山東師範大學學報》，2008 年第 1 期）

﹝註14﹞《帶經堂詩話》，第 278 頁。

《孫光祀集》淺見
——介紹一位與王漁洋同朝的濟南名士

　　魏伯河先生是知名教育專家和文史學者，近年因來省城濟南就職某高校，得不時相見，並於去冬約以爲所整理《孫光祀集》作序。不久清樣至，歲暮冬寒，泉河冷落，霧霾鎖城，遂十數日少出門，斷續讀之，乃歎爲好書。清人李應廌《序》所謂「高文典冊，海涵地負，天品日明，蓋出入於東西漢之間，而魏晉清言、齊梁勝致，亦兼有之，取材博而瞽論雄……風流蘊藉，可與斯世並傳不朽者」，誠非虛譽。而此書問世三百年後經魏先生整理由齊魯書社首次出版，既有功於作者，又是對當今學術文化建設的有益貢獻。我既有幸得先讀受其教益，更樂見其廣爲流行，又承魏先生之錯愛，不便推辭，而有關本書的作者、成集、流傳與評價等，前人序跋與魏先生《前言》等已有很好的說明或研究，不當再述，乃書一讀之淺見如下。

　　孫光祀（1614～1698），字溯玉，號作庭。清初重要官員、文學家。平陰縣（今屬山東濟南）孫官莊人。出仕後遷至濟南歷城姚家莊（今屬濟南市歷下區）。明崇禎十五年壬午（1642）舉人，順治十二年乙未（1655）進士，選庶吉士。翌年授禮科給事中。歷仕順治、康熙兩朝，累官至兵部右侍郎加四級，贈光祿大夫。前後在朝二十餘年，以直言敢諫著稱於時。致仕後爲善鄉里。一生著作豐富，書法亦享盛譽，濟南趵突泉立有其詩碑保存至今。

　　《孫光祀集》原本孫光祀撰《膽餘軒集》（或作《膽餘集》）。魏伯河先生據以釐定爲上、下編，撰以《前言》，並附錄佚文若干和有關研究資料，包括魏先生有關孫光祀的研究文章，改題曰《孫光祀集》，實際迄今所知孫光祀的

存世著作和有關研究資料都在此一書，而今題更有便於文以人傳和人以文傳。作者九原有知，當亦樂從之。

然而「膽餘」者，謂「臥薪嘗膽」之「餘」。《前言》中已有考證，甚是。但是此書原本《四庫全書總目》著錄作《澹餘集》之誤還略可進一步說明。這一是有作者自署和友人序跋均作《膽餘軒集》或《膽餘集》爲證；二是以常理而言，此集之前身《膽餘雜著》初成於孫光祀父兄死難一家險遭貪官蠹吏勾結滅門後的數年，正痛定思痛，還不大可能有什麼「澹餘」；三是孫光祀的山東同鄉兼同年，曾任貴州巡撫的曹申吉（1635～1680），字錫餘，別號澹餘，且著有《澹餘集》。孫光祀當不會用友人之別號與書名爲自己的書名。所以，誠如《前言》所考證，《膽餘軒集》或《膽餘集》確爲此書初成時之正名。至於作者晚年增廣後刊刻仍用此書名，則可見作者於當年所遭家難的「憤懣之極思」（《膽餘雜著自敘》）仍耿耿於懷。而《孫光祀集》實生於憂患之中，與所謂「大抵聖賢發憤之所爲作」（《史記·太史公自序》）同一流類。其爲高文典冊，意趣淵雅，題旨凝重，在所必然。這或不爲一般讀者所喜好，所以此書問世三百多年後才得第一次整理出版。但自古文章的價值，本來首在其爲「經國之大業，不朽之盛事」（曹丕《典論·論文》）。而當今改革之大潮再起，此書之出，可謂風雲際會。不僅當今那些「心靈雞湯」式的注水勾兌之作無可望其項背，而且與古人「《毛穎》《羅文》《睡鄉》《醉鄉》閒放自恣之流判然異趣，是又可於文字得先生之經濟者矣」（汪灝《序》）。唯是「先生立言最富，茲集只十之一二耳」（李應廌《序》），所以本書雖收錄原本《膽餘軒集》全部詩文又有整理者搜集附錄了若干佚文，但是看來仍不足孫氏一生著作之半璧，而「膽餘」之《集》又成散餘之《集》。這在愈顯此次整理出版之必要和及時的同時，也可見書之行世，總有它特殊的命運。讀者諸君於可惜之餘，相信此本正是孫氏著作的精華可也！

《孫光祀集》分上、下編。上編《文集》主要爲科舉程墨、奏疏表啓、序說碑傳以及祭文雜著等，多屬經世致用之作，是作者政治主張與經驗的記載。作者爲朝臣二十餘年，內閣六部中除工部之外，先後但任過吏、戶、禮、刑、兵五部的都給事中，又曾任太常寺卿以至兵部右侍郎等大小十餘種官職，是一位久在廊廟之中精通治道的封建政治家，《文集》則是他一生經世致用、應人及物的精華之作。這部分作品，誠如汪灝《序》所說：「按班而求，評史、說經、發策、著論，其有得於六經之旨者，皆可共見；即細及一札一跋，不

維繫世道，則諷喻人心，……是又可於文字得先生之經濟者矣。」

汪《序》所謂「經濟」非如今與政治、文化等並提的「經濟」，而是指「經世濟民」，即《論語》中子貢所稱的「博施於民而能濟眾」（《雍也》），包括了古代政治、經濟、文化等治國安邦、施政臨民的方方面面。如《文集》中《報主思恩等事疏》六道，分別涉及選官用人、精兵省餉、罰款歸公、衙門糾風以及制止橫征暴斂搜刮民財等，都與當時政治特別是歷代政權難免的腐敗密切相關。這類文章敢於直言，揭露真相，大膽給出治理的建議，誠是當時皇權政治下「反腐敗」的應急之策，又正當順治皇帝銳意於新政，所以都能給予認可批轉部議或直接實行，對清初政治秩序的建立與整肅應是起到了一定促進作用。

其實，孫光祀奏議文絕大部分都涉及當時的反貪腐問題。除上述六疏之外，他如《請嚴餽送之條等事疏》「爲請嚴餽送之條並申聚飲之禁以挽弊習、以勵職業事」有云：

> 夫鑽營一日不息，則仕路一日不清；仕路一日不清，則太平一日未奏也。故以外臣言之，凡上官，無論大小，不可一毫受屬官之餽；以京師言之，凡百官，無論大小，不可一毫受外官之餽。……如有外官差役潛攜書函向京師餽送私禮者，投至某家，即應某官據實糾舉以憑嚴加處分，……不舉之官與餽送者一併治罪。……京師交際，常儀濫觴爲甚。即至薄者，率以杯緞爲故套。……夫杯緞獨非物力之所出乎？果清介自守，此用之不竭者何自而來？若使此贈彼答，安庸此虛文相尚？若受而不報，雖小物必非無因，此亦不可不察也。……群相邀飲，偃仰沉湎，……生是非之口，……開依附之門，總之皆屬不便。不若將交際之文、燕飲褥節一切禁之，省無益之浮費，以養廉節；留有用之時，以勤職掌。

如此等等，該疏所揭「鑽營」弊端，用今天的話說就是「跑官要官」「行賄受賄」「請客送禮」「公款吃喝」。對此，作者主張「餽送」行賄與受賄不舉之官「一併治罪」，「聚飲」等弊習則一切嚴禁。這種主張雖然只是要求官僚體制內人的自律和相互監督，不可能根本解決問題，但是就事論事亦不失爲讜言公論。而「果清介自守，此用之不竭者何自而來」之問，豈不是要從官員消費倒查其貪腐嗎？這在當時肯定是超前的意識，雖然不可能真正實行，但是由此可見孫氏反貪治腐確有真知灼見，值得後人研究借鑒。集中曾讚揚任克

溥奏議說：「存其言猶足以治天下，夫而後知斯刻之重也」（《任海湄館卿奏議序》）。移之於本書，更是當之無愧。

　　與上述奏疏反貪腐的內容相表裏，《孫光祀文集》中大量傳論人物之作則又多於顯揚其道德、政事、文章之外，突出表彰人物居官清廉，去官不干預政事。如《原任資政大夫、總督河道、工部尚書兼都察院副都御史在調周公墓誌銘》記周鼎「居官廉正，吏憚其守，一切饋遺不敢入。……請託賄賂悉屏不得行。……任六載，……素嚴一介，視橐中無長物。去之日，床掛壁間，魚懸梁上而已」，又「自公退居，篋笥蕭然，食不能兼味，衣浣濯大布，……約僮僕以法，足不敢至公府」；又《通議大夫、都察院右都御史、直隸巡撫子延劉公墓誌銘》稱道劉子延「自為吏部侍郎以至保撫，苞苴之遺，屏不得入」。同時記下了這樣的官員也才真正能夠得到人民的愛戴，《兵部督捕右侍郎望石李公墓誌銘》載：「公歿之日，囊無餘財，悉取貸以備後事，至售宅為歸途費。未至家百里，鄉人父老子弟哭迎者相屬於道。抵家，民為罷市，往弔而號痛者逾千人。此足以見惠澤之入人者深，而懿好之不可強獲矣」。

　　這些記載或不免有溢美之辭，但以作者曾飽受貪官蠹吏迫害的經歷，不大可能為真正的貪官貼金，所以可信其所傳以上諸位確為清官。而以孫光祀一人所交並所傳寫清官就能有如許多人，可知其時清官不會是個別的現象，而是政治上一股較為強勁的「正能量」。清朝順、康之際政治能啓長達百年的「康乾盛世」，乃至以一少數民族政權而能有所謂「三百年」天下，原因當即在於朝中正人君子尚多。否則如蒙元之朝無官不貪，無政不腐，數十年玩完，而被毛澤東譏為「成吉思汗，只識彎弓射大雕」（《沁園春·雪》），豈不是一個歷史的笑話！因此，孫光祀奏議有關反貪治腐的主張與經驗以及為官清廉、去官不干預政事的提倡與告誡，都值得今天讀者認真思考。

　　《孫光祀文集》中有關科舉和各種論學之文也非泛泛之作，某些內容有值得今天參考借鑒的價值。姑舉以下兩點：

　　一是有關明清科舉制實施的某些經驗可資今天完善公務員考試之法的思考與借鑒。科舉制雖在百餘年以前就廢除了，但是今天看來，清末廢科舉的主要原因是它作為一種落後的教育制度阻礙了歷史的發展，而基本上卻忽略了它作為一種通過考試甄別人才、選拔官員的措施，其實有一定科學性與合理性。所以當時一切廢除，有似於潑洗澡水連同嬰兒一起潑掉，結果斷了科舉之途，也就斷了士人特別是寒門子弟憑學問知識上升為官宦之途，只好別

求出路,從而加劇了社會混亂。其實清末主張廢科舉者,似不夠清楚科舉制
不是或主要不是為了普通人的教育,而是皇帝為了籠絡人才和選拔官吏而
設,本質上是一種選官制度。唐太宗所謂「天下英雄盡入吾彀中矣」(《唐摭
言》),即一語道破此意。作為「人治」下一種選官制度,科舉雖非萬全之法,
但以考試定取捨的原則和千餘年實施的經驗,都具有相當的合理性,值得研
究和借鑒。學界公認,近現代西方文官制度的建立即在很大程度上受到了中
國明清科舉制的影響。而今我國已試行多年的公務員考試在做法上與明清科
舉制更是有千絲萬縷的聯繫,更有必要研究借鑒明清科舉制的經驗。而孫氏
《文集》中有關科舉的文章正是作者從個人為舉子應試到作為欽差主考「實
戰」經驗的載體,涉及從命題、閱卷到推薦錄取等各個環節的方方面面,均
為清代科舉研究的第一手資料,某些議論成一家之言,對當今完善公務員考
試之法有重要參考價值。

　　二是有關清初學政督學即當時政府推動教育文化事業的論述有重要史學
價值,是當今教育文化建設的有益參考。如《施愚山觀海集序》述論施閏章
為山東學政,「其校藝也,研幾澄慮,致其靜專,無異乎操觚濡毫自為制舉之
業。……凡諸士卷牘,無論妍媸高下,必為之指說得失,標明理要,片言細
纇,未嘗或遺。使之曉然於文章之務,而自得其妍媸高下之所以然」。由此可
見,辦好教育的關鍵在政府,而政府辦教育的關鍵又在簡任得人。施閏章除
了是一位忠於職守的官員之外,還是一位大學者兼詩文名家,所以其校士能
兼有學官與教師的風範。這豈是隨便安排一個官員就能做得了的?又《唐寓
庵城山園詩集序》曰:「嘗綜論山左學使,歷四十年,其風再變。前有三君子:
時則弊端未起,要在衡文。文事之漸盛,始乎戴岵瞻,終乎劉山腰,而盡美
者以施愚山先生為最。後有三君子:時則文事難言,要在去弊。弊端之漸塞,
始乎勞書升,繼乎桑雨嵐,而善後者則先生為最」;又《勞書升學使公餘草序》
曰:「故夫文章之變而趨下,非文士之過也,而治文事者之過也。」如此等等,
則又於治山東教育史是極好的參考。

　　下編《詩集》收詩近三百首,皆親友贈答與平居詠懷之作。題材內容有
不少與《文集》所涉「經濟」密切相關,如《送邑令閻鄹侯歸里》慨歎亂世
民生之苦:「慨自勝國末,寇荒兩相倚。浸尋二十年,遺民遍瘡痏。兼之苦上
官,誅求靡所底。尪羸供朘削,凋瘵何以起。」《送包我登邑宰解任旋里》寫
縣令包我登因清廉而不能討上司喜歡:「忍貧若相習,三載一空囊。以此事上

官，豈不甚荒唐？」結果被免職，而作者歎曰：「但惜賢令去，後者誰齊芳？廉吏不可爲，念之徒心傷。」這類詩見出與《文集》一以貫之的反貪倡廉精神，但對於只能依靠皇帝反腐的現實效果與前景感到了失望，也是發人深省的。

與《文集》多載道言政之作相比，下編《詩集》多交遊紀事抒情之作，主要展現了作者宦海浮沉交友處事的內心生活，而無不醇厚優雅，關切備至，眞情流注，往往感人至深。如《送魯山令王惠疇年兄》開篇云：「年來風氣異，爲令苦多艱。上官迫相督，那容不作姦。窮黎枯見骨，蕭颯滿塵寰」，對赴任友人的處境感同身受；《送賈睹先文學旋里四首》之二云：「共學十年久，同心千里來。……相看憐契闊，握手且徘徊。」對一位會試連戰皆北的老同學表示了眞摯的友好與關懷。此外，作者爲濟南人，自平陰移居歷下，《詩集》中有不少寫濟南平陰、歷下山水風物的作品，如畫如見，風味雋永之外，還可資考證，以見清初濟南古貌之一斑。

《詩集》諸體皆備而學有本源。以五、七言之作論，五言如「病餘客至少，扃戶長新蘿」（《王子年兄留濟劇談數日……》）、「促膝閒階靜，同心四五人」（《丁未寓金太傅夫子舊邸……》）、「過從無長官，春深好閉門」（《春日閒居二首》之一）似陶淵明；七言如「春來去樹起江煙，南望金焦天際懸，地接齊城七十二，澤流吳郡愼三千」（《寄王鼎九司理》）、「千里長河澄水鏡，一輪明月湛高秋」（《送同年徐敬庵吏部假旋》）似杜甫。均得其神理滋味，而與後來風靡朝野的王士禎「神韻詩」格調有異。

王士禎雖生晚孫光祀二十歲，但是中進士僅比孫晚一科，二人同爲濟南人，且同朝爲官；孫光祀還曾應王士禎之請爲其母撰寫墓表（《孫宜人墓表》），可見二人應有不少交集。但是，孫氏《詩集》中卻無一首與王士禎唱和之作，大概就是由於爲詩趣向不同之故。而孫氏之爲人亦與王士禎有異，《清實錄・康熙四十年辛巳夏四月丙子》載康熙帝因刑部尚書王士正（即王士禎）請假遷葬，諭大學士等曰：「山東人性多偏執、好勝挾仇。昔李之芳、孫光祀、王清，其仇迄今未解。惟王士正則無是也。其作詩甚佳。居家除讀書外，別外無他事。若令回籍，殊爲可惜。著給假五月，不必開缺。」可見在康熙皇帝看來，比較王士禎，他的山東老鄉孫光祀與李之芳、王清都性情不夠圓潤，其實是爲人更多方正而有棱角。康熙以王士禎的詩好，時論以王士禎詩爲「一代正宗」，孫光祀的詩至少就是被認爲遜色了。這很有可能影響到時人對孫光

祀詩的評價。而《膽餘軒集》刊刻問世之時，正當王士禛「神韻說」風行天
下。今見康熙間諸家序跋多重孫光祀之文，而於其詩甚少論及，或即王士禛
「神韻說」影響使然。其實孫光祀的詩學陶學杜，自有成就與特色，是王士
禛之外清初山左又一位政治家兼詩人的濟南大名士。

　　總之，孫光祀是我國古代士人所崇尚讀書做官人生的一位成功者，一位
道德、政事、文章都有頗高造詣的山左先賢，《孫光祀集》有多方面的歷史與
藝術價值。而魏伯河先生的整理亦甚得體，甚見功力。多種附錄，特別是有
關研究文章，與原作珠聯璧合，是迄今有關孫光祀著作與研究的完備資料。
因此，這部書的整理出版，可以使當今讀者能夠更方便地接近這位清代政治
家和詩人的光輝人生，汲取古代政治、社會、人生與文學藝術的寶貴經驗，
領略他作為古代一位讀書做官成功人士的道與術、學與思及其獨特的人格魅
力，以輔助成就自己美好的人生，為社會發展做出應有的貢獻。我得先讀為
快，更以此書將受到更多讀者的關注研究嘉惠學林、有益於天下為快，故敢
獻以上初讀之淺見為序，拋磚引玉，並祝賀此書的出版。

二○一四年二月二十三日於泉城歷下

（原作魏伯河整理《孫光祀集·序》，有改動，收入山東省古典文學學會王漁
洋文化研究保護中心編《紀念王漁洋誕辰 380 週年全國學術研討會論文集》，
齊魯書社 2016 年版，第 202～206 頁）

「爲天強派作詩人」——袁枚散館外放的「前因」及其婉拒乾隆臨幸隨園考論

　　袁枚生於康熙五十五年（1716），卒於嘉慶三年（1798），歷康、雍、乾、嘉四朝。自乾隆元年（1736）試博學鴻詞報罷，乾隆三年中舉，翌年成進士，留翰林院庶常館三年；七年，散館放江南，先後任溧水、沭陽、江浦、江寧知縣；十三年，33 歲致仕，隱居隨園……，一生功名事業、學問文章，主要在乾隆一朝。其升沉榮辱，都與乾隆朝局以至乾隆皇帝本人有絕大關係。而尤以外放江南爲乾隆皇帝欽定，是其一生命運轉折之關鍵。雖然無論官私記載都表明其被外放唯一的原因是試清書（滿文）最下等，但是，深入考察可知，還有其他因素的影響。然而袁枚僅歸咎於乾隆皇帝，並在致仕後婉拒乾隆臨幸隨園。這些曲折當時頗爲私密，至今未見有人道及，因考論如下。

　　按乾隆四年，袁枚以殿試第 5 名成進十，可謂春風得意。但是，後來卻屢遭挫折。先是參加館選庶吉士即朝考，《隨園詩話》卷一：

　　　　己未朝考，題是《賦得因風想玉珂》，余欲刻畫「想」字，有句云：「聲疑來禁院，人似隔天河。」諸總裁以爲語涉不莊，將置之孫山。大司寇尹公與諸公力爭曰：「此人肯用心思，必年少有才者，尚未解應制體裁耳。此庶吉士之所以需教習也。倘進呈時，上有駁問，我當獨奏。」群議始息。余之得與館選，受尹公知，自此始。〔註1〕

尹公名繼善，滿洲人，乾隆二年任刑部尙書，四年教習吉士。袁枚雖因尹繼善力保免於黜落，得選庶吉士，但是，可想當年總裁諸公，卻未必都能心服，

〔註 1〕 袁枚《隨園詩話》，人民文學出版社 1980 年版，第 5 頁。

－189－

並因此可能對袁枚後來的進取有所不利。

清制新選庶吉士分爲國書（滿文）、漢書（漢文）兩科，例以年輕貌秀者充習國書。袁枚在庶常館習清書三年，乾隆七年散館，《小倉山房詩集》卷三《散館紀恩》詩云：

> 九陛啓明光，群才集庶常。詔趨新御殿，例改舊朝房。（舊例散館在吏部朝房，改入明光殿，自壬戌始。）旭日初升海，雞人已報霜。韻書宮内下，題紙額前黃。六醴雕胡飯，三危玉女漿。監臨上柱國，環侍羽林郎。捲簾君王出，風高黼座涼。問名占奏對，賜坐習廣飇。跪進天三尺，詩呈稿半張。（奉旨先呈草稿。）《鐃歌》誇兢病，僾語訓宮商。曳白愁張奭，揮毫賞謝莊。自憐同象罫，無分賦長楊。（時習國書。）苦譯《隄官曲》，空書《靈寶章》。龍筋標萬字，鳥篆鬥千行。更有神仙侶，來飄雞舌香。微詞嘲陛楯，薄罰警條狼。弱水風將引，鈞天夢尚長。回頭成小謫，銀漢隔紅牆。〔註2〕

詩紀散館考課在明光殿舉行，乾隆皇帝親自主持。考試分滿、漢文兩科。漢文試詩賦，清書試翻譯。從早晨開始，先頒發韻書、題紙等，然後進湯飯；飯後，乾隆出殿接見「問名占奏對」畢，眾庶吉士入座答題，先進呈詩賦草稿。「《鐃歌》」以下四句應是寫乾隆當場評定詩賦優劣。而袁枚因「習國書」，故「無分賦長楊」，即不作漢文詩賦，只考滿文翻譯。「苦譯」以下四句即寫自己試清書的不順。《小倉山房文集》卷八《武英殿大學士太傅鄂文端公行略》載：「壬戌，試翰林翻譯，枚最下等，公所定也。」但是，似非考試當場即公佈成績，所以詩未言及。而接下來「更有神仙侶」以下四句，似說袁枚試畢，答某尙書一級的官員時「微詞」有所干犯，結果遭受「薄罰」。但是，「弱水」二句表明，試後袁枚仍做著「鈞天夢」，卻不料一出明光殿，就「成小謫」，外放江南，而與翰林院永隔「紅牆」了。

袁枚把外放江南知縣視爲「小謫」是有道理的。按《清史稿》卷一百八《選舉三·文武科》：

> 凡用庶吉士曰館選。……三年考試散館，優者留翰林爲編修、檢討，次者改給事中、御史、主事、中書、推官、知縣、教職。……凡留館者，遷調異他官。有清一代宰輔多由此選，其餘列卿尹膴疆寄者，不可勝數。士子咸以預選爲榮，而鼎甲尤所企望。康熙間，

〔註2〕袁枚《小倉山房詩文集》，上海古籍出版社1988年版，第36頁。

　　　　庶吉士張逸少散館改知縣，遷秦州知州，其父大學士玉書奏乞内用，
　　　　復得授編修。

可知袁枚散館考列最下等，外放江南知縣，雖然合例，但爲例極少。而且前
雖有張逸少外放，仍然「復得授編修」。雖因其父奏乞，卻與其本爲散館外放
關係甚大。所以，袁枚當時即不以自己被外放爲正常除授，而視爲「小謫」。
他人也是這樣認爲的〔註3〕。

　　因此，雖然無論官私的記載，包括袁枚本人的著作，都以其散館外放的
唯一原因是試清書最下等。但是，與當時下場還「釣天夢尚長」的感覺相一
致，袁枚懷疑或者竟已經確認「回頭成小謫」的眞實原因，並非只在試清書
的成績，從而出京之日作《改官白下留別諸同年》其二有句云：「頃刻人天隔
兩塵，難從宦海問前因。」

　　這個懷疑或者確認另有「前因」是有道理的。除了可能與《散館紀恩》
詩中所提到的「薄罰」有關卻不得其詳之外，還可以對比他例得到證明。《清
史稿》卷三百五《錢維城傳》：

　　　　錢維城，字宗盤，江南武進人。乾隆十年一甲一名進士，授修
　　　　撰。功令，初入翰林，分習清、漢文。維城習清文，散館列三等。
　　　　上不懌，曰：「維城豈謂清文不足習耶？」傅恒爲之解。命再試漢文，
　　　　上謂詩有疵，賦尚通順，仍留修撰。

這件事雖然發生在 3 年之後，但是作爲參照，仍有助於對袁枚當年被外放形
成以下的認識，即雖然因爲清書考下等例不能留翰院，但是，當時如果有人
如朝考時尹繼善那樣出而爲袁枚辯護，乾隆皇帝還是有可能通融的。

　　因此，袁枚終於以清書考下等外放，首先就在於無人爲之解，而僅由乾隆
或掌院大臣照章辦事，依例定奪。而袁枚「難……問」之「難」，則首先是留館
後「宦海」三年下來，一旦有事，何以掌院及庶常教習諸公竟無一人爲之解。

　　這就是「前因」所鑄。因其在疑似之間，又關乎時忌。他人或不知情，
或知情而不便言、不敢言。所以，袁枚無人可問，也不便問，甚至不敢問。
終生都未再對此「前因」有所置論，並在各種場合都以試清書不利爲此「小
謫」唯一的原因。

　　然而，即使時至今日，其「前因」仍有跡可尋。最明顯的應是館選時即
已有「諸總裁……將置之孫山」，至散館時，必有前任諸總裁予其事者樂觀其

〔註3〕　參見傅毓衡《袁枚年譜》，安徽教育出版社 1986 年版，第 34 頁引述。

敗，更不可能出面爲之解了；二是袁枚在庶常館學習，館課寫過一篇《清說》，「議論乖常，且事涉國號」〔註4〕，雖然沒有因此罹禍，但是，影響到有關官員不敢輕易爲他說話則是很可能的。

這種可能性在於，雖然從一般衡文的角度看，袁枚《清說》之「清」絕對不應該扯到清朝國號上去，但是，文禍本來大都出於羅織，而且當時《清說》之「清」字最容易使人聯想到的無疑就是國號。因此，如果有人硬要把文中「矯清者」等用語中「清」字說成是國號，而誣作者欲「矯」之，袁枚就未必能幸免於禍了。然而，所幸當時教授其清書的大臣史貽直等人，或出於忠厚，或出於愛才，或出於怕禍連己身，沒有就《清說》一文吹毛求疵，更沒有上奏。這在袁枚應當說已經是很大的幸運了，唯是因此到了袁枚以習清書列最下等又失之於「清」字時，就難得有人出面爲之解了。

從清代文字獄的實際看，袁枚《清說》一文致禍的潛在危險是存在的。乾隆二十年，內閣學士胡中藻《堅磨生詩鈔》因「一把心腸論濁清」句被罪，就栽在了這個「清」字上。當時乾隆罵胡中藻說：「加『濁』字於國號之上，是何肺腑？」〔註5〕這雖然是後話，但是，如果當年《清說》一文爲乾隆所見，也未必不會懷疑袁枚「加『矯』字於國號之上，是何肺腑」。即使袁枚《清說》當時能僥倖無事，到了試清書最下等，乾隆必是「不懌」，必是如後來對錢維城懷疑其「豈謂清文不足習耶」時，也就會新賬、舊賬一起算，結果恐怕就不止於「小謫」了。

然而《清說》到底未曾有人奏聞。所以，雖然應是袁枚因有此文故而無人爲之解，但是，乾隆僅憑清書成績定奪，即使必然「不懌」，也還未至於往「是何肺腑」上想，結果只是依例放其爲一員外吏便了。

因此，袁枚散館外放，雖然未必如傅毓衡《袁枚年譜》所說，《清說》一文直接就是「袁枚改官白下的另一個原因」，而乾隆帝使袁枚「改官外用，下放江南爲知縣，已是寬厚之至了」〔註6〕，但是，可以認爲，包括《清說》一文影響當時無人爲之解在內，各種「前因」綜合導致袁枚被外放的結局。這在袁枚看來不免是仕途之一大厄，但從各種明裏暗裏的原因看，他能全身出京，也也以說是一個僥倖了。

〔註4〕《袁枚年譜》，第31頁。
〔註5〕郭成康、林鐵軍《清朝文字獄》，群眾出版社1990年版，第202頁。
〔註6〕《袁枚年譜》，第34頁。

其次，袁枚「難……問」之「難」更在外放是乾隆皇帝欽定。他顯然覺得皇帝對他出手重了，卻又莫明其故，自然是不敢問，一出朝門也無從問。但當三年之後，錢維城同樣試清書下等，卻並未外放而仍留爲修撰，此事天下皆知，而普天之下大概就只有袁枚一個人最受刺激而憤憤不平了！這憤憤不平的指向，一方面從其被外放的最後裁定者來說就是乾隆皇帝，另一方面從與後來的錢維城事相比而感到未被一視同仁來說，更是乾隆皇帝！

「不平則鳴」。但是，當時袁枚不可能有任何公開正面的表示。不過，袁枚才筆縱橫，意無不達，仍然在乾隆三十六年所作《自嘲》詩中，作了貌似含混而實際明確的表露。其詩中有句云：「自笑匡時好才調，爲天強派作詩人。」〔註7〕明是講30年前散館外放事，也明是將責任歸咎於「天」。這「天」固然可解爲泛指命運以含糊作者眞意；但是，稍加推敲可知，散館外放既由乾隆欽定，則如上引《散館紀恩》詩中「跪進」句用「天」之義，以之實指乾隆皇帝，則更爲符合實際。至少說袁枚以多義之「天」實指乾隆，乃不容置疑之事。換言之，即在袁枚看來，其自翰林外放，固因試清書最下等，但歸根到底還是「天」即乾隆皇帝「強派」其如此。而謂之曰「強派」，既是說乾隆對自己做得過頭、不近情理，又表達了自己的不平與抗議。

但是，從乾隆問錢維城之語應該看到而袁枚可能並沒有意識到的，是在乾隆皇帝看來，清書考列下等不是一般的考試成績差，而是對「清（朝）」的態度問題。因此，當年乾隆雖然沒有如3年後問錢維城那樣問袁枚，但對袁枚也一定是有同樣的懷疑。因此影響袁枚散館後的除授，以至外放江南具「強派」的性質，就幾乎是必然的。而且如此做了，也還可以說「已是寬厚之至了」。但在袁枚似乎終生都不明白這一層意思，——他實在也不便往這方面想。或者即使明白了，也不便於說的。

袁枚《自嘲》詩作之在後，但是，其以散館外放爲乾隆「強派」的認識恐怕在外放以後，特別是在對四任知縣8年不得升遷和辭官歸隱的不斷反思中就漸漸產生了。所以，袁枚之辭官不止一種原因，然而必是「掛冠三十三，不肯遲須臾」〔註8〕，去之甚急，大概就包括了終於悟知乾隆皇帝再不會重用自己，留之無益，還可能有害。因此，袁枚辭官實有其自外於清廷的一面，進而又有後來婉拒乾隆臨幸隨園事的發生。

〔註7〕《小倉山房詩文集》，第377頁。
〔註8〕《小倉山房詩文集》，第136頁。

按乾隆傚仿其祖康熙皇帝，一生也 6 次南巡。印鸞章等《清鑒綱目》卷七載：「綱：（乾隆）丁丑二十二年（1757），春正月，帝奉皇太后南巡。目：此第二次之南巡也。正月啓鑾，二月渡江幸江蘇，駐杭州；三月還幸江寧；秋九月至京師。」沿途接駕的準備工作，早在前一年即乾隆二十一年就已經開始了。這時剛剛實授兩江總督駐在江寧的尹繼善，也在籌備江寧接駕的行宮。

上述袁枚朝考既初受恩於尹繼善，與尹有師生之誼；又後來爲江寧令四年並致仕，適爲尹督兩江任內，師生相得，關係密切。至於後來袁枚送尹回京詩有「半世因緣半世恩」之句〔註9〕。而尹繼善著《尹文端公詩集》唯有袁枚一序，全部 10 卷 1601 首詩中，僅與袁枚唱和者就達 140 餘首之多。以袁、尹關係如此之好，又當時袁枚修葺隨園剛剛竣工，佳客盈門，尹繼善竟也撥冗垂顧，一訪隨園。《小倉山房詩集》卷十一《六月十四日尹宮保過隨園》詩二首云：

> 小隊弓刀過野田，八騶鳴向綠楊邊。穿雲覓遍花間路，刪竹教通林外天。坐久紅旗飄細雨，歸遲喬木起蒼煙。尚書回首登臨地，流水聲中二十年。

> 野人籬落賜評量，愛殺風琴響石床。門小原非迎上客，樓高貪得見江光。（公嫌門小樓高）碧紗籠久詩箋淡，紅藕花深帽影涼。慚愧公卿識姓名，未曾逃去學韓康。

此詩於《小倉山房詩集》編在乙亥即乾隆二十一年。詩後附尹繼善《宮保和詩》和《疊韻再和》各二首。尹詩並見《尹文端公詩集》卷四，分別題爲《偶過小桃源和袁子才賦贈》和《疊前韻》。「小桃源」即隨園又名。兩本字句微有不同。可知尹曾有此行是一個事實。又據尹詩有「不因小憩尋前路，誰信仙源別有天」，和「依稀遊屐曾過處，回首風塵不記年」（按「不記年」尹集作「廿七年」）之句，可知尹繼善此來，本爲尋舊，兼以訪袁，其初似無考察隨園備爲乾隆行宮之想。大約因此之故，我們從袁枚贈詩也看不出他有這方面的覺察。

但是，袁枚《小倉山房外集》卷四載有《上尹制府書》一通，卻表明尹繼善此行確曾提議修葺隨園備爲乾隆幸江寧行宮。此書開篇云：

〔註9〕《小倉山房詩文集》，第 449 頁。

六月十四日，公鳴八騶，過五柳，度隥彴，相錙壇，將茸隨園
之蓬茅，請鑾駕之臨幸。是日也，流水遊龍，冠簪朋盍。鳥欲鳴而
難囀，人含意以未申。今聞瓠子防秋，繡衣東指。凡諸悃素，宜早
寫宣。

引文中「錙壇」見《莊子‧雜篇‧徐无鬼》，《集解》曰：「宮名，蓋魏有此宮。」
可知袁枚作此書時，即已明白尹繼善之來訪隨園，非爲尋舊，乃專爲打理乾
隆行宮而來。這就不是尹詩所稱的「因小憩尋前路」了。但其初心如何本可
以不論，可論者至少是尹在隨園遊覽時已有此想。證以袁詩有「刪竹教通林
外天」之句和自注有「公嫌樓高門小」之說，可知當時尹「教」之「嫌」之，
不是一般的賞鑒，均出於「請鑾駕之臨幸」的考慮，卻尚未說明。從而袁枚
聽之無心，所以贈詩有「門小原非迎上客，樓高貪得見江光」之句。但是到
了尹提出「將茸隨園之蓬茅，請鑾駕之臨幸」，袁枚便轉而認爲尹督實是專爲
「相錙壇」而來。這也就是《上尹制府書》所述尹之來意與尹詩自稱不相一
致的原因。

也許此中另有隱曲，今無從論。但是，《上尹制府書》至少表明，尹繼善
離開隨園之前（或後來別一場合），曾與袁枚商議過「茸隨園之蓬茅，請鑾駕
之臨幸」一事。雖然當時擬議未定，但是，從《上尹制府書》開篇語氣可知，
至少在袁枚看來尹主意已定，只等袁枚答應，也就可以著手將隨園改造爲乾
隆行宮了。唯是事出意外，袁枚倉猝間難置可否；或雖已不悅，卻不便當面
拒絕，而只得答應考慮。這樣事情就拖下來，到了尹繼善因「瓠子防秋，繡
衣東指」，即爲了治河要暫離江寧，袁枚便不得不趕在他啓程之前，寫信表明
自己的態度。信中「凡諸悃素，宜早寫宣」的話，正透露袁枚急於推脫了結
此事的心情。

雖然如此，這一通書卻很不容易措辭。一方面，就與尹繼善私交而言，
袁枚應知此議實是尹欲施愛於他，給他一個接近乾隆皇帝的機會和寵榮，因
此不便拒絕；另一方面也是最重要的，此爲尹督之命，又事關天子，拒絕又
未免風險太大。然而，袁枚既已對乾隆不存幻想，也就有了足夠的勇氣，加
以熟諳人情世故，又嫻於辭令，使筆如舌，遂以形似「兼誇與詔」〔註10〕之
文，表達了必欲拒絕以隨園爲乾隆行宮之意，體現了其「隨園」風格外圓而
內方的一面。

〔註10〕 錢鍾書《談藝錄》，中華書局 1984 年版，第 268 頁。

　　《上尹制府書》正文首先表達了袁枚自知身為臣民，正如「樹且爭天，雲猶捧日」，無比渴望天子臨幸，而斷不會「有塞門引被」云云之想。但是，這一番表白卻是欲拒先迎的虛飾之辭，因為接下來就是雖欲從命接駕，卻有八「不敢」的理由。簡言之，一者門庭窄淺，二者房舍簡陋，三者不想用公款修繕，四者自費無力，五者非江寧土著不便做東，六者家人與皇帝難處，七者打擾鄰居不安，八者隨園將無復舊觀。這「八不敢」的理由，明眼人一看便知，很大程度上只是巧為推託之辭。卻委婉得體，加以其他外部的原因，所以還可能中竅，而搪塞得過去。

　　但是，八「不敢」只是講了隨園接駕的諸多不便。而以尹繼善為人精明又平日待己甚厚，袁枚也不能不說到尹提議隨園接駕的另一面，即有「借終南之捷徑，獻白雁為司城」之利。這既有現實的可能，又是對尹表示領情。然而，袁枚既已意識到乾隆對他早就印象不佳，又8年為縣令後，官心久冷，決意不出，所以儘管作此表示，卻只是為了使論述周嚴，以拒絕得更加徹底。他說：

> 不知枚刺草心殘，籬雲力薄。帶淵牆而後起，身若斷藟；冠蓬累以婆娑，形同欺穎。倘芰荷衣冷，見日先焦；竹笋風輕，朝天便墜。翻使蜘蛛讓隱，窗雞止談；山且移文，松將變色。是以抽蒲筆，寫蓬心，獻丘里之言，當華陽之表。柱州刑馬，願迎三皇之車；谷口寒門，冀免萬靈之接。公謀參噴室，職任答單。畜君何尤，愛人以德。留蕭閒之草木，即錫福於煙霞。不奪箕山，未必堯階之路窄；許肩石戶，彌彰禹甸之風清。

這段話累用典故，一是說自己身隱心退，無再起為官之想；二是說倘希福得禍、弄巧成拙，反為不美；三是進一步表明不願以隨園迎鑾接駕的態度；四是懇請尹繼善曲諒其心，成全其志。雖語甘辭卑，委婉以言，卻無半點游移之意，作了堅決的拒絕。

　　總之，《上尹制府書》八「不敢」之說實是藉故，而卒章顯志，真正的原因是其已絕意仕途，不想再與把他「強派作詩人」的乾隆皇帝作任何套近乎的努力了。

　　《小倉山房詩文集》不載尹繼善答書，「葺隨園之蓬茅，請鑾駕之臨幸」之事也未果實行。看來尹繼善收到袁枚的信後，先前的擬議也就作罷。但據《小倉山房外集》卷六《汪君楷亭墓誌銘》載，尹繼善後來決定並命人轉治

棲霞，做了乾隆二次南巡的行宮。這應是尹繼善對袁枚的提議本出愛護，又
籌畫迎鑾不難作別樣的安排，所以並未在意袁枚的拒絕；而袁枚欲拒先迎之
辭令也在今人看來已經到了「兼誇與諂」的地步，未至於引起尹繼善有什麼
不快。所以，袁枚不僅如願避免了被《紅樓夢》中趙嬤嬤說成是「好勢派」
的「虛熱鬧」，還仍然維持了與尹的關係如舊日之好。

　　大約除卻南巡爲當時最高政治機密之外，又因爲事關天子之事而言之惟
謹，所以尹、袁後來諸多唱和詩中都不再提及此事。而袁枚《上尹制府書》
於其生平文學自然是很重要的作品，但是，雖然寫成於乾隆二十一年秋初當
其 42 歲之年，卻藏至乾隆五十五年其 75 歲重編詩文集時才編入《外集》，公
諸於世，大概是出於既不忍泯滅其文，又要淡化其事，以不引起時人過多注
意的考慮。其有所忌諱，可以看出袁枚爲人表面疏放，但在如此關「天」的
大事上，仍然保持了高度的戒懼。只是這樣一來，當時與後世至今未見有人
論及此事，把這件事與他骨子裏對清廷離心的政治態度和孤傲人格的一面一
併模糊或抹殺了。

　　袁枚的一生，雖然早年科舉得意，但自翰林外放江南，仕途一路坎坷；
即使退隱以後，紅粉青山，詩文風流，卻在爲人方面多招物議，甚至被人攻
訐誣陷。從而袁枚既爲了明哲保身而辭官，也因爲同樣的原因，致仕以後仍
與官場舊交保持較爲密切的聯繫，甚至不免爲了得到尹繼善等一班大僚的呵
護，有某種今天看來爲「兼誇與諂」的做作。但這實不過是他「隨時」處順
的遊世之術，而說來話長。簡言之，若尚論古人，不以一眚掩大德，則袁枚
思想、文學、學術上建樹與貢獻都不必說了，僅「掛冠三十三」爲科舉時代
所未有，婉拒天子臨幸爲封建專制時代匪夷所思，就可以認爲，他不僅是一
位優秀的詩人、詩論家、小說家和學者，而且不愧是我國封建社會晚期一位
特立獨行的知識分子。

　　　　　　　　　　　　　　　（原載《華中師範大學學報》2005 年第 3 期）

張船山與袁枚的交往及其歷史地位

　　張船山是清中葉重要詩人，在我看來還是一位行至近代邊緣的清醒的思想家，應當有他一定的歷史地位。

　　這是需要認眞研究的問題。基礎的工作是弄清史實，根據確鑿和盡可能詳備的材料做分析判斷，得出正確的結論。但是，勿庸諱言，這項工作目前還做得不夠好。已有的研究成果本就不多，有的還未能做到資料翔實，引據得當，從而影響到它的價值。例如船山與袁枚的交往進而關係到船山歷史地位的研究，就有這方面的問題，值得提出來澄清和作恰當的說明。

　　船山寫有題《紅樓夢》的詩詞，並且在《贈高蘭墅鶚同年》的詩注中說過「傳奇《紅樓夢》八十回後，俱蘭墅所補」的話，不免被扯入「紅學」公案。近來有李朝正、胡傳淮先生《船山詩注隱玄機，紅學研究起紛爭》一文〔註1〕，對於澄清船山與高鶚──《紅樓夢》的關係大致是一篇好文章。但在文章的後半，說到有研究者「由於錯誤認定高鶚是張問陶的妹夫，既然張、高爲姻親關係，那麼就有『紅學』研究的學者推斷張問陶是否給高鶚續作《紅樓夢》提供了素材（指張參觀隨園，訪曹府事）」，作者議論說：

　　　　隨園乃曹府故址，爲袁枚（子才）所居。張問陶的好友、同科榜眼洪亮吉向性靈派詩人袁枚推薦，並親筆致書袁枚，張問陶得以在 30 歲那年（1794 年）親詣南京拜訪袁枚。……張問陶同袁枚是否研討質疑過《紅樓夢》，無材料可佐證。張問陶對隨園倒是盡情飽覽了一番。又詳細考察了曹府舊址。既然造訪老前輩袁枚，隨園的

〔註1〕 李朝正、胡傳淮《船山詩注隱玄機，紅學研究起紛爭》，《社會科學研究》1999 年第 5 期。

參觀，曹府舊址是不是眼前的隨園並不重要，重要的是向這位年近80的「性靈派」首領請教詩藝，談文論道。張問陶對袁枚極其尊重，向袁枚學了許多東西，賦詩《寄袁簡齋先生》以志，「公八十，我三十，前世已堪稱父執。我庚辰，公己未，二十三科前後輩。人海何茫茫，望公如隔世。因緣畢竟緣文字，忽枉隨園留一紙（本文作者按：原詩作「一紙書」），纏綿五十年前事。」……張問陶去拜訪隨園是乾隆五十九年（1794年）的事情。〔註2〕

作者的結論是「張問陶不可能給高鶚提供有關隨園（曹府故宅）的素材」，這應該是對的；但是倘若張問陶果然去了隨園，有過「隨園的參觀」，就有可能問到「曹府舊址是否眼前的隨園」。這不是重要不重要的問題，而是事理之常；而且以袁枚對隨園布置的得意和待客的熱忱，主動告訴他隨園來歷的可能性也不是沒有的。所以在認為張問陶有過「隨園參觀」的前提下，上引論證非但無力而且還可能適得其反。

問題的關鍵在於：張問陶「親詣南京拜訪袁枚」其實是「無材料可佐證」的，至少文章沒有列舉出來；而據筆者所知，就根本就沒有這麼一回事。所以說張問陶遊隨園後給高鶚提供續作《紅樓夢》素材完全是無稽之談，這正是文章作者所要得出的結論，而他們誤信其事的辯論是上了「紅學」猜謎家的當而枉費心力。

以為船山曾拜訪隨隨園的還不止上引李、胡二位先生之文，洪鐘先生發表在《社會科學研究》1980年第6期的《論張船山的詩》一文也舉「袁枚曾對他（按指船山）說：『所以老不死者，以未讀君詩耳。』」稱「曾對他說」一般也就是認為有過面談的了，可見學者對船山與袁枚交往誤會者不少並且不是一時間的事了。

其實，張船山根本沒有到隨園拜訪過袁枚。他們一生只限於神交，遙相推重而未能謀面，應是二人各自生命中的一個遺憾，卻是治史者必須接受的一個事實。這在袁、張二人的著作中都有據可考，例如《船山詩草》是編年的，其卷十一《京朝集》收甲寅年（乾隆五十九年 1794）詩，關於隨園的有《寄簡齋先生》《頗有謂予詩學隨園者笑而賦此》《題王香圃隨園香雪海觀梅

〔註2〕李朝正、胡傳淮先生提交「四川‧遂寧張船山全國學術研討會」的同題論文刪去了這段話，並且胡傳淮先生著巴蜀書社2000年1月出版的《張問陶年譜》也未出譜主見過袁枚的記載，所以筆者認為已經與二位先生取得關於此事的共識。此就已經公開發表的文章而公言之，以有利於學術的發展，特此說明。

圖》《甲寅十一月寄賀袁簡齋先生乙卯三月二十日八十壽》等四首，全無拜會
隨園的消息；同時本集最末一首《甲寅除夕祭詩作》有序稱「惟今歲甲寅，
自元旦至今日，皆在京師北半截胡同寓齋」，證明是年船山不僅沒有去南京拜
訪隨園，而且根本就沒有離開過京城。

為了弄清楚這個問題而又節省文字，筆者謹提示讀一下主編《袁枚全集》
並寫有多種有關袁枚論著的王英志先生近作《袁枚傳》（東方出版社 1999 年 7
月第 1 版），此書第 5 章第 6 節記述此事的題目就是《文字結緣，神交船山》，
其略曰：「袁枚與張問陶結交是晚年之事，可惜袁與張只是神交三四年，未及
一見即病故。」張問陶《丙辰仲冬十三日得簡齋先生手書答詩代柬》詩中也
有「三年重疊秣陵書，總為神交向酒徒」的句子，所以王英志先生又復論定
說：「從詩中可知近三年來二人書信來往頻繁，但僅是『神交』而無緣謀面。」
他的結論是可信的。

對船山與隨園關係的誤會還較多地表現為以船山與袁枚同為性靈派而有
師承關係。上引洪鐘先生《論張船山的詩》一文，是筆者所見較早研究船山
的好文章，但文章說「張船山的詩歌主張……師法袁枚」，卻遭到署名雨岑的
《張船山與袁隨園》〔註3〕一文的反駁，他的結論是「從詩的風格上說，隨園
是學楊誠齋的（這點隨園自己也承認），而船山則不是走的同一條路，似乎是
『不主一家』」，而「入手之處」與眉山蘇軾相近。他還說：「和船山同時的性
靈詩人，如趙翼、洪亮吉等，雖然都受過隨園的影響，但都各具面目，不肯
學隨園的，船山當然也不例外。」這是很平實的議論。即便從詩人主觀上說
來，「性靈派」之為「性靈」，本是要標榜自我，一涉「師法」，就不成其為「性
靈」詩人了，研究者在這樣的地方談「師法」似要特別小心為好。

其實，誤以船山「師法袁枚」，早在船山在世時即有議論。還在船山才得
與袁枚書簡往來不久，船山已有《頗有謂予詩學隨園者笑而賦此》詩說：「詩
成何必問淵源，放筆剛如所欲言。漢魏晉唐猶不學，誰能有意學隨園？」可
是，當時和以後的人並不相信他的這一聲明，余雲煥《味蔬詩話》載王雁峰
《讀船山詩》云：「近體空靈小得名，古詩惜少氣縱橫。分明欲學隨園派，不
學隨園是矯情。」又解釋說：「蓋船山自評有『誰能有意學隨園』句也。」

平心而論，船山生當袁枚主盟詩壇的當世，又主張近似，不可能不受袁
枚的影響，但以中國傳統的師生授受（或受業，或私淑）而言，恐怕還說不

〔註 3〕雨岑《張船山與袁隨園》，《社會科學研究》1982 年第 3 期。

上「師法袁枚」。所以洪鐘的文章幾乎處處都好，而雨岑的質疑卻不是吹毛求疵。因爲學者言「師法」云云顯然不是一個單純的措辭問題而應有材料的根據，所以光陰迅速，將近二十年後近日出版的一部《中國文學史》中又有了類似的說法還更進一步：「張問陶師承袁枚。」注引《清史稿》卷四九二本傳載：「始見袁枚，枚曰：『所以老而不死者，以未讀君詩耳！』」認爲這「說明其詩與袁枚的性靈說甚相契合。」

這才使我們知道，原來船山去南京拜訪袁枚、參觀隨園、談詩論文等種種演義都出自《清史稿》張問陶本傳。本傳也許不是始作俑者而還有更早的根據，但無論如何它引袁枚的話實出自袁枚在得洪亮吉書薦張船山爲京中第一詩人的信後的答書，原作：「我年近八十，可以死了。之所以不死，因爲足下所云張君之詩尚未拜讀。」《清史稿》或更早有人訛爲「始見袁枚」云云，彷彿就成了信史。後人著作照搬照抄不少，如《清代七百名人傳》也說「（船山）後往見袁枚，枚謂之曰：『所以老而不死者，以未見君詩耳！』」《清史稿》等都是治清史者習見常用之書，遂不免有近今多位學者的以訛傳訛，並進而有「師法」「師承」的推論。雖然有無「始見」並不就是論到有無「師法」「師承」的必然前提，但是，執此「始見」一說更容易滑向「師法」「師承」的思路上去，從而造成研究與評價上以船山爲袁枚附庸的封閉心態。這就關乎船山研究進而清詩及文化史研究的大局，不可不辨。

上述問題所從出近今各著作都有相當高的學術水平，缺憾淵源古人，自是難以完全避免。但是，這些誤解無論對隨園還是船山的研究，都會造成評價上的不準確甚至混亂。它尤其是船山研究很不深入的表現，並可能成爲進一步研究的誤導，給人造成船山是靠了袁枚的指教甚至提攜才得有詩壇地位的印象。當此訛傳不息並已經進入向全國推薦的大學教材《中國文學史》之際，筆者自感提出澄清此事有義不容辭的責任。

其實，「豪傑之士，不待文王而後立」──船山雖不免受袁枚的影響，但是大處自有面目，自有千秋！全面深入的說明需做長期艱苦的研究。筆者涉此甚淺，唯以閱讀之印象、感覺約略言之，則船山在中國文學史、思想史上的貢獻有二：

一是他的文學理論和創作在袁枚之後使「性靈派」得以延續和有新的發展。這主要表現在他爲數不少、出語精警的論詩、論文絕句與袁枚後先呼應，擴大了性靈詩派的影響，而其詩歌創作又不僅直道性情，「寫出此身眞閱歷」，還廣泛地反映了乾、嘉之際民生困苦的現實，後者有過於袁枚，更在當代詩

壇獨標高格。

二是他於朦朧中感受到了封建末世臨近變革的社會動因並抒發了深沉的感慨。這裡，我引章培恒、駱玉明主編《中國文學史》的一節文字說明：

> 乾隆朝還是清代「全盛」時期，但敏感的文人已經深深地感受到這個時代的沉悶和缺乏生氣，以及個人的創造力所遭受的壓抑。張問陶《蘆溝》詩中寫道：「茫茫閱世無成局，碌碌因人是廢才。往日英雄呼不起，放歌空弔古金臺。」「無成局」是說社會政治與文化狀態的萎靡，「是廢才」是自哀和自責。而嚮往自由的精神，常常借著飛動的意象呈現出來。像《出棧》詩所寫「送險亭邊一回首，萬峰飛舞下陳倉。」《醉後口占》所寫「醉後詩魂欲上天」，都是渴望掙脫束縛的意志的寫照。又像《過黃州》（略）也是自由飛翔的意象，雖然意境是寂寞而幽寒的。這種精神的躍動不安，在袁枚詩中還較少看到，而到了龔自珍詩中，則又有更兀傲有力的表現。從袁枚、趙翼到黃景仁、張問陶再到龔自珍，對自我的重視和精神擴張的欲望，確實可以看作一個連貫發展的過程。

這是很中肯的評論。張問陶《蘆溝》詩寫於乾隆 49 年甲辰（1784）入京以後，與龔自珍寫於道光 19 年（1839）出都途中《己亥雜詩》之「九州生氣恃風雷」一首對讀，雖有半個世紀之隔，仍可以看出兩位思想敏銳的詩人後先相望的情愫以及彼此時代人文精神的一脈貫串。

民國十六年（1927）商務印書館初版楊鴻烈著《袁枚評傳》曾推崇「袁子才先生是一位中國罕有的大思想家」[註4]，後來未見有人響應，卻不乏某些經過「五四」反封建洗禮的大學者對袁枚多寫了幾首豔情詩一類事耿耿於懷，頗可令人詫異。其實，楊鴻烈的看法值得重視。袁枚即使算不上中國古代第一流的思想家，他堪稱等身的著作中閃耀的思想與藝術的光輝，以其對舊傳統的深刻有力的批判也足使他稱得上是中國古代文學和思想的終結者。而後來的龔自珍是學者公認文學界、思想界開近代風氣之先的第一人，那麼在袁枚（1716～1797）與龔自珍（1792～1841）之間，若要尋一個有力的過度的話，這個過度的人物當推乾、嘉之際「其才之橫絕一時」的詩人——遂寧張問陶船山先生。

（原載《張船山全國學術研討會論文集》，中國三峽出版社 2002 年 6 月版）

〔註 4〕楊鴻烈《袁枚評傳》，商務印書館民國二十二（1933）年版，第 1 頁。

濟南名士左次修與張大千的一次詩畫緣
——張大千佚作朝鮮《箕子陵圖》考索

　　張大千（1899～1983），原名正權，改名爰、又名季、季爰。字大千。別號大千居士。畫室名「大風堂」。四川省內江市人。爲現、當代畫壇上最具影響的國畫大師之一。他一生攜筆走天下，到處作畫，世間流傳，公私收藏，豐富多彩，能見者歎爲觀止。但是，大師長壽的一生，早年遭逢亂世，顛沛流離，四海漂泊，畫作未免有散失至今不爲人知者。因此，張大千繪畫研究實有留心搜求，探幽索隱的必要。而偶然得之，拱璧珍之，又不僅是個人的幸運，也是對大千先生的敬禮，更是保護人類藝術的大事。筆者沒有這個幸運，但是近來得讀左次修先生遺作《題張大千畫箕子陵圖》（以下簡稱《題詩》）詩，知大師曾畫有《箕子陵圖》（以下簡稱《陵圖》）；又經查考，此圖未見有人聲明收藏或知見者，而左先生這首詩也鮮爲人知。乃覺歷史上左次修與張大千此一詩畫合璧之事，有必要介紹給今天的讀者，並以寄望大千《箕子陵圖》仍在世間，或能破壁而出，華麗現身。

一、關於左次修

　　這裡首先要說及的自然是左次修先生。左先生是清末民國至上世紀中葉主要活動於山東濟南的一位國內知名的學者、詩人、詞人和書畫家，然而至今國內學術界乃至山東濟南的文化人，也幾乎沒有人提及他了。筆者所見唯一專文介紹他的，是高錫鰕《憶左次修先生》一篇短文。這實在是我國近世文化記憶與傳承上的一個缺憾。本文以下既要從左次修先生的大作引出對張

大千《箕子陵圖》的考索，又因爲左先生本人的潛德幽光也十分值得揭蔽和發揚，所以一定要首先對這位幾近被歷史淡忘的濟南名士作簡要的介紹。

左次修（1887～1962），字熙，名次修，號熙慶，又號燹赦翁、修髯、六無老人等。安徽桐城人。桐城左氏爲明清時當地與方、姚、張、馬並稱的五大望族之一。這個家族歷史上最有名的人物是其十一世祖左光斗（1575～1625）。他是明萬曆三十五年（1607）進士，官至僉都御史，爲著名東林黨領袖之一，因受閹黨迫害而死，南明弘光朝追諡「忠毅」，是明史上最具悲劇色彩的忠臣義士之一。《明史》有傳，而最使左光斗名重今世的是清初「桐城三祖」之首的方苞《左忠毅公遺事》一文。這篇文章是近世古代散文傳播必選的名篇，也是近現代以來大中學校文史類必讀的作品。因此可以推想左次修先生作爲一位有成就的學者、書畫家與文人，其道德文章實有其家族優秀文化傳統之遺。

左次修早年隨父宦遊齊魯，數經輾轉而僦居濟南。其詳細的過程有待考證，但從其遺作所涉及可知早年曾就學於濟南杆石橋某校，與晚清民國名人孫念希、秦文炳等同學。民國初大約因當時在市政府任職的孫念希的援引，曾短暫入北京市府做文員。後又回濟南，貧無立錐之地，而他的好友世爲鹽商的書畫家關友聲（詳後）有風景秀美的嚶園，是當時濟南文人畫家聚會之所，次修便應關友聲之邀攜家暫住其間爲嚶園之客，後來才在濟南有了自己的居處。「七七」事變後，他在濟南曾與友人共同發起籌辦張自忠學校和工廠。濟南淪陷後，他蓄鬚明志，拒與日僞合作，保持了一位傳統文化人不屈的民族氣節。而因此生計艱難，只好賣畫爲生，並在其叔丈人「京城四大名醫」之一的蕭龍友的幫助下創辦了同康藥房，懸壺濟世，是中成藥「六一油」的發明者。1945 年後受聘齊魯大學，教授文化史、詩詞等課。晚年居大明湖畔，與孫念希、秦文炳等組偕老會，遊湖賞景，詩酒風流，是民國間頗有聲望的濟南名士。解放後任山東省文史館一級館員，山東省第二屆政協特邀委員，中國史學會濟南分會理事，直到 1962 年去世。

左次修能詩善畫，琴棋書畫篆刻各極其妙，研甲骨文頗有造詣，又懂梵文，擅中醫，真正多才多藝。一生勤奮，詩、詞、書、畫、篆刻等創作豐富，雖歷經「浩劫」，頗有散佚，但大都存世，惜至今未得整理出版。左次修在兄弟中排行第四，身後無子女，幸而其侄孫女左孝輝教授能善繼述，雖年近古稀，而能積數年之力，訪問搜討，初步編成爲《左次修先生文集》稿本。筆

者因孝輝教授而獲見左老遺作，拜讀大略，不禁拍案驚奇，誦老杜「歷下此亭古，濟南名士多」之句，而感歎次修先生以桐城名家子來寓濟南，筆墨春秋，四十餘年，而終老泉城，實是以桐城後勁而爲「濟南名士」也！

左次修先生在上世紀初即以書畫和治印名家，高錫嘏《憶左次修先生》一文認爲：

「修髯」先生在書法和繪畫方面的造詣是很高深的。他的小楷，端莊秀逸似鍾王（鍾繇、王羲之）而又具自己的特色，20 世紀 20 年代在北京就受到諸名家的讚譽；他書寫的甲骨文，蒼勁古樸，既有甲骨文的刻印痕跡，又有金文的藝術魅力，是近代書寫甲骨文的名家。先生對於繪畫，十分講究工巧、意蘊，山水、人物、花卉都很精通。晚年多畫花卉，尤擅工筆花卉……應爲習工筆花卉者之範本……篆作是鄧吳（鄧古如、吳讓之）之後的佼佼者。可惜左老的書畫、篆刻作品精而少，加之歷史的原因，留傳後世的作品則更少。〔註1〕

高先生文中也說到了左先生的詩文，但語焉未詳。而今存左氏遺作卻以詩詞雜記爲多，分別由先生生前編爲《四五雜寫》《五五詩存》《五六雜寫》《雜寫》《雜鈔》等數種，均手稿，不分卷。各稿本作品雖然略似以年代爲序，但諸體雜陳，編而未定。集中篇目以詞爲主，詩次之，雜記散文等又次之。作品類爲感時紀事，親戚問慰，師友唱和，題畫贈序，登山臨水，寫物寄情等。各體頗有佳作，詞尙婉約，似李易安，微有柳永風調。又受王國維影響，《和人間詞》百餘首，堪稱左氏詞作的代表。另值得注意的是詩詞中有些諷刺世事人情之作，雜用濟南方言，風趣盎然。如詞作《蛤蟆精》嗤蝦夷攻重慶之囈也刺日寇進攻重慶云：「跳跳達達，像煞。一介事，到了端陽，就有些不自。（魯語猶不快活也。）天鵝肉雖美，可惜你小子，想不到嘴。」左氏以畫家而爲詩詞，作品中頗多濟南風物，如寫嚶園、大明湖、珍珠泉等，往往可資考證。而繪形繪色，聲情並作，讀之如觀美圖，如聆好音，又章秀逸，滿紙雲煙，有令人流連陶醉而不自知者。

二、左氏《題張大千畫箕子陵圖》詩

左次修《題張大千畫箕子陵圖》詩爲《四五雜寫》中一篇。其詩曰：

〔註1〕 高錫嘏《憶左次修先生》，《春秋》2008 第 2 期。

赤眉故技蝦夷效，暴骨摧骸及帝王。五十三年亡國恨，銅駝荊
棘成滄桑。與塊之硯重耳還，因秦復國報秦難。披圖如讀興衰史，
松柏同期耐歲寒。

題下有注：「原跋『倭寇假考古為名在高麗掘陵墓』云云。」「披圖」句中「如」
原作「怳」。此詩又見於《雜寫》，唯無題注，而「讀」作「睹」，餘無不同。
從《雜寫》中此詩無題注和「披圖」句中徑用「如」字看，《四五雜寫》中此
篇當為原作，而題注所錄「原跋」即張大千自題於畫者。此詩既為張大千《陵
圖》而題，則作者左次修與張大千為同時人，當曾與張大千會面，親閱此圖，
而且必是因大千之請而有此作，乃左次修與張大千二人難得的一次詩畫緣和
詩畫合璧之作。

張大千《箕子陵圖》與左氏題詩之詩畫合璧，先後因我國上古名人箕子
而作。箕子與比干、微子都是我國三千年前商代末年紂王的親戚之臣。紂王
無道，「微子去之，箕子為之奴，比干諫而死，殷有三仁焉」（《論語·微子》）。
《尚書·洪範》載：「周既克殷，以箕子歸，武王親虛己而問焉。箕子述《洪
範》九籌。」又《史記》載，武王克商，封比干，釋箕子，求治道，待以師
禮，「封箕子於朝鮮而不臣也」（《宋微子世家》），後世因稱「箕子朝鮮」。因
此，箕子是對上古中朝歷史和兩國文化交流有過巨大影響的一位歷史名人。
朝鮮平壤原有葬祭箕子的古代陵廟，中日甲午戰爭中日本佔領朝鮮，曾掘毀
此陵，標誌了朝鮮政治由以中國清朝為宗主國轉而為日本殖民地之地位的變
遷，即《題詩》中所謂「五十三年亡國恨」。在《題詩》看來，朝鮮歷史上的
這一巨變猶如中國春秋時晉文公重耳，得秦國的幫助而歸國為君，但是後來
由於種種原因，卻無法回報秦國。總之，《陵圖》與《題詩》都是日寇侵朝歷
史的見證，而《題詩》的作者因《陵圖》的感召而期望中朝兩國友誼能如松
柏之堅，相互支持，共同渡過各自民族的危難。

雖然《題詩》沒有直接讚美《陵圖》，卻從對《陵圖》所蘊含中日、中朝
等國際關係、歷史興衰的吟詠，顯示了《陵圖》取材意義的重大，而能感動
作者有欣然《題詩》的效果，也就在客觀上證明著《陵圖》藝術上的成功，
其美侖美奐就在不言之中了。詩多用典，而詩的價值，畫的意義，以及此詩
此畫之緣，更要結合於各自創作的背景和兩位作者交遊的情況，才可能得到
更為具體準確的說明。

三、次修詩與大千畫合璧之考索

張大千《箕子陵圖》和左次修《題張大千箕子陵圖》詩的創作時地及過程都無記載，但從各種可見的資料可考索如下。

首先，左次修《題張大千箕子陵圖》詩當作於 1937 年。《題詩》在左氏《四五雜寫》中不署作年。但《題詩》重出於《雜寫》，而《雜寫》亦作者手稿，作品大體以編年為序，所以從《題詩》之前一首《送彭仲……赴豫》題下署「民廿六年三月」，後一首題《丁亥生日口占》詩之「丁亥」也是「民廿六年」看，居於二者之間的《題詩》也應當作於「民廿六年」即 1937 年。又據《百度·百科》「關友聲」條載張大千為濟南書畫名家關友聲作《贈畫題記》曰：

> 戊寅夏五與
>
> 友聲道兄重遇故都，去年歷下之遊又一年矣，劫後無恙，相顧忻然，不知明年又在何處。出此為贈，以為他日相見之養。當共一笑也。
>
> 張爰

《題記》中「戊寅夏五」之「戊寅」為 1938 年，其「去年」即上一年「丁亥」為 1937 年。由此不僅證明張大千曾於 1937 年來過濟南，而且證明他這次來濟南的時間是「夏五」，即這一年的農曆五月，已是日本侵華「七七事變」的前夕。此時左次修已與關友聲是至交好友，時往友聲的嚶園論畫談藝，當因此有機會結識張大千，並觀賞《陵圖》而有《題詩》。這次張大千來濟南與關友聲、左次修等人的交遊是齊魯畫壇一件盛事，也是張大千一生藝術活動的重要片段，以往研究者還不曾有過關注，今後應該給予注意了。

其次，張大千《陵圖》當時應在濟南。據左次修《雜寫》，《題詩》作於濟南。而這類詩又必因賞畫而作，故知《陵圖》當時正在濟南。其所以能在濟南，從題材取自朝鮮古蹟看，不大可能是大千在濟南所作，而更可能是隨身攜以贈送友人。卻無論如何，《陵圖》自此一現，後來就不知所蹤。倘作追尋之想，這位受張大千贈畫的友人似乎就是上面提及的濟南名士著名書畫家關友聲。

從《左次修先生文集》中有關張大千的作品僅此一首詩，可知二人無多往來，好像只是偶然一遇。而促成左次修與張大千相識並有機會觀賞《陵圖》並作《題詩》的，應該是左次修與張大千共同的好友關友聲。關友聲（1906

～1970），原名際頤，以字行，號嚶園主人。山東濟南濼口鎮人，現當代著名書畫家。1928 年就讀齊魯大學國學系，1931 年與兄頌平在濟南共創國畫學社與齊魯畫社。先後執教於齊魯大學等。曾任中國美術家協會山東分會常務理事、山東省政協委員；長於國畫，兼擅書法、詩詞、琴棋、京劇。與黃賓虹、齊白石、張大千、于非闇等人為友，而與大千最為莫逆，畫藝亦受大千影響甚大。1938 年大千在北平以拒任偽職等被捕入獄，友聲籌資入京聯絡友人大力營救，終使大千很快出獄，二人遂結為性命之交。友聲極慕大千之才，大千亦頗重友聲之畫與為人，每來濟南，必主友聲之嚶園。友聲有《黃山畫冊》，大千作《濟南題〈黃山畫冊〉》曰：

> 古人寫黃山者，漸江得其性；石濤得其奇；瞿山得其變，友聲先生新從黃山遊歸，以近作黃山冊見示。清新雅逸，於三家以外別樹一幟，所謂的其運也。

末署「乙亥十一月張爰 拜觀題記」〔註 2〕。又從上引《贈畫題記》可知，大千 1937 年農曆五月曾有濟南之遊，而左次修《題詩》亦作於是年，因此筆者推測次修正是在大千此次濟南之遊與之相識，並觀摩《陵圖》而有《題詩》。當時《陵圖》去向，或即送給了友聲，或至少友聲、次修知其去向。卻未見記載，就可惜了。

第三，張大千《陵圖》當作於朝鮮。以上說到《陵圖》不可能作於濟南。而據《高麗史》記載，肅宗 7 年（1102）10 月壬子朔，「禮部奏：我國教化禮儀，自箕子始，而不載祀典。乞求其墳塋，立祠以祭。」即上所述及朝鮮平壤原有箕子陵廟。具體位置在平壤牡丹峰，墓前有丁字閣和重修記跡碑。「清日戰爭」即中日「甲午（1894）戰爭」中，箕子陵廟曾有激戰，留下彈痕累累。左次修詩中說「五十三年亡國恨」，就是從中日「甲午戰爭」的 1894 年計算到他得見《陵圖》的 1937 年。這就是說，《題詩》是「甲午戰爭」的「五十三年」後所作，與以上我們推斷其作於 1937 年相合。但這「五十三年亡國恨」不是指中國，而是指朝鮮的亡國。這就是「甲午戰爭」中清朝戰敗結果之一的《馬關條約》規定了中國承認朝鮮有「完全無缺之獨立自主」，實即承認日本對朝鮮的侵佔。從此朝鮮被迫改變了原以清朝為宗主國的性質，而成為了日本的殖民地，算是「亡國」了。《題詩》就《陵圖》而作稱「清日戰爭」後「五十三年」云云，也等於認張大千《陵圖》作於「清日戰爭」後「五十

〔註 2〕見《百度百科》「關友聲」條。

三年」亦即 1937 年。這一年是張大千最後一次去朝鮮，《陵圖》應該是他在朝鮮拜謁箕子陵後所作。

筆者作此判定的理由，一是由於這類題材的畫應是作者親臨其境後的創作；另一方面如研究者所考知，張大千曾於 1927 年應日本古董商江藤濤雄之邀赴日本佔領下的朝鮮，居停三個月間與一位十五歲朝鮮少女池春紅發生了一段纏綿的跨國戀情。張大千後來雖未能如願將池春紅娶歸，但他回國後直到 1937 年日本侵華戰爭開始的 10 年間，幾乎每年都要去朝鮮看望池春紅〔註3〕。所以《陵圖》很可能是 1937 年其最後去朝鮮之作，而必定是這 10 年間某次赴朝遊陵之作，確切的時間與過程則有待新資料的發現。

四、張大千《陵圖》與左氏《題詩》的價值

張大千《箕子陵圖》應是他豐富的繪畫創作中最具歷史價值的作品之一，尤其是他赴朝期間最有社會歷史價值的一件精品。

筆者以為《陵圖》的特色，一在於它題材的國際性，即關乎中日、中朝歷史上的聯繫；二在於它雖寫名勝，卻不是一幅尋常攬勝之作，而是一位中國藝術家在日本佔領下的朝鮮因憑弔中朝友好關係之見證的箕子陵而生的歷史感懷的象徵；三是今朝鮮箕子陵久已被該國毀滅，則此圖也成為了箕子陵當年存世的歷史見證。

但《陵圖》在張大千的繪畫創作來說，更是他赴朝期間最有社會歷史價值的作品。雖然《陵圖》今不得見，但他曾創作有此圖的歷史信息，已可糾正世俗對其赴朝僅是一件風情之旅的片面認識，從而在對張大千思想藝術的評價上有特殊的標誌意義。畫壇眾所周知，今傳張大千赴朝期間的畫作如《天女散花》等，多被賦予了有關與池春紅情事的濃豔色彩〔註4〕，給人印象似乎頻遊朝鮮的張大千只是一味的風流浪蕩。但左氏《題詩》所證實他曾作有《陵圖》信息和《題詩》對《陵圖》的闡揚，正好就質證了大千朝鮮之行，雖然確實是為春紅之情所牽，大千也確實風情過於常人，但有情未必不丈夫，他於朝鮮的風情之旅中，也未嘗不有家國命運、中朝交往等歷史與現實的關切和思考，並形諸畫筆。這或者也有過於常人。只是大千赴朝之旅中這莊重嚴肅的一面久被遮蔽，今經揭出，似可以澄清向來對大千赴朝之旅的某些誤解了。

〔註 3〕王宏偉《張大千的異國戀》，《新華日報》2010 年 11 月 8 日。
〔註 4〕王宏偉《張大千的異國戀》，《新華日報》2010 年 11 月 18 日。

　　至於左氏的《題詩》爲據大千之畫與跋語敷衍其義，揭露日本佔領朝鮮時對箕子陵「暴骨摧骸」進行破壞的酷虐行徑，可能是中朝歷史乃至世界上關於此事罕有的記載與評論文獻了。由此可以窺見日軍侵朝的暴行及其對中國清朝的仇視，進而知當年日本侵朝的狼子野心，並不止於佔領朝鮮，而是企圖以朝鮮爲跳板進攻並佔領中國。如上所考《題詩》當作於一九三七年的農曆五月，《陵圖》或也作於此前不久，而隨即就發生了日本大舉侵略中國的「七七事變」，幾乎整個亞洲陸續淪爲日本帝國主義發動侵略的戰場，可謂地崩山摧，日月無光，生靈塗炭！這一歷史的過程證明了大千《陵圖》與次修《題詩》對日本侵略的警惕與擔憂，都屬當時中國有民族氣節而又能有所擔當的藝術家對時局先覺性的預見！今讀《題詩》而遙想《陵圖》或尚存人間，能有時破壁而出，華麗現身！而本文考左氏與大千先生一段書畫佳緣，固出好奇，實亦緬懷。而斯人往矣，世界仍不太平，天下擾攘，海波不靖，後來我輩豈可以不「松柏同期耐歲寒」嗎？

（原載《遼東學院學報》2014 年第 1 期）